ROMANZI

Giuseppe Foderaro

Esoscheletro Distopico

MURSIA

La grafica della copertina è di Valentina Di Rienzo.

L'immagine di copertina è di Adobe Stock (© pogonici).

www.mursia.com

I edizione 2020

Stampato da Fotlito 73 grafic s.r.l. - Borghetto Lodigiano (Lodi)

«Il tanto ricercato anello intermedio
fra l'animale e l'uomo veramente umano siamo noi!»

Konrad Lorenz

«Per chi vuole studiare l'umanità,
il soggetto ideale da esaminare è l'uomo, com'è noto.»

Arthur Conan Doyle, *Uno studio in rosso*

I

Non dovrei essere qui. È quello che mi ripeto tutte le mattine da qualche anno a questa parte quando mi guardo allo specchio. Non dovrei davvero essere qui. Così come non avrei dovuto essere in quella piana desolata un numero imprecisato di anni fa, tanti che nemmeno me lo ricordo. Eppure c'ero. Ero lì. E non ero solo, nell'afa di non so più quale estate remota, quando i sogni mi sembravano reali e il futuro era ancora tutto da scrivere.

Quel giorno, lontano come sembrano lontani i sogni quando poi ti risvegli, mi stavo calando giù lungo l'argine del fiume nell'aria tremolante del primo mattino. I veterani mi avevano subito avvisato. Una delle prime cose che si erano preoccupati di insegnarmi: *Sfrutta le ore fresche del mattino. Cerca l'ombra*. La facevano facile, loro. *Cerca l'ombra* in un posto dove il sole pare sia sempre allo zenit.

Ci aggiravamo come viandanti smarriti, trascinando i piedi, lo sguardo fisso a terra in cerca di una minima imperfezione nel terreno, di una screpolatura nella roccia, di un qualcosa che fosse sempre stato lì ma che nessuno ancora aveva mai visto. Almeno così ci avevano detto e ripetuto alle lezioni di archeologia. All'epoca ero convinto di avere tutte le carte in regola per poter individuare un fossile, con il mio bravo tirocinio di osteologia alle spalle. Ma i *cercatori di ossa*, come amavano chiamarsi, continuavano a ripetermi fino alla nausea che imparare a riconoscere un fossile è piuttosto facile; il talento di trovarlo, quello sì che ha qualcosa di intangibile. *Occhi fissi a terra, ragazzo* – mi dicevano, – *ricordati che i fossili sono sempre stati lì, ma nessuno li ha mai visti.*

Questo era un dato di fatto. I fossili hanno sempre l'aria di essere stati lì in bella vista, sanno di trovarsi al posto giusto, hanno un senso di appartenenza. Eravamo noi a essere fuori luogo.

Una temperatura di 57 gradi, almeno, nonostante l'ora antelucana. Con la mia tenuta da Indiana Jones in puro stile coloniale, avevo già la camicia intrisa di sudore. Stremato, mi ero raccolto su me stesso alla maniera africana, sotto l'ombra striminzita di una palma dum. Accoccolato sui talloni, con le braccia raccolte attorno al corpo e la testa china in avanti. A malapena avevo avvertito la sua presenza, con quella seconda vista che ti sostiene quando meno te l'aspetti, come a ricordarti che da qualche parte, lungo la strada dell'evoluzione, l'essere umano deve aver perso la capacità di inquadrare i fatti in un contesto naturale, di indovinare le cose quando ancora non sono accadute, di presentire il pericolo prima che sia troppo tardi.

Lei, con il capo rasato, una lunga gonna di pelle di capra e tanti giri di perle coloratissime che dal collo le scendevano fino alle spalle, si era fermata come paralizzata appena sbucata dal folto di una grande massa di foglie in procinto di entrare nel cono d'ombra in cui mi ero seduto.

Credo che abbia pensato la stessa identica cosa. Io non dovevo essere lì. Lei sì, invece. Apparteneva a quel posto. Ma io no.

Chiuse gli occhi, come per scacciare una visione nefasta. Sapevo cosa si aspettava, che nel riaprirli io non sarei stato più lì. Quanto sarebbe semplice questa soluzione anche nel nostro mondo, chiudere gli occhi e aspettare che le brutte apparizioni scompaiano come per incanto dalla nostra vita. Lei apparteneva a un popolo antichissimo che basava l'esistenza su una serie di credenze immutabili trasmesse da una generazione all'altra. Come potevo deluderla?

Agendo come in preda a una possessione medianica, seppi cosa dovevo fare quasi per intuizione divina. Senza un attimo di esitazione mi alzai in tutta fretta per scomparire nell'abbagliante fornace di luce e di calore lungo il corso asciutto del fiume di sabbia. Prima che lei riaprisse gli occhi, in ossequio al suo silente desiderio, ero già scomparso.

Sono certo che mi avrà archiviato come un'apparizione malvagia, qualcosa di sgradevole da dimenticare al più presto. Augurandosi con tutto il cuore di non dover più ripetere una simile esperienza. Dopotutto quella era casa sua. Io ero solo un ospite di passaggio.

E infatti non avremmo potuto essere più diversi. Dove sono nato io la terra è sempre verde e bagnata, le colline si rincorrono dolci all'orizzonte e i fiumi sono pieni da gonfiare gli argini. Dove è cresciuta lei la terra è secca e color camoscio, tutte le piante hanno le spine e certi anni nemmeno piove. Qui davvero non ci sono vacche grasse e soddisfatte che se ne vanno in giro per i pascoli o attraversano le strade facendo imprecare i gitanti della domenica alla guida dell'utilitaria di famiglia. Questo fiume non somiglia per niente a un corso d'acqua scintillante, ma piuttosto sembra una pista carrabile mal tenuta che attraversa incerta una piana sabbiosa tra poche piante striminzite che sopravvivono a stento.

In quel momento, perso in quella che è sempre stata riconosciuta da tutti come la Culla della Civiltà, avevo chiaro, anzi chiarissimo, quale fosse il mio scopo su questa terra. Dovevo solo trovare gli anelli mancanti tra la scimmia e l'uomo. Il sogno di ogni ricercatore da una sponda all'altra dell'oceano.

Chissà come mai, invece, tutti si ritrovano a disquisire di teoria, nelle placide aule accademiche di qualche solenne e rispettoso ateneo. Ma per sapere che caspita ci facciamo tutti quanti al mondo, e soprattutto da dove siamo venuti, non serve a niente tuffare il naso nei libri. Occorre immergersi nei calanchi, lì dove tutto è cominciato, in quelle terre aride trafitte da forre e da gole, tra il rosso terra di Siena, il giallo mandarino, e i sedimenti color crema che contano quasi quattro milioni di anni. Qualsivoglia teoria ci si trovi a sostenere, la risposta va cercata in quel periodo affascinante e ancora sconosciuto nella storia dell'uomo. Perché è da lì che siamo venuti. Ed è lì che tutto è cominciato.

II

Stavo preparando le diapositive per l'*open day* – che poi sarebbero slide di Power Point, – ma il professor Romero preferisce sentir parlare di diapositive. Trova che l'informatica si sposi davvero male con le teorie evoluzionistiche e, se mai è esistita una leggenda, quella aleggia intorno al suo nome. Questo ateneo non si reggerebbe in piedi senza di lui nemmeno un giorno. Così tutto gira a modo suo.

Per un *open day* occorre invogliare le future matricole, sventolare davanti ai loro occhi innocenti enormi drappi rossi. Soprattutto evitare di dire che faranno tutti la mia fine, con un misero incarico da ricercatore malpagato, altro che sogni di gloria. *Che fai, sputi nel piatto in cui mangi?*, direbbe mia madre. Per carità, no. Oggi uno stipendio fisso è una bella certezza, ma io alle nuove leve dell'archeologia mica glielo posso dire che saranno fortunati anche a fare un solo misero campo-lavoro, una volta appena nella loro vita. Tutti sognano di essere come Indiana Jones e, siccome nessuno può saperlo davvero di che materia sono fatti i sogni, il mio compito è quello di far suonare i morbidi flauti dell'illusione.

Così pensai di cominciare nel migliore dei modi, da conferenziere navigato. *Che cosa significa essere umani?* La scritta campeggiava a caratteri cubitali, rossa su fondo bianco.

Faceva sempre un certo effetto ogni volta che la usavo. Mi passavano per la mente vaghi brandelli dell'esame di antropologia culturale, un bel ventisette pieno. Il professor Romero era in vena di generosità quel giorno. *Raccontare storie è una prerogativa integrante dell'uomo, storie dal carattere più emozionale, magari, che veritiero.* Mi sentivo baldanzoso, così andava bene. Era il tono giusto. *Noi non siamo solo un fascio ben coordinato di muscoli e di nervi, siamo il risultato di una serie precisa di scelte dettate da misteriosi criteri di sopravvivenza. Cos'è che oggi ci rende quello che siamo? Cosa ci rende semplice camminare eretti o impugnare e manipolare un oggetto, e difficile sbranare con i denti la carne cruda o fare a brandelli la pelle di un animale? Perché possediamo un cervello capace di gestire miliardi di interconnessioni, buona parte delle quali sono dedicate all'apprendimento e alla gestione dei cambiamenti? Perché siamo dotati di capacità mnemoniche impressionanti sconosciute alle altre specie e quasi sempre coniugate con un altro altrettanto implacabile bisogno di interazioni sociali?*

La porta che si aprì con la dolcezza sopita di un uragano mi interruppe nel mezzo di un altro volo pindarico. Andò a sbattere contro il muro con una tale forza da rimbalzare addosso all'incauto visitatore che però, da buon giocatore di basket, abituato a schivare le marcature, alzò disinvolto la mano sinistra per parare il colpo. Tutto si può dire di Alex, meno che sembri uno studioso. Potrebbe essere uscito dal torneo NBA, piuttosto. Mi stava fissando con aria perplessa, come faceva sempre quando coglieva qualcuno a lavorare, neanche si trattasse di un'aberrante malattia genetica, perlopiù contagiosa.

«Ancora qui?» mi chiese.

«Sto solo dando gli ultimi ritocchi» risposi con noncuranza. «Non voglio che succeda come l'anno scorso.»

«Ah, quando il vecchio ha sclerato, dici?» fece lui, sfregandosi le mani tutto contento.

«Shhh... lo sai che qui anche i muri hanno le orecchie.»

Alzò le spalle sprezzante, non era il tipo che rispetta le autorità, lui. Veramente neanch'io, ma avevo imparato da poco la sottile arte della diplomazia e cercavo di farne buon uso. Ma con lui era fiato sprecato, la mia aria da cospiratore lo lasciava del tutto indifferente.

«C'è poco da silenziare. Metà degli studenti se ne sono andati alla facoltà di giurisprudenza o sociologia dopo quella sparata, te lo dico io.»

Con un gesto ricolmo di affetto lo pilotai verso la porta, cercando di spostare il discorso verso canali meno rischiosi.

«Dài, scoviamo una macchinetta del caffè che funzioni e godiamoci le meraviglie dell'Alma Mater.»

«Ma quale Alma Mater d'Egitto, lo sai meglio di me che qua dentro sei sprecato. Dovresti essere chino a guardare dentro le gole più profonde, tra le erosioni del Quaternario, con 60 gradi di caldo secco tipo altoforno. È quello il tuo elemento, non una scrivania da saputello.»

«Cattedra, prego. Aspiro a una cattedra.»

«Cattedra, tavolo, scrivania. Cambia poco.»

«Dici? Francamente non so perché tu mi veda meglio disperso in un deserto brullo alla ricerca di una fonte d'acqua infetta che dedito a una sana e longeva carriera accademica.»

«Hai detto bene, longeva. Se vai avanti di questo passo farai carriera quando sarai alle soglie della pensione. Meglio cercare i fossili dei nostri antenati. Tutta la vita.»

«Sai cosa penso? Che non ne valga la pena. Non esiste l'anello mancante. Sono tutti anelli che esistono già, eppure per qualche motivo mancano lo stesso.»

«Mi diventi sempre più enigmatico. Secondo me, il troppo lavoro ti ha dato alla testa. Pensi che a questo giro il vecchio parteciperà, o ti lascerà da solo alle prese con le sacre rimembranze della sua carriera universitaria?»

«Lo sai che se non c'è lui non funziona niente, è un animale da palcoscenico. Fa presenza anche se non parla.»

«Oddio, certe volte è meglio che non parli» ribatté Alessandro toccandosi la tempia con l'indice.

«Lo tratti come un pazzo alcolizzato.»

«Okay, magari lo sto trattando come un pazzo, su questo hai ragione. E, giuro, preferirei che fosse davvero alcolizzato, quanto meno avrebbe un alibi per quello che fa. Lo sai anche tu come si comporta.»

«Lo so, lo so, stronca carriere per passatempo. Ma Romero è e rimane un uomo eccezionale, credimi.»

«Certo... *Correva l'anno 1984 quando a un tratto individuai quella piccola, misera, e quasi sfuggente scheggia d'osso che non apparteneva a un animale qualunque... no signori, apparteneva a un ominide! Il più antico frammento di fossile umano mai rinvenuto prima.*»

«Puoi fargli il verso quanto vuoi, ma lo sai anche tu che quando parla lui la platea ammutolisce.»

«Sarà, ma è uno che vive di rendita.»

«Possibile. Ma vive di rendita su un successo personale che nessun altro ha eguagliato.»

«*E per questo, signori, io mi sento il re dell'universo.*»

«Io invece mi sento il giullare di corte, pensa un po'.»

Si fermò a guardarmi in mezzo all'ampio corridoio coi soffitti a volta.

«Giulio, ultimamente mi preoccupi. Non è che mi stai diventando come quegli scienziati astrusi che concentrano la loro attenzione sull'universo remoto solo per sfuggire alla misera realtà del loro orrore quotidiano? Da quanto tempo è che non esci con una ragazza?»

Mi girai a guardarlo divertito, era sempre sorprendente quando se ne usciva con quelle sparate.

«Il mio interesse per l'altro sesso al momento si è estinto.»

Alex a quel punto partì per uno dei suoi collegamenti mentali che non riuscivo mai a spiegarmi.

«Sapevi che l'estinzione non è mai stato un argomento troppo nuovo, come invece piace credere a noi grandi pensatori del Ventesimo secolo?»

«Ovvio che lo so. Ci ha pensato Darwin ad aprire la strada.»

Mi guardò come si fissa l'idiota del paese. Poi fece spallucce, sdegnato. A volte sapeva essere irritante, ma era molto bravo a lasciar cadere perle di saggezza con nonchalance. Come se fosse del tutto inconcepibile che i dettagli che amava accumulare nei meandri delle sue cellule cerebrali non fossero alla portata di tutti, sotto la più lampante evidenza di un'inevitabile ovvietà.

«Ma che Darwin e Darwin. Ci avevano già pensato almeno tre quarti di secolo prima.»

Ero ancora preso a calcolare quanti anni fossero tre quarti di secolo, quando esplose in una delle sue conferenze estemporanee.

«Georges-Leopold-Chretien-Frédéric-Dagobert Cuvier, per la precisione. Biologo francese molto ispirato, dei primi dell'Ottocento. Dobbiamo a lui alcuni interessantissimi trattati sul bradipo, sul tapiro, sull'ippopotamo. Perfino sul lamantino.»

Poiché era partito lancia in resta e non accennava a fermarsi, provai a osservare qualcosa di sensato.

«Con tutto il rispetto per la nobiltà d'animo del lamantino, mi sai dire questo che diamine c'entra?»

Assunse un'aria talmente solenne prima di rispondere, che quasi temetti sarebbe salito su uno dei muricciolі del cortile per declamare al pubblico, come un predicatore a Central Park.

«Parliamo di trattati osteologici. Ossa di animali estinti, paragonate con scheletri di esemplari viventi. Fu uno dei pionieri dell'anatomia comparata. E guarda che stiamo parlando del 1801. Come una certa persona di mia conoscenza, si muoveva con disinvoltura nei campi della zoologia e della paleontologia» disse guardandomi con rimprovero. «Grande Ufficiale della Legion d'Onore ai tempi di Napoleone, nominato pari di Francia da Luigi Filippo, magnifico rettore dell'Università Imperiale... Si interessò moltissimo all'estinzione delle specie. In aperta contrapposizione con Jean-Baptiste Lamarck, era pronto a sostenere fino alla morte la teoria delle catastrofi naturali. Secondo lui, la maggior parte degli organismi viventi del passato sarebbe stata spazzata via da imprevedibili cataclismi, e il mondo sarebbe stato ripopolato dalle specie casualmente sopravvissute.»

«Ah... la famosa teoria del caos. Mi pare che abbia più a che fare col concetto di apocalisse che con la teoria dell'evoluzione» replicai seccato, con un'alzata di spalle.

«Infatti, mio caro, infatti. Lui si occupava di estinzioni. Non di altro. Gli interessava sapere perché certi esemplari non ci fossero più. Come la storia che sono sempre i migliori quelli che se ne vanno...»

«Sì, certo. Alla fine magari l'evoluzione è una questione semplice. Si rompe un'auto e ne compri un'altra. Anche questa può essere considerata una forma evolutiva.»

«Esatto, la tua auto si ferma, dunque ha dato prova di una clamorosa mancanza di adattamento. La macchina successiva si comporterà un po' meglio e forse durerà più a lungo. Ma nessuno si è mai chiesto seriamente perché certe macchine si fermano e altre continuano a camminare.»

«Non mi pare un grande argomento da dibattere. Voglio dire, ci sono state oltre cinquanta miliardi di specie sul nostro pianeta. Oggi quasi tutte estinte. Una su mille è sopravvissuta. Fa circa il 99,9 per cento di estinzioni, non mi pare un numero su cui indagare. Succede e basta. Non è che siamo davanti a eccidi di massa o a catastrofi planetarie. Nel corso dei secoli le specie si sono silenziosamente estinte, con quieta dignità e inesorabile progressione, ma una alla volta.»

Mi prese sotto braccio e si chinò a borbottare qualcosa, alitandomi nell'orecchio.

«Conoscevo un giovane dottorando che una volta si era appassionato a questo tema. Sosteneva che non sono tanto i mutamenti intervenuti nei meccanismi adattativi delle specie, quanto piuttosto il comportamento tenuto dai singoli individui.»

«Così sarebbero gli animali che semplicemente smettono di adattarsi?»

«Lo sai meglio di me come funziona. Se non ci si adegua all'ambiente, segue la morte, il declino. E l'estinzione.»

«È una teoria interessante, e che fine ha fatto questo promettente dottorando? Ha infilato le gambe sotto qualche scrivania dopo aver acquisito il titolo di baronetto?»

«Quasi. Laurea con lode in scienze biologiche, prima curatore del museo, poi ricercatore e professore universitario. Insegna ecologia ed evoluzione umana, storia naturale dei primati e museologia. Membro fondatore dell'Istituto di Paleontologia Umana. Premio internazionale Fabio Frassetto per l'antropologia fisica attribuito dall'Accademia dei Lincei.»

«Stai forse parlando di un certo professore capace di passare nel giro di un secondo dall'ira alle lacrime? Quello che ha tempestato di pugni la scrivania del rettore? Lo stesso che amava dondolarsi appeso ai tubi dell'aula di dissezione per mostrare la camminata del coccodrillo *Sarcosuchus* come esempio portante della transizione evolutiva della locomozione dei rettili verso quella dei mammiferi?»

«Assolutamente sì. Il miglior docente di anatomia comparata che io abbia mai avuto. Oratore drammatico e, nei suoi anni migliori, grande innovatore. Sai, quella tesi a cui stava lavorando fu insabbiata dal suo supervisore, che lo etichettò come *un tipo emotivamente instabile e facile all'esaltazione*.»

«Ma chi? Romero? Ma se sembra intagliato nel ghiaccio.»

«Ho messo le mani su una relazione che affossava inesorabilmente le sue teorie, e ti giuro che diceva proprio così.»

«Davvero? E dove cavolo l'hai trovata?»

«È una lunga storia. È stata seppellita in qualche archivio sotto cumuli di carte, tra il calco della mascella di un babbuino e il cranio di un'antilope.»

«Mi stai prendendo in giro.»

«Un po' sì. Ma non vuoi sapere che cosa c'era scritto? Non ne ho una copia, ma te la posso citare a memoria, a occhi chiusi, e recitarla al contrario.»

«Sentiamo.»

«*Della sua conoscenza e della forza intellettuale e immaginativa non c'è alcun dubbio, ciò che piuttosto ci preoccupa è la sua volubilità, il suo sprezzo per l'opinione comune e la sua totale eterodossia. È un tipo che ha un'incrollabile fiducia nella propria opinione, che a nostro avviso potrebbe essere portato a travisare i fatti sull'onda di un'esaltazione eccessiva*.»

«Mmm...» feci pensieroso, «sembra uno di quei giudizi che fanno inabissare una carriera».

«O di quelli che possono trasformare un sonnolento treno merci in una locomotiva lanciata alla velocità del suono sulla linea Transiberiana verso i ghiacci eterni della calotta polare con le zanne protese intrise di sangue umano.»

«Che ti devo dire» ribattei distratto. «Sarà per questo che

Romero è diventato così. Non cambierebbe mai strada per evitare una battaglia. Anzi, sembra che ci goda a studiare a tavolino la miglior rotta di collisione tra quelle possibili.»

«Una vena di follia in effetti ce l'ha» fece Alex, poggiandosi di nuovo l'indice sulla tempia.

«Ce l'ha eccome, ma stiamo sempre parlando di uno degli scopritori dei fossili della Grand Dolina, *Ettore Romero e i fossili di Atapuerca che ci parlano dalle gole profonde del passato.*»

«Già, ma non li ha scoperti lui. Sarebbe ottuagenario. Li ha solo studiati. Eppure la copertina su "Nature" citava solo lui, come se tutti gli altri componenti della squadra non contassero nulla.»

Assentii senza troppa convinzione, non mi stava dicendo niente di nuovo. In quel momento mi interessava ben altro. Così liquidai velocemente la faccenda con un blando gesto di disinteresse.

«Lui ce l'ha sempre avuta la capacità di arrogarsi ogni merito e di mettere in ombra gli altri. Adesso però devi proprio dirmi come hai fatto a scovare quella relazione. Tu di archivi non ne capisci niente, e di ricerche nemmeno.»

«Non ci crederesti mai. Ma ho proprio voglia di parlartene, in segreto. Dài, vieni, andiamoci a chiudere da qualche parte.»

III

«Quando capita che qualche laureato particolarmente promettente riceva una borsa di studio per la specializzazione, di solito ha bisogno di due cose: un progetto stimolante e un supervisore di grido. Noi ospitiamo una della più invidiabili collezioni di fossili del Paese. Così è naturale che molti di questi giungano da noi e, nonostante la sua pessima fama, venga scelto Romero come supervisore. Anche perché, senza il suo consenso, lavorare sui fossili del museo sarebbe impossibile.»

Alex mi stava pilotando verso uno dei laboratori quando, appena girato un angolo, inciampammo letteralmente su una biondina dall'aria affranta che con le lacrime agli occhi stava rovinandosi le nocche contro una porta. La riconobbi subito, era una dottoranda proveniente dalla Sapienza. E la porta, naturalmente, era quella di Romero. Glielo avevo presentato io, spiegandole, per quanto possibile, che era un tipo un po' strano e che aveva le sue manie, come cerco di fare un po' con tutti, ma a quanto pare non riesco mai a rendere bene l'idea. Si era materializzata davanti a me sventolando trionfante una lettera di raccomandazione di un professore molto più che rinomato dell'Università di Roma, come se fosse un lasciapassare verso il Nirvana, ed era rimasta a fissarmi inorridita quando l'avevo strappata in mille pezzi facendola sparire dentro un cassetto che ne ospitava già molte altre. Perché niente irrita Romero come il tentativo di un collega di imporgli la sua volontà. Ma quella biondina era lì per giocarsi le carte migliori e assicurarsi un raggiante futuro accademico, e io non potevo proprio mandarla via. Così, oltre a spiegarle per filo e per segno quali rischi una simile scelta comportasse, avevo deciso di fissarle un appuntamento affinché potesse almeno avere l'opportunità di presentargli il suo progetto di ricerca. Siccome credo anch'io nella selezione naturale, le avevo raccomandato di portarsi dietro tutti gli appunti su carta stampata, dato che lui era un vero fanatico delle note scritte a margine, e detestava *slide* e computer. Lei mi aveva guardato strano, ma poi si era adeguata velocemente, portandomi perfino in visione una copia stampata del suo lavoro ben rilegata con titoli a colori e frasi evidenziate in giallo. Mi ero sentito fiducioso, convinto che forse ce l'avrebbe fatta. Ma non era andata così. Quel giorno si era presentata esattamente all'ora stabilita davanti alla sua porta. E oltre quella, a quanto sembrava, non era riuscita ad andare.

Poiché l'ufficio di Romero dava sul passaggio del loggione, la porta era sempre chiusa a chiave. Quindi lei aveva bussato delicatamente e aveva atteso una risposta. Ma qualcosa era andato storto, visto che ora se ne stava seduta per terra in mezzo al corridoio, scarmigliata e con le guance in fiamme.

In mezzo alle lacrime ci raccontò che qualcuno – lo avrebbe potuto anche giurare davanti a Dio – aveva risposto *avanti* con voce brusca. Lei aveva cercato di aprire, ma la porta era rimasta chiusa. Alex mi diede di gomito, ma lo zittii con uno sguardo, mentre mi chinavo a raccogliere tutti i fogli sparpagliati che erano caduti dalla cartella della povera malcapitata. La ragazza intanto andava avanti col suo racconto, farfugliando.

«Capite, ho cercato di aprire. Ma era sempre chiusa. Così ho pensato che ci fosse stato un disguido e ho bussato ancora. E lui di nuovo ha detto *avanti* con un tono di voce ancora più seccato, come se non fossi nemmeno capace di aprire una porta. La seconda volta mi sono proprio appesa alla maniglia e ho cominciato a scuoterla. Ma niente. Allora mi sono fatta forza e ho bussato di nuovo. L'intera sequenza ha continuato a ripetersi, finché io ho smesso di bussare e lui di rispondere. Poi mi sono seduta per terra e ho aspettato. Io da qui non mi muovo» concluse con aria battagliera, «prima o poi dovrà pur uscire.»

Cercai di consolarla come potevo. Romero non era nuovo a trucchi di questo genere. Gli piaceva mettere in difficoltà il prossimo, spingere i suoi studenti all'esasperazione e poi studiarli come insetti sul vetrino di un microscopio per vedere come reagivano. Dopo *se lo conosci lo eviti*, che era una delle frasi preferite di Alex, c'era *conosco i miei polli,* che era la mia. Era difficile farci l'abitudine, ma alla fine, se capivi il meccanismo portante dei suoi pensieri, riuscivi a sopravvivere. Forse.

Ora però non avevamo proprio il tempo di fare alla biondina un corso rapido di sopravvivenza. Se conoscevo bene Romero, e lo conoscevo, avevamo solo una possibilità.

Afferrai la sventurata per un braccio e mi inoltrai a larghe falcate verso lo scalone laterale del museo. Alex mi seguiva a ruota portando lo zaino della ragazza e i fogli raccolti da terra che avrebbero dovuto aprirle le porte del dottorato. Per raggiungere la sala dei calchi bisognava attraversare una lunga serie di stanzoni collegati tra loro, districarsi nel flusso ininterrotto dei visitatori che non mancano mai, aggirare le teche con le ricostruzioni di ominidi, passare sotto giganteschi scheletri di dinosauri ancestrali e mammiferi marini appesi al soffitto, schivare terrari pieni di creature anfibie estinte da millenni, infilarsi in ascensori secondari che collegano due *habitat* diversi. Passare dal marmo e vetro del museo vero e proprio alle vecchie teche in legno tarmato che contengono gli oggetti più disparati catalogati con un cartellino avana legato con lo spago come quelli che si appendono agli alluci dei cadaveri dentro un obitorio. Passare in mezzo a ricercatori in camice bianco che lavorano chini su lunghe casse di legno, esaminando i reperti con strumenti misteriosi e un po' inquietanti, come attori di un film horror.

Non c'è nulla di asettico, come si potrebbe pensare. Nessun laboratorio distopico che possa somigliare a quello proiettato dal più comune immaginario collettivo. Solo umanità allo stato brado, gente indaffarata e assorta che bada ai fatti propri e porta avanti i suoi studi col solerte ingegno di un criceto che continua a arrancare sulla ruota finché non ha trovato la via d'uscita. I seminterrati dei musei e delle università sono pieni di casse strane e pesanti coperte di polvere di cui quasi nessuno rammenta la provenienza, e che per anni nessuno ha mai pensato di aprire. Una volta nel laboratorio di anatomia mi è capitato di aprire un vecchio vaso impolverato ficcato dentro a un ripostiglio e mi sono ritrovato a fissare la faccia di un gorilla imbalsamato.

Lo studio del professor Romero si trovava alla fine di tutte le stanze concatenate, un grosso stanzone che non veniva mai utilizzato perché in inverno è sempre sgradevolmente freddo e umido, come se il cemento di pareti e pavimenti non si fosse asciugato del tutto. Lo ha scelto come studio perché è una grande sala con dei finestroni a parete che lascia cadere la luce a fiumi, non a caso, con un'atmosfera da interrogatorio in puro stile Guantánamo. Ogni volta che entravo lì mi aspettavo sempre di vederlo abbigliato con pantaloni color kaki, un gilet da archeologo e la frusta in mano.

L'accoglienza fu a dir poco gelida. Ignorandoci sovranamente, si rivolse solo alla giovane donna, che si chiamava Tiziana Lucchesi, e l'apostrofò all'istante.

«Chi è lei?» ringhiò, sollevando lo sguardo come se non ne avesse la più pallida idea. Invece, secondo me, lo sapeva benissimo. Se avessi potuto essere una mosca, sono certo che avrei potuto vederlo mentre, orologio alla mano, era intento a cronometrare quanto tempo ci avrebbe messo la nuova cavia per arrivare nel suo *sancta sanctorum,* dopo il trabocchetto che le aveva teso.

«Sono Lucchesi» fece lei di rimando, sporgendo il mento in avanti. Ma già le tremava la voce. La vedevo brutta.

«È in ritardo» ribatté adirato lui, ostentando l'orologio da taschino all'altezza degli occhi con un ampio gesto plateale da attore consumato. «Non essere puntuali è maleducazione» proseguì con un tono che avrebbe raggelato anche il mammut lanoso del Pleistocene della sala a fianco.

La biondina a quel punto scattò in avanti in posizione di difesa. Credo anche che le salì la voce di un'ottava mentre obiettava dall'alto della sua minuscola statura.

«Ebbene è maleducazione anche lasciarmi aspettare fuori, quando sapeva benissimo che avevamo un appuntamento.»

Non era un buon inizio, pensai tra me, mentre mi appoggiavo al muro a braccia conserte, come un arbitro sul bordo del ring. Speravo che Alex fosse pronto a soccorrere morti e feriti, perché di certo ce ne sarebbero stati. Non era davvero un buon inizio, proprio per niente. Presagivo non so quali catastrofi quando mi accorsi che invece, per oscuri motivi, al professor Romero quella sparata doveva essere piaciuta, perché a un tratto prese a studiarla stando in silenzio, le mani giunte sotto al mento, con la punta delle dita unite a picchiettarsi il naso, intento a osservarla da ogni lato, con la testa lievemente piegata verso destra.

L'esacerbante test durò una manciata di minuti, nel corso dei quali nella sala calò il silenzio più assoluto. Chiunque si sarebbe sentito intimidito, la biondina invece afferrò la sua ricerca ben rilegata dalle mani di Alex che, per prudenza, si era spiaccicato anche lui contro la parete, in prossimità della più vicina via di fuga. Una volta che l'ebbe fra le mani, fece tre passi avanti e la posò, con un tonfo sonoro che fece sobbalzare anche me, sulla scrivania in ebano scuro di Romero.

Lui guardò il fascicolo con piglio schifato, come se fosse un cadavere repellente e maleodorante, e lo spostò di qualche centimetro verso l'orlo del ripiano usando solo la punta delle dita. Poi, quando fu in precario equilibrio semisospeso nel vuoto, un attimo prima che lei lo potesse afferrare, prese a tamburellarci sopra con la penna, un ritmo in crescendo vagamente irritante. Nel farlo mi lanciò un'occhiataccia, come se la colpa fosse mia. Alla fine acquistò un'aria serafica e riattaccò da dove era rimasto, con un tono da salotto che avrebbe fatto invidia anche alle allegre comari di Windsor.

«Bene, adesso che è qui» disse, «perché non mi spiega che cosa vuole?».

Trassi un profondo respiro di sollievo, forse c'era ancora qualche possibilità. La ragazza sembrava avere recepito la stessa impressione perché raddrizzò le spalle e cominciò a esporre le sue idee, che a me non sembravano affatto male. Aveva da presentare tre progetti diversi, tutti parimenti interessanti, innovativi e perfettamente realizzabili. Il professore la pensava diversamente, però.

Al primo rispose: «No. Lo sta già facendo qualcun altro».

Al secondo disse: «No. Lo sto tenendo da parte per quando andrò in pensione». La qual cosa mi fece anche sorridere, mentre la ragazza sembrava invece sul punto di piangere.

E al terzo ribatté semplicemente: «No».

Lo guardai per un momento e lo vidi soddisfatto con un ghigno mezzo storto piantato sulla bocca. Sicuramente pensava che la ragazza si sarebbe girata sui tacchi e avrebbe raccolto le sue ultime energie per raggiungere la porta con tutta la dignità possibile in un simile frangente. Infatti lei fece esattamente questo. Aveva già raggiunto la porta, quando tornò improvvisamente sui suoi passi, si scagliò con scatto ferino verso la scrivania e strappò, letteralmente, la sua ricerca da sotto le mani del professore. Questo a Romero piacque ancora di più. Io mi trovavo all'estremità opposta della sala e stavo cercando un modo per avvisare la ragazza di quanto accadeva alle sue spalle, perché mentre il suo sguardo andava dall'affranto al disperato andante, quello di Romero invece stava esplorando tutta la gamma conosciuta della più palese soddisfazione. Ciononostante lasciò che lei, con la schiena ormai del tutto curva, aprisse la porta e facesse un passo in corridoio prima di inveire con tono mellifluo.

«Così lei sarebbe un'allieva del Lattanzi?»

A questo punto divenni io disperato. Intravedevo un conflitto di proporzioni epiche. Il professor Lattanzi, della Sapienza, era uno dei più fieri avversari di Romero. Dopo una lunga battaglia sostenuta sulle pagine patinate delle maggiori riviste scientifiche, ormai si osteggiavano apertamente. A ogni convegno si temeva di anno in anno che esplodesse una rissa e, anche se quasi non si rivolgevano più la parola, seguivano in maniera spasmodica uno le attività dell'altro, studiavano ogni singola pubblicazione, ogni rigo, ogni affermazione, ogni starnuto, forse perfino le *lectio magistralis* o la lista della spesa. Per questo avevo fatto sparire la lettera di raccomandazioni. Lo scontro tra loro non era stato solo tra un accademico giovane e ambizioso salito da poco alle luci della ribalta, preoccupato solo di farsi posto nel mondo, e un uomo anziano che si considerava il custode delle tradizioni e dello spirito conservativo della ricerca. Era stato molto di più. Quasi una sfida da cavalieri della Tavola Rotonda, ognuno alla ricerca della sua verità. Dubito che ogni leva emergente di qualsiasi disciplina si renda conto di correre rischi spesso mortali, quando solleva il velo della sapienza per aggiungere il suo personalissimo contributo. Gli accademici alla fine non sono meglio delle classi animali che studiano, si tratta sempre di maschi alfa appartenenti alla razza dei primati, animali territoriali e dominanti, che fiutano l'odore di un antagonista anche a chilometri di distanza. Quando uno studente venuto su dal niente sfida le autorità costituite, ci sono sempre morti e feriti, carriere distrutte, relazioni lapidarie a cui si può solo rispondere con lettere accorate di protesta. Il loro poi, dato il reciproco carattere dei soggetti interessati, era stato anche il classico confronto in cui un membro della classe accademica emergente mancava di rivolgersi a un superiore anagrafico e sociale con la dovuta deferenza.

A questo punto ero pronto a scommettere che la firma autorevole su quel parere negativo citato a memoria da Alex, in grado di stroncare la carriera di Romero, fosse del Lattanzi. Ma qui, ci stava andando di mezzo qualcuno che, dannata miseria, non c'entrava niente in quella contesa tra colossi. L'avevo visto accadere molte, moltissime, volte, e quella replica non aveva attenuato il mio disgusto, anzi, più spesso capitava e peggio mi sentivo. Eppure non avevo nessuna possibilità di intervenire. Così fui lieto di constatare che, a quanto sembrava, del mio intervento non c'era alcun bisogno. La ragazza si girò come una furia.

«Senta» fece lei con voce di ghiaccio, «sono stata abbastanza intelligente da avere superato quasi tutti gli esami col massimo dei voti e da aver vinto una fottutissima borsa di studio. Credo di aver ripetutamente dimostrato le mie capacità laureandomi con lode e ottenendo un'ulteriore sovvenzione per il dottorato. Non riesco proprio a capire perché debba importare di chi sia allieva o da quale università provenga. Potrei arrivare dritta da Burgos o da Ceprano, da Koobi Fora o da Nariokotome, per quel che conta.»

La ragazza non era stupida, aveva citato tutti siti di ritrovamenti fossili su cui il professore aveva svolto importanti studi quando ancora era un insegnante fantastico, sprofondato fino al collo nell'anatomia dei primati. Sicuramente doveva aver parlato con qualcuno, forse con Lattanzi stesso, che l'aveva conosciuto ai tempi in cui si stavano appena scoprendo le regole che legavano la locomozione all'anatomia.

Allora la primatologia aveva appena iniziato a svilupparsi come specializzazione di rilievo all'interno dell'etologia. Quando ci si era resi conto che poteva essere anche uno strumento formidabile per decodificare le testimonianze fossili. E i primi studiosi che si erano dedicati a quel campo erano stati davvero dei pionieri, e avevano gettato le basi di tutte le scoperte successive. Si potevano contare sulle dita di una mano. Uno di questi era Romero, l'altro era Lattanzi. E con questo il contributo dell'Italia alla materia in questione poteva dirsi concluso.

L'esimio professore sembrò riscuotersi dal torpore. Scrutò la ragazza con un nuovo interesse, come un gatto guarderebbe il suo prossimo pasto.

«Vede, Lucchesi» si ricordava perfino il suo nome, era già un considerevole passo avanti, «i miei studenti mi accusano spesso e giustamente di annoiarmi quando ho il novanta per cento delle risposte a una domanda. La paleoantropologia è sempre stata una disciplina molto controversa. Sarà perché sul tema dell'evoluzione umana c'è qualcosa che ci fa sentire tutti dei veri esperti. Forse il fatto che siamo tutti esseri umani.»

Lo disse guardandoci tutti quanti a turno come se dall'alto della sua esperienza dubitasse seriamente di questo, almeno per quanto riguardava i presenti, lui escluso. Poi si riscosse e riprese la sua sparata.

«Se ho ben capito lei sta criticando il mio modo di lavorare. Posso chiederle che cosa la fa sentire un'esperta in materia? Ha mai studiato anatomia umana sul campo o visto qualche reperto fossile *in situ*? Glielo dico io: no. Lei al massimo ha scritto qualche articolo pseudo-scientifico sul giornale universitario. Posso attirare la sua attenzione anche solo per un momento sull'estrema inopportunità di questo suo atteggiamento? Sarebbe come entrare in una sala operatoria per dire a un neurochirurgo come impugnare un bisturi. Ma lei non lo farebbe mai, suppongo. Sa che ci vogliono anni di pratica in un campo altamente specializzato per diventare un esperto, e non pretenderebbe mai di avere adeguate conoscenze di neurochirurgia. Dico bene?» ci avvolse tutti in uno sguardo come a sfidarci nel dare un qualsiasi genere di risposta. Cosa che ci guardammo bene dal fare. «Allora perché pensava di potermi dire come fare il mio lavoro? Vede, lei dovrebbe diventare uno scienziato, pertanto il suo compito è solo quello di lavorare sodo e studiare duramente. Dovrebbe essere incurante dell'opinione altrui. Uno scienziato non ha alcun bisogno che gli altri siano d'accordo o meno con le sue teorie, se sa quello che fa. Sempre che lei sia in grado di entrare a far parte di questa categoria. E quando parlo di scienziati intendo far riferimento alla nutrita schiera di quelli che vogliono soltanto trovare la verità, appurare i fatti, ricostruire lo svolgersi naturale degli eventi. Si presuppone che lei debba scovare le prove prima di costruire una qualsivoglia teoria in proposito. E, come possiamo aspettarci che lei le trovi, se non riesce nemmeno a raggiungere senza aiuto lo studio del suo supervisore?» E mi guardò malissimo. «Ora chiuda gli occhi per un attimo, Lucchesi, e immagini. Si immagini in procinto di partire per una spedizione archeologica in qualche Paese con un clima impossibile, un governo instabile e l'acqua infetta. Pensa davvero di farcela? Questa risposta ce l'ha solo lei. E ora esca da quella porta. Faccia tre passi in corridoio e ci pensi sopra. Solo una cosa. Se decide di tornare sui suoi passi, bussi prima di entrare. E si ricordi che i fossili non aspettano nessuno, e le ossa, come dicono gli africani, parlano solo a chi sa ascoltare.»

Uscimmo in fila indiana come tre scolaretti sorpresi a imbrattare la lavagna, in punta dei piedi e senza dire una parola. Fuori ci guardammo un attimo in faccia. Poi Alex con aria solenne prese Lucchesi per le spalle, la scrollò leggermente, le ravviò i capelli sulla fronte, e con un fare molto paterno le fece fare un mezzo giro su stessa, rivolgendola in direzione della porta, fece tre passi indietro e le mimò il gesto di bussare. Nessun dottorando aveva mai avuto un tifo simile, lì dentro.

IV

Alex e io ce ne andammo per i fatti nostri, quello che potevamo fare l'avevamo fatto, ora era affare suo. Piuttosto quello scontro tra un titano e una formica mi aveva messo fame. Così, senza neanche pensarci, mi diressi verso l'Osteria dell'Orsa, era un po' tardi ma quanto meno potevamo essere certi di trovare un posto sui tavoloni di legno, tanto la cucina era aperta a qualsiasi ora, almeno fino a mezzanotte.

«Ti occuperai tu anche quest'anno del corso di salute e sicurezza sul lavoro per i tirocinanti?»

«Oh sì, certo. È nella mia natura, lo sai. Conoscere il concetto di pericolo, probabilità, danni, rischio. Sono sul pezzo. Propensione, percezione... quelle cose là. Io ci sguazzo nel pericolo.»

«Non farla tanto lunga, alla fine è un normalissimo corso di sicurezza sul lavoro. Un minimo di nozioni antincendio, le basi per il primo soccorso, gestione della segnaletica, precauzioni sugli impianti elettrici. Quanto basta per affrontare un campo base in mezzo al deserto.»

«Quest'anno abbiamo aggiunto un modulo più specifico. Caratteristiche, rischi e responsabilità sugli scavi archeologici. Il programma è tutto mio» mi disse fiero. «Ci ho messo dentro ogni eventualità disastrosa. Investimento dai mezzi del cantiere, seppellimento, cadute a livello e cadute dall'alto, passerelle e passatoie, insolazioni, esposizione alle radiazioni solari, infezioni da microrganismi, punture e morsi di animali... perfino il corretto uso della strumentazione di rilievo diretto.»

«Cos'hai, paura che qualche assegnista si conficchi un picchetto nel piede?»

«Sono incidenti più comuni di quanto non si pensi» fece stringendosi nelle spalle.

«Ti hanno dato sempre l'Aula Prodi?»

«Sì. Tre giorni di corso intensivo per conseguire un attestato di idoneità alla mansione specifica di addetto all'attività di scavo archeologico della durata di tre anni.»

«Capirai. Come se dopo gli potessero capitare altre occasioni.»

«Sai che invece non tutti sono pervasi dal fuoco sacro della ricerca, tanti partecipano solo per conseguire i crediti formativi di scavo o laboratorio. Per loro fare un campo base o spolverare i calchi in un museo sarebbe quasi la stessa cosa» disse disinvolto, come se schivare il lavoro fosse una specie di sport nazionale di cui era il detentore assoluto del titolo mondiale.

«In effetti, ho visto che quest'anno tra gli enti convenzionati per le attività di tirocinio c'è anche il Museo del Louvre.»

«Se è per questo è in lista anche il Pigorini di Roma. Credo che sia uno dei più antichi musei etnografici al mondo, ci sono andato in gita quando ero alle medie», e assunse un'espressione nostalgica che non gli avevo mai visto.

«Be', sia come sia, io più di un quarto d'ora per la presentazione del corso non posso proprio dartela.» Sapevo che tutta quella manfrina era studiata solo per strappare qualche minuto in più il giorno dell'inaugurazione dell'anno accademico.

«Tu quanto hai?» chiese, facendo finta di cadere dalle nuvole.

«Ho recuperato una mezz'ora in tutto, subito dopo l'ospite d'onore. Figuriamoci, è il novecentotrentesimo anno accademico. Hanno invitato addirittura Cédric Villani, il matematico francese, terrà un intervento sulla creatività nelle scoperte scientifiche.»

«Ah, però. Complimenti. Chissà che lotta con gli altri dipartimenti per potervi assicurare una *pole position* di questo livello.»

«Lo sai che non c'è lotta, quando Romero si mette in testa una cosa, è quella per forza.»

«E chi si azzarderebbe mai a contrastarlo? Secondo me, perfino il rettore sarebbe disposto a cedergli il posto per il discorso inaugurale.»

«Questo è poco ma sicuro. A proposito, secondo te la povera Lucchesi sarà sopravvissuta?»

«Secondo me, sì. Per essere un tipino dall'aria fragile e insicura, mi è parsa piuttosto agguerrita.»

«Mah, io intanto per non sbagliare le ho prenotato una stanza alla foresteria.»

«Okay, allora se ti fa sentire meglio, più tardi andremo a recuperarla.»

«Sì, ma smettila di cambiare discorso. Io adesso voglio sapere dove hai recuperato quella misteriosa relazione su Romero.»

«Non ci crederesti mai.»

«Qualsiasi storia tu mi dovessi raccontare, sarebbe di certo più credibile dell'ipotesi di vedere te nelle vesti di topo d'archivio.»

«In realtà, più che un topo, in questo caso è stato un baco.»

«Come sarebbe un baco, intendi un baco... da seta?»

«Ma va', intendo proprio un *bug*.»

«Un *bug* informatico?»

«Esattamente. Pare che qualche genio quando ha informatizzato gli archivi universitari abbia commesso un errore nella compilazione del codice sorgente lasciando una sorta di cavallo di Troia.»

«Vuoi dire che qualcuno da fuori ha violato gli archivi passando da una *backdoor*?»

«*Molto* da fuori. A occhio e croce direi da settemila chilometri.»

«Che cosa?!»

«Aspetta che te lo dico con precisione» disse smanettando sullo smartphone. «Da qualcuno che si trova esattamente a 6.865,7 chilometri da qui.»

«Ma dài, e chi sarebbe?»

V

Avevamo camminato a passo spedito, così dopo pochi minuti, passando da via Zamboni, eravamo già in vista dell'osteria che per una volta non aveva fuori la tipica fila dell'ora di punta. La cucina apriva a mezzogiorno e il primo turno di studenti aveva già mangiato da un pezzo. Io preferivo così, perché arrivando più tardi non trovavi la gente ad alitarti sul collo con sguardi assassini puntati alla giugulare in attesa che si liberasse il posto. Fare una conversazione privata lì poteva sembrare pura follia, perché all'interno del locale foderato di legno c'erano solo tavoloni rustici con le panche e le tovagliette di carta, dove tutti si sedevano vicino a tutti, senza badare con chi si finiva per dividere il momento del pasto. Questo però conferiva una certa privacy, in quanto, per forza di cose, finendo gomito a gomito coi colleghi delle altre facoltà, ognuno si faceva i fatti propri e i discorsi non si mischiavano mai.

Trovammo posto proprio vicino al muro, schiacciati contro i pannelli di legno. Mi piaceva sedermi lì coi frigoriferi alle spalle, potevo vedere bene chi usciva e chi entrava e mi sentivo al riparo. A quell'ora si poteva mangiare senza fretta, così dedicammo qualche minuto a studiare il menu, che cambiava ogni giorno. Presi dall'ansia di trovare posto, non avevamo fatto in tempo a leggere i piatti del giorno scritti col gessetto sulla lavagna all'ingresso. Lì la pasta era freschissima, rigorosamente fatta a mano e il ragù avrebbe meritato di finire sulla *Guida Michelin*. Alex era un carnivoro convinto e optò per una cotoletta alla milanese, a me invece bastava un piatto di tortellini in brodo, ma opzionai subito il dolce della casa, prima che finisse. Facevano un mascarpone ai frutti di bosco che ti metteva in pace col mondo. La ragazza che ci serviva, senza nemmeno chiederlo, ci aveva portato due birre alla spina e una selezione di crostini fumanti. Piantai i gomiti sul tavolo, in barba alle norme di Monsignor Della Casa, e fissai Alex dritto negli occhi.

«Alessandro Campitelli, in nome del popolo sovrano, ti intimo di confessare nome, cognome, matricola e dislocazione di questo fantomatico hacker.»

Si mise a ridere. Poi, rifacendo il verso a Romero, giunse le mani sotto il mento e cominciò a picchiettarsi il labbro con gli indici congiunti.

«Ti ricordi la campagna di scavi in Turkmenistan?»

«Sì, certo. Il delta del Murghab, come dimenticarselo. Ma non era in Tagikistan?»

«Be', quello che era. Non mi ci raccapezzo mai con questi posti. Come l'Uruguay e il Paraguay. Mi sembrano tutti uguali.»

«E quindi?»

«E quindi abbiamo partecipato alla missione grazie alle sovvenzioni e al contributo di almeno cinquemila istituzioni diverse, mi pare fosse nel 2007. Siti dell'Età del Bronzo, niente di eccezionale, ma splendidamente conservati. Poi dovemmo interrompere tutto perché ci fu il massacro di Shinwar, e la guerra in Afghanistan si era fatta sempre più vicina. Comunque ci sono uscite fuori anche un paio di tesi niente male. Mi pare sul conflitto antropologico delle popolazioni nomadi delle steppe che si sono trovate a stretto contatto con quelle sedentarie del delta.»

«Insomma?»

«Insomma, lì ho conosciuto Jalal, che faceva da interprete.»

«Okay, e sarebbe questo misterioso Aladin che a bordo del suo tappeto magico è riuscito a violare gli archivi universitari?»

«Più o meno. Ma la storia è ancora più lunga. La vuoi sentire o no?»

«Sono tutto orecchie.»

«Allora, nome completo Salah Tammod Tammo al-Jalal, yemenita. Sto realizzando con lui un videogioco destinato ai bambini, basato sulla metodologia *hands-on*, per avvicinare le scolaresche allo studio dei vertebrati e alla loro evoluzione. Sai come funziona, l'abbiamo già fatto con le visite guidate al museo. Anzi in origine quella era proprio un'idea di Romero, che non ha mai voluto rivendicare ufficialmente. Quell'uomo è un mistero. Si scanna ai convegni per difendere tesi evoluzionistiche nelle quali magari nemmeno crede più, e poi quando ha una buona idea, attuale e vendibile, ne disconosce la paternità. Non riuscirò mai a capirlo.»

«Un momento. Che vuol dire *ne disconosce la paternità*?»

«Vuol dire che quando la Ubisoft ci ha commissionato il progetto, sono andato a chiedergli il permesso. E lui ha detto che non gli interessava, che si trattava di un'idea banale che chiunque avrebbe potuto avere, e che potevo farci quello che mi pareva. Ha firmato la liberatoria sui diritti e mi ha cacciato fuori dal laboratorio borbottando non so cosa sull'aberrazione delle tecnologie moderne.»

«Quell'uomo comincia a somigliare a uno di quei dinosauri del museo che sorveglia come un falco notte e giorno. Per essere uno che aborre le tecnologie moderne, mi sembra piuttosto avanti invece. Quel costosissimo impianto di videosorveglianza che mi ha fatto installare coi fondi del capitolato di fine anno ti assicuro che è piuttosto all'avanguardia. Poi gli piace fingere di non capirne niente. Ma, secondo me, di notte oltre a "Nature" si studia anche "PC Magazine".»

«"ZeroUno", veramente.»

«Cosa *ZeroUno*?»

«Sì, legge "ZeroUno". Versione cartacea, è ovvio. Ne ha una collezione intera in laboratorio.»

«E tu come lo sai?»

«L'ho vista. Sai, ci ho messo le mani anche io sull'impianto nuovo di videosorveglianza, ho fatto giusto un paio di modifiche. A lui piace spiarci, ma chi controlla il controllore?»

«Basta, fermati, non dirmi una sola altra parola, un giorno in tribunale voglio poter dire che ero all'oscuro di tutto e che non ne sapevo niente. E smettila di andare fuori tema per favore. Eravamo fermi ad Aladin, mi pare.»

«Ah sì, il grande Jalal. È lui che mi ha procurato il contatto con la Ubisoft.»

«Dall'Uzbekistan?»

«Dallo Yemen.»

«Lo Yemen. Fa lo stesso. Non è che sei caduto nella rete di qualche cellula dormiente dell'Isis? La Ubisoft mi pare un pesce piuttosto grosso, non è quella di *Assassin's Creed*?»

«Sono proprio loro, a Milano hanno anche una divisione specializzata nel software didattico. Hanno molto apprezzato la nostra idea di trasformare lo studio in un gioco di ruolo. Abbiamo usato la biosfera e realizzato un fondale diverso per ogni classe di vertebrati, compilato schede descrittive utilizzando i preparati osteologici del museo, sfidando il giocatore a individuare le strategie di sopravvivenza ritenute più idonee all'ambiente di riferimento. Con tanto di albero filogenetico e caccia al tesoro per individuare le risorse necessarie. La parte grafica è tutta di Jalal. È un mago dell'informatica.»

«Cosa sarebbe, un *nerd* arabo autodidatta?»

Alex mi guardò serissimo. Poi armeggiò col cellulare e mi lesse la descrizione da tutti i dizionari esistenti.

«*Nerd. Giovane di modesta prestanza fisica e dall'aspetto insignificante che compensa la scarsa avvenenza e le frustrazioni che ne derivano con una passione ossessiva e una notevole inclinazione per le nuove tecnologie*. O ancora. *Tipo umano specialmente giovane poco portato per la mondanità, la socializzazione e lo sport, che trova soddisfazione e riscatto negli studi, soprattutto nell'informatica.*» Poi mi guardò con riprovazione: «Ai tempi nostri si diceva *secchione*».

«Okay, secchione allora» concessi magnanimo. «Sarebbe questo il tipo? Un guru occhialuto tutto gambe ed esoscheletro che se ne sta ingobbito di notte sul pc a violare gli archivi della Nasa e a riscrivere i codici di apertura del *caveau* della Banca d'Italia?»

«Sarebbe questo il tipo, bravo. E ringrazia che sta a settemila chilometri di distanza, perché... se fosse qui...»

«Se fosse qui *cosa*?»

Stavo guardando il profilo Instagram di un ragazzo mediterraneo, occhi scuri e profondi, labbra carnose, naso importante alla maniera dei Cesari, un'arcata orbitale sporgente tipica dei maschi alfa, due orecchie ben disegnate parzialmente nascoste da un turbante indossato con malizia e una piega delle labbra che qualsiasi romanzo rosa avrebbe descritto come «sensuale». Quello che mi colpiva di più era che sotto il turbante bianco e grigio indossava un blazer blu molto elegante, sopra a una camicia che avrei giurato fosse taglio Oxford.

«Caspita, un arabo occidentale. Qua da noi farebbe furore.»

«Già. Laurea con lode alla facoltà di informatica della Sana'a York University. Tutto meno che una cellula dormiente dell'Isis. Attraverso il suo blog sta tenendo informato il mondo sulla guerra civile che è in corso laggiù.»

«Un attivista ricercatore?»

«Sì, esatto. Sono gli atenei i veri focolai della resistenza contro il regime. I manifestanti si stanno affidando ai social network per diffondere in tempo reale ogni violazione dei diritti civili. Da quanto mi racconta, laggiù sono tornati indietro di secoli. Con tanto di razionamento della benzina, coprifuoco e scarsità di beni primari e necessari, dall'acqua potabile ai medicinali. Combattono il sistema oppressivo e le forze governative usando il live streaming.»

«Blogger, ricercatore e attivista. L'eroe perfetto. E come fa ad avere accesso alla rete, se il governo è così oppressivo?»

«Pare che lo Yemen abbia un livello di alfabetizzazione bassissimo. Solo l'un per cento della popolazione ha accesso ai social network. È un mezzo di comunicazione che il regime ha sottovalutato.»

«Sarebbe a dire?»

«Sarebbe a dire che su ventiquattro milioni di abitanti, solo duecentomila hanno un'utenza Facebook, con un rapporto di uno a dieci rispetto agli altri Paesi arabi. La Tunisia, per esempio, va per i due milioni di utenti e l'Egitto si stanzia sui quattro.»

«Uh... come sei informato. Da dove nasce questo studio, da uno dei colleghi di sociologia?»

«Ecco, veramente no. Un paio di estati fa sono impazzito e ho mandato lì qualcuno che conosco.»

«Che hai fatto?»

«Ho mandato una persona a sovrintendere gli scavi. Jalal mi aveva detto che avevano trovato reperti interessanti. E che c'era il pericolo che tutto finisse seppellito a causa dei bombardamenti.»

«E tu hai mandato uno dei nostri ragazzi in mezzo a una guerra nel deserto. Sei impazzito? Romero lo sa?»

«Uno, Romero non lo sa. Due, non ho mandato uno dei nostri ragazzi, ma una *ragazza*, e non è dell'Alma Mater ma della Sapienza. E tre... No, ti ripeto che Romero non lo sa. Se solo lo sapesse mi avrebbe squartato e appeso al soffitto nella sala di anatomia.»

«Hai mandato una ragazza sul fronte arabo? Ma tu sei fuori di testa!»

«Non è una ragazza.»

«Ma se l'hai appena detto tu.»

«Sì, all'anagrafe è una ragazza. In realtà è una forza della natura. Credo sia classificata come ciclone tropicale.»

«Clarissa? Hai mandato Clarissa in quel posto dimenticato da Dio?! Non ci posso credere.»

«Giulio, ascoltami bene. Tu la conosci meglio di me. Avete fatto dei campi insieme, non c'è modo di indurre Clarissa Liegi a fare qualcosa. Il problema è non farglielo fare se si mette in testa di farlo. Vero o no?»

«Appunto, appunto. Lo sai che, se le prospetti qualcosa di interessante, la carichi come un toro davanti a un drappo rosso e travolge tutto e tutti.»

Alex mi guardò con l'aria comprensiva di una chioccia pronta a riparare i suoi pulcini sotto l'ala, in caso di grandine.

«Ti brucia ancora?»

«Cosa?»

«Su... hai capito. Fonti bene informate mi dicono che durante il campo-scuola vi hanno colto a collaudare la tenuta di una di quelle brandine militari che ci aveva prestato la Croce Rossa.»

«Non mi brucia niente, non preoccuparti. È stato normale sesso universitario tra due matricole. Un archeologo e una zoologa alle prese con le leggi sulla riproduzione e la sopravvivenza della specie. Niente di più normale. Lei se ne è tornata alla Rupe Tarpea e io alla Torre degli Asinelli. Ognuno a casa sua.»

«Mi fa piacere che la pensi così, perché, sai, sta venendo qui.»

Quasi mi andò la birra di traverso, ma tentai disperatamente di mantenere un contegno, mentre mi affannavo a pulire il tavolo di legno dagli schizzi che avevo causato mettendo giù il boccale con un filo di fermezza di troppo. Per un lungo, lunghissimo, istante mi sembrò come se l'intera osteria, compresa la sala a fianco, si fosse bloccata in un fermo immagine, col fiato sospeso per seguire meglio il nostro discorso. Ma non era vero. Come sempre ognuno si faceva i fatti suoi. Esempio che avrei fatto meglio a seguire anch'io. Cercai nel mio repertorio il miglior tono cattedratico, rubando in parte la calata arrogante di Romero, che sempre dava sui nervi a tutti e che ero così bravo a imitare.

«Ripeti che non ho capito. *Sta venendo qui?*»

«Proprio così. Bollono cose importanti in pentola. Quei reperti sono davvero eccezionali. Dopo due anni di studio Clarissa è pronta a rivelare al mondo le sue scoperte. Ma ha bisogno del nostro aiuto.»

Non riuscivo proprio a convincermi. Che cavolo c'entrassimo noi con gli studi di Clarissa sulla zoologia, per carità rispettabilissimi, ma di certo completamente su un altro campo rispetto al nostro pane quotidiano, non avevo modo di spiegarmelo. A meno che non fosse una stupida manovra di Alex per riavvicinarci. Ma per quanti sforzi facessi, nei panni del Cupido accademico proprio non ce lo vedevo. Lo squadrai per bene, e quello che mi arrivava forte, netto e distinto, al di là del tavolaccio di legno, era l'inconfondibile anelito di gloria che conoscevo anche troppo bene. Foglioline di alloro che esalavano un aroma intenso e suadente, foriero di fama e di successo. Scacciai con un sospiro l'immagine della copertina di «Nature» con una trionfante Clarissa Liegi che abbracciava un recalcitrante Giulio Ferraro da una parte, e un esaltato, per quanto compito, Alessandro

Campitelli dall'altra, mentre sullo sfondo Jalal a cavallo di un cammello brandiva una mandibola fossile di non so quale antilope beduina. Mi rassegnai all'inevitabile.

Se Clarissa Liegi, classificata come uragano tropicale classe cinque, stava solcando il *mare magnum* universitario per arrivare all'Alma Mater a chiedermi aiuto, la scoperta doveva, assolutamente *doveva*, essere poco meno che clamorosa, altrimenti non l'avrebbe mai fatto. Conoscendo me, ma soprattutto avendo ben presente la sinistra fama di Romero, se aveva bisogno di noi, di certo era per accattivarselo e avere quanto meno il suo beneplacito, un solenne *imprimatur* alla bontà delle sue deduzioni. Su cosa, poi, era ancora un mistero. Ed ero certo che Alex non me l'avrebbe detto così di punto in bianco davanti a un boccale di birra in osteria. Lui voleva portarmici piano piano, perché sapeva che negli anni ero diventato cauto come San Tommaso. *Se non vedo non credo*, potevo ripeterlo come un mantra ossessivo anche nel sonno, ormai. Avevo fatto da relatore a troppe giovani promesse di questa o quella branca scientifica, per sapere che spesso si scambiano lucciole per lanterne e che dopo la beffa dell'uomo di Piltdown, ancora troppe disillusioni dovevano essere smantellate sulla strada infida della scoperta, proprio ora che tutto sembrava già essere emerso alla luce dalle profondità della terra. Certo, c'era ancora la possibilità di interpretare i reperti già noti in un modo diverso, ma di trovare nuove evidenze fossili capaci di riscrivere la storia c'erano veramente poche chance. Anche se, a ben pensarci, praticamente ogni anno da un lato all'altro dell'Atlantico c'era sempre qualche équipe internazionale che gridava al miracolo. Fosse che questa volta toccava a noi?

Romero mi avrebbe ucciso. Decisi che ci sarei andato con i piedi di piombo.

VI

Il ronzio insistente del cellulare mi riscosse dai miei pensieri. Per un attimo pensai perfino che in base a chissà quale diavoleria telepatica a mo' di *santeria*, Romero si fosse intromesso nei miei pensieri e mi stesse mandando una reprimenda via SMS. Che poi oggi li usava solo lui. L'unico a rifiutarsi ostinatamente di utilizzare Twitter o WhatsApp. Un miliardo di persone nel mondo si erano convertite alla messaggistica istantanea, ma il professore ancora no. Misteri delle fissazioni accademiche. Scrutai il display con sospetto, come se all'improvviso potesse animarsi di vita propria e mettermi in contatto con qualche realtà parallela indesiderata. Invece era solo Lucchesi che cercava di farci sapere, supponevo, l'esito della singolar tenzone.

«La Lucchesi ci sta cercando, le dico che siamo qui o ci avviamo?» chiesi ad Alex, tanto per non assumermi da solo l'onere della decisione.

«No, no, falla venire qui. Abbiamo ancora tempo» fece Alex di rimando, ignorando il fatto che le lancette del grande orologio appeso alla parete si stessero ormai avvicinando alle quattro meno un quarto, che per essere una pausa pranzo, sia pure accademica, era un lasso di tempo considerevole. Ma, meditai, Lucchesi doveva aver sicuramente bisogno di ristoro dopo la colluttazione, quanto meno verbale, che pensavo avesse affrontato. Una pinta di birra non ci stava male.

Vieni all'Osteria dell'Orsa. Passa da via Belmoro e gira in via Zamboni. Poi chiedi. La conoscono tutti, scrissi digitando rapidamente sulla tastiera del mio vissutissimo smartphone.

«Sta arrivando» feci ad Alex, ancora chiedendomi su cosa mai poteva vertere la sensazionale scoperta zoologica di cui mi aveva parlato, per richiedere l'*imprimatur* di Romero. Notai che mi guardava come un gatto che osserva un topo, e la cosa non mi piacque per niente. Se pensava che avrei chiesto ragguagli sulla tesi di Clarissa o, peggio, dettagli sul suo alloggio o sul suo stato di Facebook, si sbagliava di grosso. Anche perché lo sapevo già. C'era scritto *La Sapienza, Roma, ricercatrice, single*. Negli ultimi tempi l'ultima voce era passata da *fidanzata ufficialmente* a *relazione complicata*, per poi traghettare definitivamente allo stato attuale: *single*. Forse valeva davvero la pena di ascoltare questa sua mirabolante tesi sulla mandibola di antilope beduina.

Nel frattempo Lucchesi era arrivata e, per essere una appena uscita dall'arena, non sembrava passarsela malaccio. Si sedette sulla panca alla cavallerizza, afferrò un menu al volo e, sventolando la mano, riversò sulla cameriera una lista di ordinazioni che avrebbe intimorito anche un camionista appena uscito da un ingorgo sulla complanare Casalecchio-San Lazzaro. Mi chiesi dove avrebbe messo tutto quel ben di Dio, pensando che forse potevo essere io, per una volta, a fare da cherubino ad Alex, che a quanto ne sapevo credeva fermamente nella monogamia, ma quella degli altri. Per quanto lo riguardava preferiva avventure di una notte, meglio se notti diverse. Solo una volta l'avevo visto preso davvero, nel corso di una rovente estate al museo, ma si era arroventato talmente sulle graticole dell'amore che non ci aveva più provato. Però quei due insieme li avrei visti bene. Lei era un tipo acqua e sapone, esile, che girava per le università con abitini quadrettati e gli anfibi da eroina dei manga, a parte la taglia del seno che qui difettava. Alex era il tipico studente americano, spalle quadrate, vita sottile, zigomi prepotenti, mento ben definito, un filo di barba da 4 millimetri e i capelli rasati a 2,8. Io ero più il classico professorino occhialuto con lo sguardo mite da pio bove e una certa preferenza per gli sport in solitaria. Compensavo la minore prestanza fisica con una fluente capigliatura che portavo sciolta sulle spalle; per quanto poco canonica fosse, avevo imparato che negli ambienti accademici un certo grado di anticonformismo non guastava mai, così mi godevo sempre lo sconcerto provocato dall'abbinamento inconsueto tra gli occhialini con la montatura dorata e la chioma da ribelle.

Scrollai le spalle e archiviai la faccenda momentaneamente, forse non era il momento di combinare matrimoni, ma quello di collaudare felici collaborazioni scientifiche. Ero proprio curioso di sapere quale progetto il professor Romero avesse appena avvallato, perché visto che Lucchesi era viva e vegeta, tanto male non doveva essere andata. Al secondo giro di birre, dopo averla vista trangugiare una quantità incredibile di cibo, pensai che forse era il momento giusto per chiedere.

«Allora com'è andato l'incontro di boxe?»

Lei scrollò le spalle avventandosi su una cotoletta.

«Guarda, una cosa simile non mi era mai capitata. Ma come si fa, dico io, a tendere un tranello a uno studente solo per metterlo alla prova? Eppure Lattanzi mi aveva avvertita. Sono stata io che non gli ho creduto.»

Mi finsi sorpreso e assunsi un'aria di rimprovero.

«Veramente anch'io ho tentato di avvertirti.»

Puntandomi un dito contro, scosse la testa e tuffò le labbra nel boccale ancora pieno di schiuma.

«Proprio no, mio caro. Tu mi hai detto solo che era un tipo un po' strano, da prendere con le molle. Non hai specificato che era pazzo come un cavallo.»

Alex quasi si strozzò mentre beveva, io alzai entrambe le mani in segno di resa e cominciai a ridere sotto i baffi.

«Okay, lo ammetto. Avrei dovuto essere un attimino più circostanziato, ma sai, non si può mai prevedere come si comporterà. È ingestibile. Ma affascinante, o no?»

«Sì, certo, affascinante come un Tir che ti arriva contromano in autostrada a tutta velocità. Ma piuttosto una cosa non ho capito. Mi ero intestardita a bussare a quella porta solo perché lui continuava a rispondermi. Io bussavo, e lui rispondeva *avanti*. Sicché ho pensato che fosse lì dentro, e che magari l'apriporta non funzionasse. E invece non c'era, dato che se ne stava rintanato nei sotterranei del museo. Ma allora, se non era lì, come diavolo faceva a rispondermi ogni volta che bussavo?»

Io e Alex ci guardammo, poi lui si strinse nelle spalle e abbozzò una risposta.

«Ultimamente gli è salito il livello di paranoia ed è diventato un maniaco dei sistemi di sicurezza. Ha fatto montare telecamere dappertutto, con una specie di centralina di controllo piazzata in laboratorio, sospetto che passi il tempo a controllare cosa succede in ogni stanza, aula o ripostiglio.»

«Quindi può fingere di essere in una stanza anche se non c'è?»

«A quanto pare si diverte così. Comunque per il resto com'è andata?»

«Bene, dài. Ne sono uscita vittoriosa. Ha accettato il progetto su cui avevo lavorato di più, non senza una dozzina di modifiche. Quello su cui ho puntato tutto.»

«Che sarebbe?»

«Vedi, la tesi prevalente è che i primi ominidi abbiano sviluppato uno stile di vita arboricolo, che ha richiesto una combinazione tra la posizione eretta e l'abitudine ad arrampicarsi sugli alberi. Il punto controverso è capire come e quando il nostro sistema di locomozione ad andamento bipede sia diventato prevalente. Io ho intenzione di mettere a punto uno studio basato sul rapporto esistente tra la lunghezza dell'omero e quella del femore, che è un ottimo indicatore del sistema di spostamento utilizzato dall'esemplare in questione. I primati che si arrampicano abitualmente sugli alberi hanno le braccia più lunghe delle gambe, mentre quelli ad andamento bipede o con andatura a sbalzi hanno le gambe più lunghe delle braccia. Noi per esempio abbiamo un rapporto del settanta per cento, mentre gli scimpanzé ce l'hanno del cento per cento o leggermente superiore, il che ovviamente significa che braccia e gambe sono quasi uguali. Il gibbone arboricolo invece ce l'ha del centotrentadue per cento.»

«Ah, ci credo che Romero si sia lasciato convincere. L'andamento bipede è sempre stato uno dei suoi cavalli di battaglia. Per lui è quella la vera discriminante nel complesso spartito dell'evoluzione» risposi con entusiasmo, dandole una gran pacca sulle spalle. Alessandro invece fu più compito.

«Così ora sei dei nostri. Meno male che ti ho prenotato l'alloggio, allora. Ti servirà, a quanto pare.»

«Sì, grazie» assentì lei, riconoscente, «sei stato un tesoro. Ci sono già passata stamattina a lasciare i bagagli. Mi è sembrato un posto carino, molto accogliente e comodo. Certo, oggi a un certo punto ho temuto di dovermeli andare a riprendere, i bagagli. Tanto alla fine la stazione centrale è qua vicino. Però sarebbe stato uno smacco troppo grande tornarmene a casa con la coda tra le gambe».

«Be'» concesse Alessandro, «certo che Romero ha fatto del suo meglio per dissuaderti».

«Tu hai fatto del tuo meglio, invece. Se non mi avessi fatto fare quel mezzo giro in corridoio forse me ne sarei andata.»

«Ma non credo proprio. Sei un tipo tosto, tu. Non ti sei fatta smontare nemmeno un attimo. A Romero piace di più quando sente che c'è carne su cui affondare i denti» rispose Alex, tastandole un braccio come la strega di Hansel e Gretel.

«Dài, così lo fai sembrare un animale feroce» lo respinse lei, ridendo.

«Perché, che cos'è?»

«Un esemplare rarissimo di professore ordinario» dissi io, tutto serio.

«Ah, ecco. Ora tutto si spiega. La specie peggiore, altro che vampiri, licantropi e sanguisughe. I professori sono capaci di succhiare via la linfa vitale da un gregge di studenti in meno di un secondo.»

«Ridi, ridi. Voglio vedere quando entrerai a far parte di questa categoria anche tu» mi fece Alex.

«Eh, quel giorno lo vorrei vedere anch'io. Ma ultimamente comincio a dubitarne» risposi sconsolato. Ma Alex era in vena di facezie quella sera.

«Ehi, Lucchesi, guarda quel figurino laggiù» disse Alex, indicando un tipo in fila alla cassa, «secondo te che tipo di andamento bipede ha? Sapresti calcolare da qui il rapporto tra le sue gambe prestanti e le cosce muscolose? O preferisci andare più vicino?».

«Sai» lo corresse lei compunta, «sarebbe corretto usare il termine *arto posteriore*, sia per gli ominidi che per i primati meno evoluti».

«Ecco, vedi Alex» feci io convintissimo, «la fanciulla qui presente ha già inserito il prestante esemplare nella categoria giusta. Un primate evoluto, non per niente si tratta di uno studente di sociologia».

«E tu cosa ne sai?»

«Oh niente, lo incontro ogni tanto quando vado a correre nel parco, abbiamo scambiato due chiacchiere.»

Alessandro però stava già pensando ad altro, perché mi rispose distratto.

«Ora che ne dite se leviamo le tende e chiudiamo questo consesso scientifico?»

«Penso che sia un'ottima idea» replicai. «Io strada facendo accompagno Lucchesi al suo ostello. Torni tu a chiudere il laboratorio?»

«Sì, fratello, me ne occupo io. Ci vediamo domani, stesso posto stessa ora. Ricordati che è giovedì e al forno fanno il pane pugliese. Lo sai che ci tengo.»

«Promesso» dissi con entusiasmo, «sarò lì alle otto».

Uscimmo e svoltammo in due direzioni diverse. Fuori, sulla panca di legno che stava davanti alla vetrina, c'era il solito capannello di fumatori accaniti che parlavano e ridevano, nonostante il freddo pungente che tagliava la faccia. Mi tirai su il bavero della giacca e strinsi il cappotto sul petto incrociando le braccia ben strette. Non eravamo più ai tempi in cui il nostro corpo era ricoperto di peli per affrontare il rigore del clima invernale. Avevamo dovuto evolverci e imparare a forgiare capi di vestiario, prima di pelle animale, poi di stoffe tessute sul telaio. Era seguita la rivoluzione industriale e la trasformazione dei centri abitati in metropoli. Gli anni delle grandi scoperte, le innovazioni tecnologiche, la luce elettrica, il telefono, il primo motore a benzina, la radio, il grammofono, il frigorifero. Il cinema, la plastica, la dinamite, le prime anestesie, l'aereo dei fratelli Wright che decollava da un prato. Quanta strada avevamo fatto da quando eravamo scesi dagli alberi. Poi c'erano state le guerre, le epidemie, le pestilenze, le catastrofi naturali alimentate dal supremo disprezzo per le risorse del pianeta. Forse non avevamo fatto un grande lavoro alla fin fine, ma era nella nostra natura. Dopotutto eravamo solo esseri umani.

VII

Io e Lucchesi girammo a sinistra, mentre Alex si incamminò nella direzione opposta. Guidai da bravo anfitrione la mia ospite attraverso vicolo Luretta, per poi girare a via Valdonica mentre la ragguagliavo su alcuni dettagli topografici.

«Ora praticamente attraverseremo il quartiere ebraico, passando da via dell'Inferno a vicolo San Giobbe, per poi proseguire a destra lungo via dei Giudei fino a piazza della Mercanzia.»

Lei mi guardò curiosa.

«Cos'è, un compendio della *Divina Commedia*? Non mi dire che tra poco finiremo nel girone dei dannati.» Poi si bloccò nel mezzo della frase e cambiò rotta. «Anzi no, forse siamo più nella tradizione biblica, direi che stiamo andando dritti verso i farisei nel Tempio.»

Ridacchiai tra me e me, adoravo le persone che riuscivano a seguire i meandri contorti dei miei ragionamenti.

«In effetti alcuni storici sostengono che questi luoghi siano stati in un certo modo ispirati alla religione cristiana. La chiesa di San Giovanni in Monte, oltre all'ovvio riferimento al noto evangelista, pare che abbia a che fare con Monte Oliveto o Monte Calvario, in omaggio ai luoghi dove ci si recava in pellegrinaggio ai tempi delle crociate nella terra santa di Gerusalemme. Sai, la valle di Giosafat e tutte quelle cose lì.»

Dopo un breve tratto in via Cartoleria girammo in via de' Chiari, giusto di fronte alla residenza universitaria che portava il pomposo nome di Camplus Living. La stradina era stretta tra i palazzi color ocra, con una fila di motorini disposti ordinatamente tra le righe bianche del parcheggio. Sulla sinistra i portici del colonnato erano accompagnati da grondaie in ferro che scendevano fino a scomparire nel selciato irregolare fatto a sampietrini. A destra i ciclisti, a sinistra i pedoni. Noi camminavamo al centro.

Vicino al portone rinascimentale della residenza, sull'intonaco arancione, qualcuno aveva disegnato una figura spettrale che a prima vista poteva sembrare una via di mezzo tra un pipistrello e un rapace. Aveva le fattezze e il piumaggio di un'aquila, ma la testa era schiacciata come quella di una civetta, le ali erano aperte e incombenti, come a calare dall'alto, in volo radente, per avvolgere in un abbraccio mortale gli inconsapevoli passanti. Sembrava che dalle fauci insanguinate pendesse un brandello di qualche parte anatomica che non era chiaramente identificabile. Le zampe rostrate erano ben piantate sul ramo di un albero che si snodava inquietante uscendo dal selciato come un polipo avvolto nelle sue stesse spire, provenendo direttamente dalle profondità infernali. Creatura zoologica alquanto singolare, Clarissa ne sarebbe rimasta estasiata e si sarebbe fermata mezz'ora a fotografarla da tutte le angolazioni possibili. E quando non poteva scattare foto, lei di solito tirava giù degli schizzi a mano su un bloc-notes che teneva sempre infilato in qualche tasca. Era bravissima a tratteggiare con pochi segni qualsiasi cosa vedesse, e io avevo sempre pensato che sarebbe potuta diventare un'eccellente illustratrice scientifica, se solo avesse voluto.

«Curioso affresco per una residenza monastica» fece Lucchesi, che aveva notato anche lei l'incongruità del rapace.

«Be', sai l'antica Felsina è nota fin dall'Undicesimo secolo per lo spirito goliardico irrefrenabile delle matricole. Dopotutto siamo noi la più antica università del mondo occidentale. Con buona pace della Sapienza che, mi dispiace dirtelo, nella classifica degli atenei è ancora al quarto posto.»

«Addirittura l'anno Mille?» fece lei, girandosi a metà. L'adoravo quando riusciva a seguire i miei voli pindarici. «Ai tempi del Barbarossa?»

«Esattamente. Sono partiti con gli studi giuridici, poi ai giuristi si sono affiancati i liberi artisti. Dopodiché hanno inserito filosofia, greco, ebraico, astronomia, retorica e grammatica, insieme a discipline sperimentali che avevano nomi strani e curiosi come farmacopea e magia naturale. Ovverosia studio degli animali, dei fossili e di varie altre meraviglie della natura, compresa quella creatura mezzo grifone e mezzo pipistrello che abbiamo visto disegnata là fuori.»

Ma non mi stava *ascoltando*, era ancora rimasta ferma alla classifica delle migliori università redatta dal Censis, a quanto pareva, perché si fermò di botto, fece mezzo giro su se stessa e cominciò a contare sulla punta delle dita, sventagliandomi la mano sotto al naso.

«Se noi siamo quarti, e voi ovviamente siete al primo posto, Signor *Sotuttoio*, allora chi si è guadagnato gli altri due scalini del podio?»

«Padova e Firenze» risposi con scioltezza, la classifica la conoscevo a memoria fino all'ultima posizione. «Padova, non per dire, l'abbiamo fondata noi. È stata un nostro *spin-off* del 1222. Tra parentesi, fondata da nostri ex professori che cercavano... ecco, come dire... una maggiore libertà accademica. Firenze, be', per forza di cose, è cresciuta sotto l'ala protettrice dei Medici. Si sono anche presi l'Accademia della Crusca, e da lì in poi hanno campato di rendita.»

Lucchesi rise questa volta e mi fissò divertita.

«Ho sempre trovato buffo questo campanilismo accademico. Come se ai simposi i professori non avessero altro di cui occuparsi.»

«Dimentichi una cosa fondamentale sull'evoluzione. Un dettaglio che qualsiasi matricola del primo anno conosce benissimo.»

«Ah sì? E quale?» era deliziosa così, girata a metà, con lo sguardo mezzo allietato e mezzo provocatorio.

«Che l'uomo, pur se evoluto, è sempre un animale sociale altamente competitivo. I simposi universitari, come li chiami tu, somigliano sempre di più a un raduno di primati dove il gorilla più grosso sale in cattedra a battersi il petto e gli altri si vanno a nascondere sotto al tavolo.»

Stavolta rise di cuore, e prese a correre per gli ampi corridoi dell'antico centro monastico, fino alla stanza che, per essere una residenza universitaria, tendeva ad avere un arredamento minimalista e plastificato che mi faceva sempre venire in mente i film degli anni Settanta. Semplice era semplice, essenziale anche, ma il risultato finale era quello di una completa spersonalizzazione. A Lucchesi era toccata una stanza con i letti gemelli, imbottiti in tessuto grezzo grigio scuro. Abbinati con l'arancione sgargiante del piumone svedese facevano un bel contrasto, ma invece di rendere l'ambiente allegro gli conferivano, se possibile, un aspetto ancora più asettico. C'era una libreria a giorno in faggio chiaro a dividere la zona notte dall'ingresso, dove campeggiavano due belle poltrone sempre grigie dall'aria assai comoda, se non fosse che erano state già invase dal contenuto dei bagagli di Tiziana, che aveva giù sparso le sue cose dovunque. E meno male che aveva detto di non essere sicura di restare. Mi accontentai di sedermi su uno dei lettini gemelli, a gambe larghe con i gomiti poggiati sulle ginocchia e i palmi congiunti sotto il mento sembravo un telecronista in tribuna stampa pronto a cogliere il momento del goal. Spiavo Lucchesi che se ne andava in giro a sistemare cose nella stanza con la stessa concentrazione con la quale avrei potuto sorvegliare il punto di cottura dei miei hamburger sulla piastra. Mi interessava quella ragazza. Una capace di tenere testa a Romero pensavo dovesse ancora nascere.

Le sedie con lo schienale ricurvo in plastica chiara, stile Ikea, erano semi-sommerse da abiti, asciugamani, sciarpe, maglioni e cappotti che giuro non avevo idea da dove avesse tirato fuori. La fissai affascinato mentre da un piccolo trolley a fiori stava togliendo fuori un assortimento impressionante di barattoli, bottiglie e flaconi, per poi allinearli in ordine meticoloso di altezza sul bancone in legno che fungeva da scrivania, e che correva lungo tutta la stanza. Diagnosticai mentalmente una sorta di disturbo ossessivo-compulsivo, mentre mi chiedevo come avesse fatto a stivare tanti prodotti in una valigia così piccola e, soprattutto, come fosse riuscita a farli sopravvivere intatti dopo un viaggio Roma-Bologna su un Freccia Rossa a duecentosettanta chilometri all'ora.

«Che fai, metti su un laboratorio?» chiesi alzandomi pigramente. Avevo intenzione di leggere ogni singola etichetta, perché mi stavo davvero chiedendo cosa se ne facesse di tutta quella roba.

Lei mi guardò male e, appena allungai la mano verso un flacone, lo spostò fuori portata.

«È solo il minimo necessario che ogni ragazza dovrebbe portarsi dietro quando viaggia.»

«Tu non hai mai partecipato a un campo-scavi, mi sa» dissi, pensando a Clarissa che si radeva le gambe col mio rasoio, usava il mio shampoo e mi rubava le cartine per le sigarette. «E poi perché non li metti in bagno, se sono prodotti di bellezza?»

«Perché qui la luce è buona, c'è uno specchio lungo tutta la parete, e la finestra si trova a destra, che è la posizione migliore per avere una percezione ottica perfetta, se sei destrorso.»

«Veramente sarebbe la posizione migliore per studiare, non per impiastricciarsi il viso.»

«Tu sei un uomo, certe cose non le puoi capire» sentenziò implacabile. Poi riemerse un attimo dal bagno con una pila di asciugamani sulle braccia.

«A che ora si mangia qui?»

La fissai ammaliato. Era alta a dir tanto un metro e cinquanta e il suo peso specifico doveva essere a metà tra quello di una libellula e quello di un lepidottero, si era appena mangiata il mondo e stava già pensando al prossimo pasto.

«Uhm, credo come in tutto il mondo occidentale. Cena servita in sala a partire dalle diciannove e trenta, ossia due ore dopo il tramonto.»

Mi fissò con muta aria di riprovazione. Come se le leggi dell'universo si fossero appena incrinate per causa mia.

«Volevi dire tre ore e un quarto. Oggi il sole tramonta alle 16,43.»

«E come fai a saperlo?»

«So ogni mattina a che ora tramonta il sole e so ogni sera a che ora sorgerà il mattino dopo. Sono cose da sapere, queste.»

Guadagnai un angolo di una delle due poltrone che si era appena liberato dal cumulo di panni, e rimasi a osservala estasiato.

«Mi rimangio quello che ho appena detto.»

«Cosa? Che si mangia alle sette e trenta? Hanno cambiato orario?»

«No, che non sei adatta a un campo-scavi. Chiunque sappia a che ora sorge e tramonta il sole è degno di qualsiasi campagna archeologica al di qua e al di là dell'oceano.»

«Ma non l'hai detto adesso, questo. L'hai detto...» fece una pausa breve, consultando il quadrante del suo Apple Watch «bensì tredici minuti fa».

La scrutai con rispetto, aveva l'animo puntiglioso e preciso del topo da laboratorio, una che si annota tutto, ricorda tutto, e soprattutto conserva tutto, in qualche angolo remoto della scatola cranica, pronto da tirar fuori al momento giusto. Una risorsa preziosa sul campo della ricerca. Era da capire se avesse la stessa puntigliosa attenzione anche per le cose che leggeva, oltre a quelle che sentiva, perché se così fosse stato, avrebbe avuto la stoffa perfetta della ricercatrice.

«Penso di averti fatto da balia abbastanza, ora che hai smontato i bagagli e preso possesso del tuo alloggio, annotato scrupolosamente l'orario dei pasti e disposto tutti i tuoi flaconi in rigoroso ordine di altezza, formato e colore, credo proprio di poterti lasciare sola con te stessa a smaltire i postumi del combattimento.»

«Ci puoi scommettere.»

Aveva la singolare capacità di saltare a piè pari le regole di base in una normale conversazione. Tu le chiedevi l'ora e lei ti rispondeva che tempo avrebbe fatto martedì. Ma tutto sommato mi intrigava, col tempo avevo scoperto che ero inesorabilmente attratto dalle persone imprevedibili. Il fatto è che io per la metà del tempo mi annoiavo. Avere a che fare con qualcuno capace di sorprendermi, nel bene o nel male, era sempre un'esperienza degna di essere vissuta. Così provai a seguire il filo *nonsense* della sua dialettica.

«Ci posso scommettere, sì. Ma su cosa?»

«Sul fatto che è stato un dannato combattimento senza esclusione di colpi, come una *sfida all'O.K. Corral.*»

«Capisco. Tipo a cinquanta chilometri dal Messico o tipo trenta colpi in trenta secondi?»

«La seconda che hai detto. A ben pensarci è sembrato più simile al massacro di San Valentino.»

«Bello» feci con piglio convinto, senza guardare da nessuna parte. Si voltò cercando di capire cosa stessi osservando, poi ci rinunciò e scosse la testa. Prese a fissarmi lei, con il capo lievemente inclinato come un uccello. Fui io questa volta a darle trenta secondi. Al ventottesimo esatto aprì la bocca, poi la richiuse. Fece tre passi in direzione del bagno. Spostò un paio di flaconi che non avevano alcun bisogno di essere allineati, per poi riportare la sua attenzione su di me. Strinse le labbra un paio di volte, si arruffò i capelli, sospirando. Poi tornò indietro. Mi si piazzò davanti spazientita, le mani sui fianchi.

«Bello *cosa*?»

Avevamo ampiamente superato i trentacinque secondi. Silenziosamente le tributai tutta la mia più incondizionata stima. Chiunque fosse capace di contare fino a trentacinque prima di sputare fuori qualcosa che gli brucia sulla punta della lingua meritava ogni attenzione.

«Sei passata dal 1881 al 1929 nello spazio di un secondo. Bel salto temporale. Che gruppo sanguigno hai?»

Chiunque altro avrebbe chiesto *che c'entra*, lei no, fece spallucce e rispose mansueta, come una studentessa preparata.

«A.» Poi parve leggermi nel pensiero. «Alimentazione basata sui cereali e i prodotti dell'allevamento. Derivato dall'Asia e dal Medioriente. Noi siamo il motivo per cui oggi esistono sempre più persone intolleranti al glutine e al lattosio. Si tratta di un adattamento ancora troppo recente. Poco più di diecimila anni. Non sono niente nella storia dell'evoluzione.» Mi fissò con aria concentrata, poi proseguì spedita. «Tu invece sei un gruppo 0. A prevalenza carnivora. Sei nato con il Cro-Magnon, almeno quarantamila anni fa. Anche Alex, direi. Non c'è da stupirsi, è il gruppo più diffuso al mondo.»

Non c'era niente da fare, quella ragazza mi piaceva proprio. Fossi stato il tipo l'avrei sposata, oppure baciata, seduta stante. Invece saltai su, le diedi una bella pacca sulle spalle e mi avviai verso la porta.

«Benvenuta nel gruppo, Lucchesi. Sei dei nostri, qui si paga 45 euro al giorno, un prezzo contenuto direi. Poi più avanti magari ti troverai un alloggio. Ah, domani se vuoi aggregarti, abbiamo appuntamento davanti al forno, di solito facciamo colazione lì alle otto precise. Diciamo quaranta minuti dopo il sorgere del sole.»

«Che forno?» le si erano illuminati gli occhi.

«La Bottega di Un Chicco, in via Santo Stefano. Panini col sesamo, con le olive, con i semi di papavero, al carbone nero, con le patate, ciambelline di caffè salate, panini al pomodoro, coi chicchi di cioccolato. Cose così...»

La lasciai felice che si fregava le mani.

VIII

Abitavo a pochi passi da lì, in via Massarenti, zona San Vitale. Me la presi comoda. Strada facendo, da bravo scapolo incallito, avevo le mie commissioni da fare. Sono uno di quelli che fa sempre la lista della spesa e poi la lascia attaccata alla calamita sul frigo. Non per dimenticanza, per scelta. Mi basta scrivermele le cose per ricordarle. Così passai in edicola, in farmacia e al supermercato. Compravo poche cose per volta, ma tutti i giorni, neanche se il cardiologo mi avesse raccomandato di non portare troppo peso. Prendevo solo quello che potevo portare in una busta. Lo stretto necessario per la sopravvivenza. Come se non ci fosse un domani. Quando passavo a trovare mia mamma, a Zola Pedrosa, mi sembrava sempre che avesse in casa provviste sufficienti per sfamare un esercito. *Cos'hai, paura che scoppi una guerra?* E lei quando veniva da me, aprendo gli sportelli della dispensa mi diceva la stessa cosa. *Ma che è scoppiata una guerra qui? Non hai niente da mangiare in casa.* È che mi ero scelto un appartamento davvero minimalista. Qualsiasi cosa pur di non condividere l'alloggio con personaggi inquietanti che ti lasciano residui di schiuma saponata in bagno e occupano i ripiani del frigorifero con alimenti di dubbia provenienza e di altrettanto incerta proliferazione botulinica. Aveva i suoi lati negativi, ma almeno quando arrivavo a casa, in quel cubicolo che portava il pomposo nome di *monolocale completamente arredato* e che la mia padrona di casa affittava per una cifra pari alla metà del mio stipendio, mi sentivo in pace col mondo proprio perché il mondo, arrivato in cima al pianerottolo, potevo chiuderlo fuori.

Non so perché, ma quella sera salii le due rampe di scale con una certa leggerezza. Sentivo nell'aria qualcosa di buono. E non era l'odore di cucina dei ragazzi indiani a piano terra. Si trattava di qualche altra cosa. So solo che si era fatta sera quando finalmente misi piede a casa, ma non mi sentivo affatto stanco. Anzi, sorridevo pensando a Lucchesi che mi avrebbe fatto il conto a memoria di quante ore erano passate dal momento in cui la palla di fuoco che governa le nostre vite si era tuffata oltre la linea dell'orizzonte.

Posai la busta con la spesa sul microscopico tavolino triangolare che stava addossato al muro. Infilai le lasagne nel microonde sopra il frigorifero, staccai dalla calamita la lista della spesa controllando per puro pro forma se avevo preso tutto, e passai nell'angolo cottura. C'era ancora la tazza della colazione nel lavello. La guardai con affetto, come se fosse la compagna di una vita. Lei almeno non mi chiedeva dov'ero stato, cos'avevo fatto, perché avevo quella faccia strana e cosa pensavo della vita su Marte. E non mi obbligava a sostenere improbabili conversazioni sui massimi sistemi o sulla quadratura del cerchio a ore impossibili.

Lavando la tazza mentre il *beep* del microonde annunciava che il programma era arrivato a metà cottura, fischiettavo soddisfatto. Non so se era più per il *match* tra Lucchesi e Romero o per la notizia dell'arrivo di Clarissa, ma mi pareva che laggiù all'orizzonte, nel mare frastagliato delle mie aspettative future, qualcosa stesse per cambiare.

Preparai la caffettiera per il giorno dopo, perché la mattina presto tutto sembro tranne che un essere senziente, e passai un attimo in rassegna il bagno minuscolo con la tazza del water messa in diagonale che da sola sarebbe valsa come prova d'esame per progettista d'interni, perché a prima vista chiunque avrebbe detto che in quel monolocale di appena ventotto metri quadri, il bagno proprio non ci sarebbe entrato. Invece erano riusciti a metterci tutto, piano cottura a due fornelli, lavello a pozzetto in ceramica, che era ottimo anche per lavare la biancheria a mano, perché per la lavatrice invece non c'era stato niente da fare. Divano-letto, mini tavolo angolare, televisione che se ci batteva il sole di sguincio dalle finestre non vedevi lo schermo, caldaia, termosifoni e due finestre con gli scuri che si aprivano quasi in faccia ai vicini del palazzo di fronte, tanto che se mi fossi affacciato avrei potuto farmi prestare un limone o una tazza di zucchero senza nemmeno uscire di casa.

Frigorifero, microonde, un armadio a due ante, col tetto carico di scatoloni e valigie, mensole e scaffali da segnalare come ostacoli sporgenti e carichi pericolosi, water e doccia lillipuziana ma funzionante. Sembrava un po' la casa dei Puffi, ma aveva i suoi vantaggi. Uno su tutti era impossibile perdere qualcosa di vista, perché ovunque tu fossi avevi sempre tutto sotto controllo. Secondo, se portavi a casa una ragazza non aveva dove potersi nascondere, prima o poi sul divano-letto doveva finire, a meno che non volesse nascondersi dietro la porta scorrevole del bagno, ma in tal caso avrebbe dovuto dormire in piedi. Poi, se ti dimenticavi di chiudere gli scuri o di spegnere la luce, non c'era nemmeno bisogno di alzarsi perché tutto era a portata di braccio.

A chiunque altro sarebbe venuto un attacco claustrofobico fulminante da sommergibilista, ma io mi ci trovavo talmente bene che andavo soggetto al problema contrario: se entravo in ambienti troppo vasti soffrivo di agorafobia.

Il microonde con un ronzio sommesso si spense, così misi a tavola, tre passi di distanza dall'angolo cottura, tovaglietta, una scodella di ceramica, forchetta e coltello, calice di vino, un vezzo ereditato da mia madre. Lei sosteneva che non era un vero pasto se non ti mettevi seduto con la tavola apparecchiata come Dio comanda, anche se eri da solo ed era fermamente contraria ai piatti e alle posate di plastica. Così come il professor Romero era contrario alle tesi redatte con supporti multimediali e sosteneva che non era un lavoro di ricerca seria se non veniva stampato su carta con tanto di note a margine.

Doveva essere un problema tipico della loro generazione. A quanto pareva, sentivano il bisogno di avercela per forza con qualcuno o con qualcosa. In pace non ci riuscivano a stare.

Sedendomi sul lato del triangolo isoscele che l'Ikea aveva avuto il coraggio di chiamare col nome ampolloso di *tavolino*, potevo anche riuscire a evitare di guardare il muro, conservando una buona visuale sia della facciata del palazzo di fronte, che si poteva chiamare ragionevolmente spazio aperto ma non certo panorama, sia dello schermo della televisione da trentadue pollici che stava in equilibrio sul settimino di metallo, sottratto da un vecchio archivio polveroso del museo, con tanto di cartellino dell'inventario ancora attaccato. Le lasagne surgelate coi funghi nel microonde avevano subìto un processo simile a quello dei fossili quando vengono puliti e reidratati, solo che in laboratorio usavamo l'acetone per farlo. Lavai le stoviglie nell'acquaio, poi passai in bagno a lavarmi i denti e indossai una delle mie vecchie tute blu con lo stemma rosso della Macron. Piegai ordinatamente gli abiti sul cesto dei panni sporchi, che ero riuscito a infilare, non so nemmeno come, tra la doccia e il lavandino, comodo anche per posarci sopra le riviste. Mentre mi lavavo i denti, guardai la mia immagine riflessa allo specchio e per una volta tanto provai un certo compiacimento. A volte quello che si guasta nel passato, se non trova riparo nel presente, si può comunque recuperare in futuro.

Il divano-letto era brutto come la morte, con quelle due ruote davanti che facevano tanto carrello d'atterraggio di un bimotore, ma una volta aperto, a parte che non si passava più per la stanza, era veramente confortevole. Buttandomi sotto la coltre di piumoni colorati mi sentii rinfrancato, mancava solo l'ubriacatura quotidiana di Discovery Channel. Avevo scoperto che qualsiasi cosa mandassero in onda, i miei neuroni l'assorbivano come spugne, sia che fossi sveglio oppure no.

IX

«L'Alma Mater Studiorum è considerata la più antica università d'Europa. Siamo i primi nelle classifiche delle università italiane e cinquantunesimi, dico *cinquantunesimi*, nella classifica mondiale. La conferenza a cui state per assistere fa parte del corso di studi di Archeologia e Culture del Mondo Antico.»

La voce di Ettore Romero scandiva le parole e giungeva stentorea fino alle ultime file della gremitissima Aula Prodi, che un tempo era stata il refettorio dell'ex convento dei canonici lateranensi. Sulla parete di fondo campeggiava il dipinto cinquecentesco, attribuito a Bartolomeo Cesi, raffigurante le nozze regali della parabola di Matteo, 22. Sullo schermo posto lateralmente cominciarono a scorrere le immagini di animazioni riprodotte al computer dove si vedeva chiaramente un gruppo di ominidi intenti alla caccia, con uno schema a freccia che ricordava tanto gli stormi di uccelli che migrano verso sud. Improvvisamente il branco si ritrovò davanti a uno spiazzo aperto, quasi del tutto privo di alberi, gli ominidi si fermarono interdetti, come incapaci di valutare se fosse opportuno proseguire o se, in nome della prudenza, non convenisse piuttosto fermarsi. Le immagini continuavano a scorrere in quella simulazione animata che avevamo commissionato ai colleghi di ingegneria informatica.

Passandoci davanti, così che per un attimo la sua sagoma si mischiò con quella degli ominidi, Romero si spostò dalla postazione accanto al leggio, per attraversare lentamente tutta la pedana. L'aula era stipata fino all'inverosimile, tutti i centotrenta posti a sedere erano occupati, e la gente si era assiepata in piedi lungo i lati, fino in fondo alla sala. Ci saranno state almeno duecento persone. Io e Alex avevamo tarato il mixer audio in modo che la sua voce giungesse forte fino all'ultima fila, e sembrava quasi che stesse parlando contemporaneamente anche dal fondo, con un effetto di onnipresenza piuttosto inquietante.

Aveva un talento istrionico tutto suo, con una pausa studiatissima prese a far scorrere lo sguardo su tutte le file una per una, come faceva quando era in aula a insegnare, con quella fissità da gufo sapiente che ti faceva sempre sentire in colpa per qualcosa, anche se non avevi fatto niente. Poi cominciò a camminare avanti e indietro con il microfono in mano, mentre, come un attore consumato, si lanciava nell'esecuzione di uno dei suoi cavalli di battaglia. Una rappresentazione scenica che ogni volta, nonostante la conoscessi a memoria, mi faceva venire i brividi. Se fossi stato ancora uno studente appena uscito dal liceo, la mattina dopo sarei corso in segreteria di facoltà a far registrare la mia iscrizione e ritirare il libretto. Per quante volte la ascoltassi, per quanto sapessi che recitava e spesso mentiva, era così convincente nella sua interpretazione che riusciva sempre a incantarmi, come se non l'avessi mai sentita prima. Anche perché aggiungeva ogni volta particolari nuovi e come ogni bravo interprete effettuava creative variazioni sul tema. Per rendere tutto ancora più convincente, i colleghi che avevano realizzato il video, da un certo punto in poi si erano limitati a costruire solo fondali che mostravano le variazioni ambientali e climatiche, lasciando al professore l'incarico di animare le sequenze col suo racconto in viva voce. Come sempre la fantasia dello spettatore va sollecitata e, se questo viene fatto bene, vale più di mille immagini.

«La fanciulla morì in una laguna poco profonda, a faccia giù nel fango. Lì, vicino alla riva melmosa, nessuno venne in suo aiuto. Rimase così, inerte, sballottata dallo sciabordio delle acque calme nei pressi della riva. Era a un passo dalla salvezza. Qualche metro più avanti e non sarebbe morta, sarebbe caduta sulla terra ferma e non in una palude salmastra e infida. E noi non l'avremmo mai trovata. Invece la sabbia la ricoprì. Le sue carni, come natura comanda, seguirono il loro corso, iniziò il lento processo di putrefazione che tutti ci consuma. Le ore divennero giorni. I giorni settimane, le settimane mesi.»

Fece una pausa a effetto.

«I mesi divennero anni.»

Qui la sua voce salì di un'ottava e lui si fermò in mezzo al palco, scrutando a uno a uno tutti quelli che erano seduti in prima fila. Non si sentiva volare una mosca. La sala intera trattenne il fiato, in attesa che riprendesse a parlare. Ma lui voleva essere sicuro di avere la totale attenzione della platea prima di proseguire. Solo quando fu certo, assolutamente certo, che tutti pendessero dalle sue labbra, riprese il racconto. Ripetendo da capo l'ultima frase, con intonazione, se possibile, ancora più drammatica.

«I mesi divennero anni. Dato il clima caldo, la decomposizione progrediva ormai rapidamente. I denti caddero dall'alveolo e si raccolsero in una buca. Ma non era una buca qualsiasi, quella. Altro non era che un'impronta lasciata nel fango da un esemplare adulto di ippopotamo, che nell'attraversare la laguna calpestò la gamba destra della fanciulla, spezzandola in due col suo peso di milleottocento chilogrammi.»

Sapeva, come ogni accademico, che i dettagli erano la cosa più importante. Consentivano a chi ascoltava di focalizzare l'attenzione.

«Una volta che la gamba fu divisa in due tronconi, la decomposizione attaccò anche i muscoli e i legamenti. Le ossa, lasciate libere dai rivestimenti che prima le contenevano, si dispersero in varie direzioni. L'acqua portò via le più leggere, lasciandole vicino alla riva. La mandibola si staccò dal cranio, prima che questo rotolasse via, come una palla, per poi fermarsi capovolto, incagliato nel limo. Quello che restava della fanciulla fu presto ricoperto dal sedimento melmoso.»

Romero si fermò ancora una volta per fissare il suo uditorio, prese tempo, fece una lunghissima pausa a effetto, fingendo di essersi dimenticato cosa volesse dire, un altro trucco che usava spesso quando parlava in pubblico. Proprio nel momento in cui dalle ultime file cominciavano a scaturire colpi di tosse e risatine isteriche, riprese a parlare improvvisamente con aria minacciosa, come se fosse sul punto di interrogare qualcuno o di spezzare in due una carriera.

«Gli anni divennero secoli e i secoli millenni. Un granello alla volta la sabbia prese il posto dei minerali nelle ossa, pietrificandole in quel processo meglio noto come fossilizzazione. Nel lungo, lunghissimo, tempo in cui le ossa della fanciulla rimasero sepolte sotto il fango, lassù in superficie le cose stavano cambiando. Il mondo si andava trasformando. Il clima era divenuto più acido, la vegetazione un tempo familiare stava scomparendo, da tropicale e lussureggiante che era divenne rara e sporadica.»

Sullo schermo alle sue spalle le animazioni scorrevano accelerate mostrando i mutamenti climatici avvenuti nelle varie ere. Eravamo stati attenti a inserire solo animali che esploravano diffidenti il nuovo territorio, o si aggiravano sperduti, nel timore di essere aggrediti da un predatore negli spazi troppo aperti. L'idea era di evitare accuratamente di inserire ominidi nel paesaggio, perché la questione di quando, come e perché i primati arboricoli fossero scesi dagli alberi per acquisire l'andamento bipede era ancora oggetto di dibattiti accaniti in ambito accademico. Il professore non voleva assolutamente che vi si accennasse in alcun modo nel corso della presentazione.

«Lì dove una volta si intrecciavano le chiome degli alberi contro il cielo limpido, ora c'erano solo rami spogli. Dove c'era stata erba rigogliosa che ricopriva ogni superficie, ora crescevano radi cespugli. Le poche piante ancora esistenti sopravvivevano a stento. La terra da umida e verde divenne bruna, secca e riarsa. Tutte le piante modificarono il loro sviluppo, spingendo le loro radici in profondità, nel tentativo di succhiare dai recessi della terra il nutrimento che era loro necessario per sopravvivere. Ora non avevano più foglie, ma spine. La natura, quando un organismo si trova a lottare per assicurarsi un suo spazio vitale, diventa spietata.»

Guardò la platea, aggressivo, come se fosse egli stesso un predatore, e io sapevo bene che in un certo senso lo era davvero.

«Le scelte evolutive non premianti vengono soppresse. In un mondo sempre più competitivo, dove solo i più forti possono sopravvivere, vengono selezionate le caratteristiche che risultano più adatte, le uniche atte a garantire il perfezionamento e la trasmissione della specie, anche a discapito dell'ecosistema preesistente. Così, con le piante sempre più rade e le foglie rigogliose, ora sostituite da estremità spinose, nulla più tratteneva l'acqua piovana che scorreva a fiotti e si insinuava ovunque. Negli antichi strati sedimentari si crearono burroni dalle pareti variopinte, a onde sovrapposte, in tutti i toni, dal color panna al rosso ocra, passando attraverso tutte le sfumature dell'arancione, a indicare le varie ere geologiche che si erano succedute. La terra si apriva sotto il sole cocente come un animale ferito mostra le sue viscere, esponendo stratificazioni e sedimenti, leggibili come i cerchi concentrici del tronco di un albero caduto.»

Il pubblico ascoltava attento, nessuno era più bravo di lui a rendere affascinanti materie tradizionalmente aride. Era un oratore formidabile, quando voleva, e sprigionava fascino come solo certi insegnanti della vecchia scuola sanno fare. Riusciva a rendere fruibile qualsiasi argomento scegliesse di trattare. Ci metteva tutto il dannato carattere che aveva, e, quando le sue energie venivano convogliate verso un polo positivo, era capace di ribaltare il mondo. Il problema era quando si fissava sul polo negativo. Allora sì che non c'era salvezza per nessuno. Si scatenava una tempesta che al confronto perfino l'eruzione di un vulcano sarebbe sembrata un evento trascurabile.

«Il vento e i rari acquazzoni dilavarono gli strati di sabbia e di sedimenti sovrapposti, facendo affiorare piano piano le ossa fossilizzate della fanciulla. Erano passati un milione e seicento anni da quella sua morte solitaria, affogata in pochi centimetri d'acqua salmastra. Ora il cranio che per secoli era stato invisibile sotto strati di terra, si trovava a meno di mezzo metro di profondità. Sotto gli occhi di tutti, in mezzo al terreno riarso, i suoi resti erano pronti a riaffiorare, per quelli che naturalmente sapevano dove guardare. Perché le ossa, come dicono gli africani, parlano a chi le sa ascoltare.»

A questo punto di solito tutti trattenevano il fiato, e Romero fingeva sempre di commuoversi quando rievocava il momento perfetto di ogni cercatore di ossa, quello in cui vede qualcosa che è sempre stato lì, ma che nessuno ha mai visto prima. L'attimo che vale tutta una vita di ricerche e sacrifici. Pregustò il momento con calma, godendosi il trionfo che stava per rievocare ancora una volta, e sul quale aveva basato tutta la sua carriera accademica.

«Per uno di quegli imperscrutabili disegni del destino, il cranio rovesciato e privo della dentatura si era riempito di terra e aveva trattenuto al suo interno qualche preziosa goccia d'acqua, proprio in un momento in cui la natura tutto intorno si stava trasformando in deserto. Così un seme sperduto miracolosamente cominciò a germogliare. Spuntò un albero spinoso di acacia che crebbe per vent'anni. Le radici spingendo si insinuarono infine sotto la volta cranica e con la loro forza la frantumarono. Alcuni frammenti ossei si liberarono e non si sa come un pezzettino minuscolo fece capolino tra altri milioni di ciottoli che avevano il suo stesso identico aspetto, peso, dimensione e colore.»

Ecco. Era il suo momento. Ora si sarebbe goduto ancora una volta, l'ennesima, il suo trionfo, e questa volta sì che le matricole del nostro corso di studi sarebbero aumentate vertiginosamente. Avremmo avuto un grande anno accademico. Potevo vedere il rettore, dritto in piedi vicino alla porta che quasi gongolava, assumendo di volta in volta diverse espressioni, da quella sollevata di chi ha appena scampato un pericolo imminente a quella compiaciuta di chi sta già pregustando un altrettanto imminente successo. È sempre difficile gestire una grande *étoile* nel corpo di ballo, tanto più in ambito universitario. Ma è anche un dono del cielo, tutto sommato. E Romero lo sapeva fin troppo bene che quest'ateneo senza di lui non sarebbe mai stato lo stesso. Lui era il sole e noi i suoi satelliti. Il vero trionfo del sistema copernicano.

Giunto vicino alla conclusione venne finalmente il momento che temevo, quello dove le sue smanie di protagonismo spesso sfuggivano a ogni controllo e si correva il rischio, ogni anno di più, di impigliarsi in qualche *bagarre* internazionale e interdisciplinare.

«Non vi so dire come e perché sia finito sotto i miei occhi, né per quale motivo io l'abbia visto, quel giorno lontano in cui stavo vagando lungo le creste aride, alla ricerca di un minimo alito di vento che potesse offrirmi refrigerio contro l'afa infuocata. La temperatura sfiorava i sessanta gradi centigradi. Non c'era nemmeno un filo d'aria in quella calma immota e imperturbabile che solo in Africa si può respirare. Dovete sapere che tra i cercatori di fossili è usanza segnalare i siti dove si trovano reperti interessanti con tumuli di pietre. È quel che feci io, signori. Ma quando tornai sul posto, con la mia squadra, vidi che una mandria di antilopi era appena passata di là e aveva scalciato via ogni cosa, in quel modo irrispettoso che spesso la natura usa per rimettere noi uomini al giusto posto. Il segno che avevo lasciato era scomparso. Avevo il cuore in gola mentre mi chinavo come un invasato rimestando ogni singolo ciottolo, nel tentativo di trovare quel piccolo minuscolo frammento che avevo scoperto già la prima volta in maniera tanto fortuita. Sarei stato capace di ritrovarlo? E se gli zoccoli delle antilopi l'avessero fatto rotolare via o frantumato, io quante probabilità avrei avuto di individuarlo? Camminavamo uno a fianco all'altro nella calura pesante che incombeva sulle nostre spalle come un mantello, smuovendo a ogni passo una terra brulla che sapeva di marcio, in mezzo a quella che aveva tutta l'aria di essere una pista di passaggio per le mandrie. Eppure a un tratto, colto da un impulso, mi abbassai, sfiorando con la punta delle dita un ciottolo che mi sembrava diverso dagli altri. Ma fu solo quando strofinandolo tra il pollice e l'indice della mia mano sentii una forma spessa e concava, che capii o, meglio, sentii dentro di me, nel profondo, che quell'osso una volta aveva protetto un cervello.»

E voilà, l'aveva fatto di nuovo. Si era arrogato l'intero merito di una scoperta che non era mai stata solo sua. Sarebbero arrivate come ogni anno lettere di protesta da tutte le università del mondo. E come sempre le avremmo beatamente ignorate, mandando in risposta missive di scusa ciclostilate, redatte in quello stile burocratico e ampolloso che si usa in politica, dove si spendono tante parole per non dire niente. Sentivo che ero ormai pronto per presentare la candidatura all'Unità di Crisi della Farnesina, o in qualunque altro dipartimento governativo dove fossero indispensabili una lunga lingua, una coscienza elastica e spiccate doti diplomatiche. Romero invece non se ne sarebbe mai preoccupato. Anzi, cominciavo a credere che più lettere di protesta arrivassero e meglio si sentiva. Infatti proseguì nella sua recita fino alla fine, consapevole dell'effetto magnetico che suscitava, attirando ancora una volta tutta l'attenzione su di sé.

«Ho speso il resto della vita a cercare di capire quanto grosso fosse quel cervello e quali abilità quella fanciulla possedesse prima di morire a faccia avanti nel fango. Che cosa sapeva fare, quali erano le sue capacità, le sue competenze, le sue specializzazioni. E soprattutto che posto occupava nella nostra scala evolutiva.»

Avevo sentito raccontare quella storia praticamente in ogni sua diversa variante, perché in effetti cambiava ogni volta. L'avevo letta su «Nature» e su un'altra dozzina di pubblicazioni scientifiche in tutte le lingue del mondo. E continuava ad arricchirsi di particolari. Per quanto ne sapevo era già in buona parte apocrifa, fin dall'inizio. Perché i fatti non si erano affatto svolti in quel modo. A grandi linee era un resoconto esatto, ma conteneva la sua parte di *fiction* e quanto bastava di esagerazione per renderla dal punto di vista oggettivo praticamente inattendibile, almeno quanto ne guadagnava dal punto di vista teatrale. Mi aspettavo sempre che alla prossima occasione ci avrebbe aggiunto qualcosa di drammatico per renderla ancora più efficace e indimenticabile. Non so, un attacco di febbre gialla, una tribù di beduini armati, l'assalto di una bestia feroce, fosse pure una tigre dai denti a sciabola, estinta da una decina di migliaia d'anni. Una cosa sola era vera e incontestabile. Romero davvero aveva dedicato la sua vita a quella manciata di ossa fortunosamente ritrovate in mezzo a milioni di altri ciottoli tutti uguali. Aveva consumato decenni chino in laboratorio a rimuovere la polvere lavica incollata a quei fossili, fino a farli apparire del loro naturale colore marrone rossastro e mogano brunito. Sì, perché le ossa antiche non sono bianche, un altro mito da sfatare anche questo. Una delle prime cose che avevo imparato da lui. Che niente è mai come ci si aspetta che sia.

Era vero che il coordinamento della spedizione internazionale era stato il suo. Anni di ricerche a vuoto, sempre nello stesso sito, e poi improvvisamente quel ritrovamento inaspettato. Al quale erano seguiti una serie di fossili e frammenti di ossa che in condizioni normali sarebbero bastati, anche uno alla volta, a decretare il successo di un'intera stagione di scavi. I frammenti che negli anni erano stati riportati alla luce costituivano uno scheletro quasi completo. Lo scheletro più completo mai riportato alla luce in tutta la storia della paleoantropologia. E benché di questo continuasse ad arrogarsi un merito quasi assoluto, rimaneva un fatto che non si poteva contestare. Era stato uno dei protagonisti della paleantropologia. Anzi, era stato uno che aveva riscritto, tra contestazioni accademiche varie, l'intera storia dell'evoluzione.

X

«Così ce l'ha fatta anche quest'anno» mi disse Alex, dandomi di gomito.

«Pare di sì» risposi, constatando l'inevitabile. «Mi dispiace che la presentazione del tuo corso sia saltata. La mia scaletta era perfetta, ma gli interventi precedenti si sono allungati troppo.»

Si strinse nelle spalle. Lo sapeva benissimo che un solo intervento si era allungato troppo, quello di Romero, che come un divo hollywoodiano non riusciva mai a contenersi.

«Non importa, il mio è un corso quasi obbligatorio. Anzi, mi sono risparmiato una fatica. Che dici se ora ce ne andiamo? Non so tu, ma io comincio ad averne abbastanza.»

«Anch'io. Ogni anno diventa un po' peggio. A breve cominceremo a respirare aria da *Viale del tramonto*.»

«Viale di *che*?»

«Niente... lascia perdere. Aria da ospizio. Sai, quando il vecchio elefante sta per morire...»

«Non preoccuparti, ce ne vuole prima che Romero diventi un fossile da studiare. Per quell'epoca saremo già entrambi altrove a fare altro.»

Aveva ragione, saremmo stati altrove, anche se non sapevo ancora dove. La mia carriera era incerta e precaria come un sassolino in equilibrio sulla cima di un obelisco. Potevo scivolare in qualunque momento da una parte o dall'altra. L'unica cosa sicura era che non potevo rimanere ancora per molto in quella scomoda posizione. Dovevo muovermi, prima o poi. Ma temporeggiavo.

«Vogliamo fare una puntatina al rinfresco?»

«Anche no. La ditta di catering è la stessa dell'anno scorso. Sono stufo di tartine al caviale e pâté al salmone.»

«Credo che ci sia anche una bella forma di parmigiano, con tanto di cameriere pronte a servirti.»

«Non mi interessa, mi manca l'aria. Andiamo fuori. Ho voglia di panini con le olive.»

«Ah, ecco, ora si spiega tutto. Hai di nuovo appuntamento con Lucchesi alla Bottega di Un Chicco.»

«In effetti sì. Ho un appuntamento. Ma ho anche voglia di panini con le olive. Quindi vieni anche tu.»

La logica del discorso mi sfuggiva, ma con Alex era spesso così. E i panini con le olive piacevano anche a me. Lo seguii mentre si faceva strada tra la folla verso l'ingresso, rasentando il muro. Ce ne andammo alla chetichella, come due delinquenti che si allontanano dalla scena del crimine sperando di non essere visti.

XI

Alla Bottega di Un Chicco c'era la fila, erano appena usciti dal forno i grissini al girasole e ai pomodori secchi che andavano a ruba. Era un forno artigianale specializzato in cose stranissime. Da loro almeno una volta a settimana facevo scorta di lasagne con radicchio rosso, noci e besciamella. Te le preparavano in monoporzioni pronte da infilare nel microonde, e la besciamella era fatta solo con Parmigiano Reggiano e il latte delle Mucche di Guglielmo. Chi fosse Guglielmo giuro che non lo so, ma le lasagne erano da paura. Alex si fece mettere in un sacchetto di carta un assortimento di panini alle olive, ai semi di papavero, ai semi di sesamo, alle noci, con cubetti di prosciutto e con le gocce di cioccolato. Uscimmo dal negozio con una scorta di vettovaglie che ci avrebbe messo in condizione di sopravvivere all'assedio di Alarico in persona.

«E adesso che ci facciamo con tutta questa roba?»

Alex mi rispose masticando, la mano mezza infilata nel sacchetto di carta gonfio. Non era capace di resistere ai panini alle olive, per quanti ne comprassimo non giungevano mai a destinazione, finiva sempre per mangiarli tutti prima di arrivare. A parte che non sapevo nemmeno dove stavamo andando. Afferrai dalla busta un paio di panini alle noci e già che c'ero pensai bene di informarmi.

«Come mai hai preso così tanto cibo? Perfino i panini con le gocce di cioccolato. Cos'è, dobbiamo dare una festa?»

«Quasi. Abbiamo ospiti.»

«Abbiamo ospiti dove? Pensavo stessimo tornando all'università.»

«Niente affatto, stiamo andando dalla Lucchesi, all'ostello.»

«Se ti sentisse il rettore. Chiamare *ostello* la prestigiosa residenza di San Giovanni in Monte, rispettabilissima istituzione allocata in un antico edificio, già sede di un centro militare ai tempi di Napoleone...»

«Smettila di fare la guida turistica e parla come mangi. Anzi, non mangiare mentre parli. Anzi, non mangiare proprio, me li stai facendo fuori tutti.»

«Mi ritengo offeso che tu non voglia condividere il tuo pasto con un membro della confraternita.»

«Non abbiamo confraternite in Italia.»

«Male, dovremmo averne. E comunque sia, se stiamo andando da Lucchesi è lei ad avere noi come ospiti, non il contrario. O no?»

Si fermò un attimo a guardarmi, titubante. Poi mi afferrò per un gomito e mi pilotò verso un bar.

«Vieni, compriamo anche da bere.»

«Ma che dobbiamo fare, un festino? Un pigiama party? Che altro serve, del fumo, bombe a mano? Cosa?»

«Falla finita e seguimi. E ti prego, qualsiasi cosa succeda prometti di comportarti bene.»

Ancora non riuscivo a capire, ma nemmeno mi importava. Alex può anche essere strano a volte, cioè quasi sempre, ma quando comincia a comportarsi come se appartenesse a una setta segreta è meglio lasciarlo fare e smettere di farsi domande. Una volta, me lo ricorderò finché vivo, mi aveva trascinato per tutta la città alle due di notte per una caccia al tesoro a squadre. Ci avevano consegnato alle dieci di sera una lista di cose da recuperare e assegnato dei *check-point* intermedi per la convalida degli oggetti reperiti. Avevamo corso come matti per tutta la notte da una casa all'altra importunando amici e parenti e buttando giù la gente dal letto perché andasse a cercare in cima agli armadi e in fondo ai bauli gli articoli più disparati, sostenendo con fierezza un fuoco di fila di domande moleste. Non è facile svegliare la nonna ottantenne per chiederle un santino di Padre Pio, o convincere tua sorella ad affidarti la tartaruga, promettendole che la custodirai come una mascotte e infilandola dentro una scatola di scarpe con tanto di foglia di lattuga e fondo di segatura per i bisogni. La premiazione si era svolta alle quattro e trenta del mattino sotto i portici di via Zamboni, al cospetto di giudici di gara ammantati in tonache romane con corone di alloro in testa e pinte di birra in mano. E di quella lista mirabolante di oggetti improbabili che ci era stata assegnata, comprendente rospi, monete rare, prime edizioni di libri, costumi da giannizzeri, barbe finte e reni di plastica, noi eravamo riusciti a metterne insieme nemmeno la metà. Anche se non mi ero mai divertito così tanto, da allora lo guardo sempre con sospetto quando comincia a fare il misterioso.

Passammo velocemente negli antichi corridoi col soffitto a volta verniciati in un incongruo color albicocca, nascondendo il sacchetto con i viveri sotto la giacca perché alla foresteria era proibito portare cibo in camera, e ci affrettammo a bussare alla porta di Lucchesi. Sembravamo due cospiratori armati di kalashnikov.

Venne ad aprirci Clarissa.

Non la vedevo da anni eppure era sempre uguale. Alta, statuaria, con le lentiggini sul naso, una treccia bruna fissata attorno alla testa come la bella olandesina, senza un filo di trucco, con la camicetta infilata dentro i jeans, gli anfibi borchiati e un maglione buttato negligentemente sulle spalle. Aveva due fianchi da fattrice, come avrebbe detto mia madre, e un paio di avambracci da mugnaia. Abbassai un attimo lo sguardo per accertarmi che ancestrali ricordi di frenetici amplessi sulla brandina militare al campo-scavi non avessero risvegliato l'orrida creatura che albergava sotto la patta dei miei pantaloni. Sarebbe stato un pessimo inizio. Non per un eccesso di romanticismo, per carità, quanto piuttosto per non infierire ulteriori colpi alla mia già traballante dignità.

Feci il mio ingresso maestoso come un brigantino nel porto, tenendo con ambo le mani il sacchetto con le bibite alto sopra la testa, mentre Alex mi seguiva stringendo al petto la busta di carta con i panini del forno. Lucchesi arrivò di corsa annusando l'aria come un cane da tartufo. Era almeno venti centimetri più bassa di Clarissa e forse pesava anche venti chili di meno. Dove mettesse tutta quella roba che mangiava era un vero mistero.

Sistemammo tutto sul bancone, spostando i flaconi di Lucchesi che per una volta sembrò disinteressarsi completamente dell'ordine di altezza, dimensione e colore, e anzi mi aiutò a fare spazio, senza troppi complimenti. Era incredibile come le nostre priorità possono essere sovvertite nello spazio di un minuto, quando si mettono in campo altri fattori.

Al momento mi sfuggiva però quale fosse la priorità di questo nostro gruppo così eterogeneo. Alex invece sembrava saperlo anche fin troppo bene.

«Dunque, direi che le presentazioni non occorrono, dato che ci conosciamo tutti. Il punto è piuttosto *perché* siamo qui» fece girando attorno lo sguardo.

«Manca qualcuno» lo interruppe Clarissa.

«Calma, Liegi, calma. Non ho nessuna intenzione di tenere Jalal fuori dal progetto. Ne abbiamo già parlato. Ci sarà dentro anche lui. Dopotutto, se abbiamo messo piede su quel sito noi per primi, è solo merito suo.»

«Okay. Allora ci serve solo un posto.»

«Scusate se mi intrometto, ma un posto per far *cosa*?» feci io alquanto irritato perché non mi ci stavo raccapezzando.

«Ci serve il tuo aiuto, Giulio, lo sai» cercò di spiegarmi Clarissa. «Senza di te Romero non si convincerà mai.»

Scoppiai a ridere.

«Romero? Non vi servo io, vi serve un cero in chiesa. Qualsiasi cosa chiediate, vi dirà di no.» Mi girai a metà verso Alex, spazientito. «Perché le hai illuse in questo modo? Eppure, diamine, lo conosci anche tu. Non c'è modo di convincerlo a fare qualcosa. Dovresti saperlo.»

«Certo che lo so. Non si muove foglia che Romero non voglia.»

«Appunto. E allora?»

«E allora faremo in modo di non chiedergli nulla. Sarà lui a chiedere a noi. Vedrai.»

«Secondo me, quel corso estivo di *counseling* che hai frequentato ti ha fatto solo del male.»

«Ma no, ascoltami. Hai presente l'Aula Specola al secondo piano?»

«Certo. L'unica dove non abbiamo installato il sistema di videosorveglianza.»

«Sbagliato. Mi ha chiesto un *addendum* giusto la settimana scorsa. Dice che ci sono scaffali di libri da proteggere contro eventuali furti.»

«Che imbecillità. Ma quali libri vuoi che rubino? Lì di solito ci vanno gli assegnisti a studiare. Ci abbiamo fatto mettere anche una lavagna.»

«Una lavagna col gessetto come a scuola?» chiese Tiziana, sempre incuriosita dai particolari.

«Sì, Lucchesi, proprio quella.»

«Ma insomma... lì ci sono dei tavoli con delle sedie di metallo, un giro di scaffali che quasi copre le finestre, un frigobar e basta. Neanche uno straccio di attrezzatura. Niente pc, niente monitor LCD, niente lettore DVD, niente mixer, niente microfono, niente lavagna retroilluminata, niente di niente di niente. Nemmeno un videoproiettore di seconda mano. È l'aula meno attrezzata di tutto il dipartimento. Mi spieghi perché diavolo ci ha fatto installare un sistema completo di sorveglianza?»

«Perché ci andava a studiare una persona che gli interessava, aveva paura che pubblicasse qualcosa senza il suo consenso e voleva vedere i suoi appunti sulla lavagna.»

«Ripeti, per favore? Lentamente.»

«Mah... niente, hai visto come ha fatto con Lucchesi quando le ha detto che di quel progetto se ne stava già occupando qualcun altro?»

«Sì, mi ricordo.»

«Ecco, so che lo studente in questione non sta affatto seguendo le direttive imposte dal suo supervisore, e che sta, o meglio stava, seguendo tutta un'altra linea di ricerca.»

«Stava?»

«Sì. Gli ha cambiato l'argomento della tesi senza nemmeno una parola di spiegazione.»

«Gli appunti sulla lavagna non gli sono piaciuti?»

«Pare di no.»

«Interessante. E posso sapere che cosa ti proponi di fare?»

«Be', mi pare ovvio.»

«A me no. Sarà che mi sono bevuto il cervello, ma proprio non ci arrivo. Vuoi illuminarmi o devo tirare a indovinare?»

«Vedi, alla qui presente Liegi serve l'aiuto del professore. Ma Romero non ci aiuterà mai se glielo chiediamo.»

«Quindi?»

«Quindi non glielo chiederemo.»

«Esatto» approvò Lucchesi, battendo le mani entusiasta come una ragazzina.

«Splendido. E se non glielo chiediamo non ci aiuterà lo stesso. Non vedo dove sia il vantaggio.»

«Qual è il punto debole di ogni ricercatore?» mi chiese allora Alessandro.

«Pensare che gli altri siano più avanti di lui» risposi in maniera automatica.

«Bravissimo.»

«E come lo convinciamo se non possiamo nemmeno parlargli?»

«Con una recita.»

«Scusa?»

«Perché pensi che ci stiamo vedendo qui come quattro sovversivi?»

«Ecco, me lo stavo giusto chiedendo.»

«Perché dobbiamo mettere a punto un piano.»

«Che sarebbe?»

«Sarebbe quello di portare avanti il progetto senza dire niente a Romero, facendolo in un posto dove, se vuole, può guardare e ascoltare. Ma non intervenire. Sarà come se fosse presente, ma non potrà interromperci. Se ufficialmente non sa niente, non avrà modo di dissuaderci, anche se morisse dalla voglia di farlo. Come potrebbe indirizzare il nostro lavoro nel verso che vuole, senza nemmeno sapere cosa stiamo facendo? Pensaci.»

«Certo, se gli togli il controllo, è capace di contorcersi come una lucertola a cui hanno tagliato la coda. Morirà di spasmi, al pensiero di non poterci incenerire.»

«Esattamente.»

«E quale sarebbe il vantaggio?»

«Che prima o poi ci verrà a cercare lui.»

«Tu dici?»

«Io dico. Togli il controllo al controllore. Poi siediti e stai a guardare. Prima o poi qualcosa succede.»

«A me l'idea piace. A patto che ci sia Jalal in videoconferenza» disse Clarissa.

«Sono d'accordo, purché ci sia anche la mia firma sotto al progetto.» Lucchesi era chiaramente più prudente, ma avere una pubblicazione all'attivo fa comodo a chiunque.

«Io sono convinto che possa funzionare, a condizione che ognuno faccia la sua parte» rincarò Alex.

«E la mia parte, oltre a quella di perdere il posto di lavoro, quale sarebbe?», sembrava che l'unico a essere perplesso fossi io.

«Tu, caro Giulio, sarai la nostra esca. Di cosa facciamo noi e di dove spendiamo il nostro tempo a Romero non gliene può fregare di meno, ma se si accorge che ogni giorno sparisci nell'Aula Specola per ore, prima o poi si chiederà perché, e si metterà a visionare i nastri della videosorveglianza. Questo è poco ma sicuro.»

«E lo sa fare?»

«Certo che lo sa fare. Ti ho detto che le sue fissazioni antitecnologiche sono solo una cortina fumogena. In realtà ne sa più di me e te messi insieme.»

«Allora perché mi chiede sempre aiuto anche solo per riavvolgere lo schermo di proiezione?»

«Perché gli piace giocare. Come il gatto col topo. Se volesse, potrebbe fare tutto da solo, ma si diverte a farti correre avanti e indietro ogni volta che fischia. Su, non dirmi che questo non lo sapevi anche da te.»

«Eh sì che lo so. Noi siamo i burattini e lui fa il Mangiafuoco della situazione.»

«E per una volta la sua mania del controllo tornerà a nostro vantaggio.»

«Sì, ma dobbiamo essere bravi.»

«Sarà facile. Finora nessuno di noi ha il quadro completo della situazione. Liegi deve farci il punto di quanto rilevato *in situ*, con l'aiuto di Jalal. Il resto è tutto da sviluppare. Andremo per gradi, come in un vero lavoro di squadra, e Romero non potrà far altro che guardare, fino a che a un certo punto faremo un errore, e sentirà imperioso il bisogno di intervenire.»

Restavo dubbioso. La stava mettendo giù troppo facile. Non ce lo vedevo proprio Romero che irrompeva nella stanza come un invasato, per rimetterci al nostro posto. Più probabile che si sarebbe fatto due risate per poi lasciarci al nostro destino.

«Allora ti piace l'idea?» mi chiese Clarissa, guardandomi negli occhi per la prima volta da quando eravamo arrivati.

Sapevo cosa avevo scritto in faccia, e se ben ricordavo lei era capace di leggermi come su un libro aperto. Ma questa volta non avevo proprio voglia di fare la parte del guastafeste, anche perché mi stavano venendo delle idee interessanti. Alla fine la possibilità di truffare il truffatore non mi dispiaceva del tutto. Forse potevamo dimostrargli che non era solo lui a possedere capacità istrioniche e un gusto spiccato per il melodramma. Così mentii, fingendo di assecondarla.

«Non solo mi piace, ma ho anche pensato da dove potremmo partire. Getteremo al nostro gattone un'esca formidabile. Useremo il suo stesso trucco.»

«E quale sarebbe?»

«Alterare la realtà quel tanto che basta per renderla attraente.»

«Vuoi usare la sua scoperta per incuriosirlo sulla nostra?»

«Proprio così. Voglio ripagarlo con la sua stessa moneta.»

«Dài, allora facciamo una prova prima di cominciare a recitare dal vivo» fece Alessandro entusiasta. «Vediamo come viene. Giulio, guarda, mettiti qui. È quasi la stessa distanza dell'Aula Specola. Tieni conto che le telecamere sono puntate verso gli scaffali da questa parte, e ricordati di non coprire mai la lavagna con il corpo. Stai sempre di lato, così che quanto scrivi possa essere leggibile anche a una certa distanza. Stampatello, mi raccomando, e scrivi lentamente. Per questo usiamo i gessetti.»

«Ma qui non c'è una lavagna.»

«Fa niente, usa il vetro» intervenne Lucchesi col suo spirito pratico. «Tieni, sono pennarelli lavabili. Comincia a scrivere, via. Tutti pronti? Si va in scena.»

XII

Feci del mio meglio per entrare nella parte, conoscevo gli studi e il lavoro di Romero quasi meglio di lui. Ero dentro al suo cervello per quasi metà della giornata, avevo imparato a osservarlo, sapevo ciò che pensava ancor prima che parlasse. Sapevo a memoria anche il meccanismo intrinseco dei suoi ragionamenti privati. Aveva delle molle che scattavano dietro opportune sollecitazioni, e io le avevo ben presenti, quasi tutte. Conosco i miei polli. Non per niente ne avevo fatto il mio mantra. Così cominciai da uno dei suoi punti di forza. L'autopsia di un fossile. Assunsi un'aria ispirata, finsi di essere sul palco dell'Aula Prodi davanti al magnifico rettore, a centinaia di spettatori e a una rosa selezionata di giornalisti, cercai di sentirmi onnipotente come si sentiva Romero. Funzionò.

«La fanciulla era alta un metro e settanta, da adulta avrebbe raggiunto almeno un metro e ottantacinque, sarebbe stata una buona candidata per la nazionale femminile di basket» sorriso del pubblico. «Il cranio conteneva un cervello del volume di 880 centimetri cubici» pausa a effetto, «conosco molti studenti che ce l'hanno anche più piccolo» risatine soffocate. «Per studiare i suoi resti, Ettore Romero ha lavorato per anni, con punte da dentista e penne pneumatiche sotto le lenti di un microscopio binoculare. Quando li ha puliti e ricomposti in quello che è, e che al momento rimane, lo scheletro più completo mai rinvenuto allo stato fossile in tutta la storia della paleoantropologia, ha avuto bisogno di un'équipe di giovani scienziati che lo aiutassero a leggere e a interpretare ciò che aveva trovato» mormorio di approvazione.

Presi il gessetto virtuale, e cominciai a scrivere le parole sulla lavagna – pardon, sul vetro – man mano che le pronunciavo, stando bene attento a lasciare libera la visuale.

«Li voleva *giovani*, *intraprendenti* e *liberi*» scrissi in stampatello, a lettere cubitali. «Liberi dagli schemi preimpostati, esenti dalle vecchie teorie ormai superate. Capaci di ragionare in modo non convenzionale.»

Se avesse ascoltato, come avrebbe mai potuto invitarci a rispettare dei canoni che lui per primo aveva cercato di scavalcare? La mia idea era semplice. Volevo metterlo con le spalle al muro usando le sue stesse armi. Come esperimento cominciava a piacermi. Alex mi strizzò l'occhio, galvanizzato, stavo andando bene. Mi fermai un secondo per fare mente locale. Cos'altro aveva fatto di non convenzionale nella sua carriera, che ora potesse tornare a nostro vantaggio?

«Ma il vero colpo geniale è stato quello di utilizzare per le sue ricerche un approccio veramente interdisciplinare. Consapevole di non poter ricostruire il quadro d'insieme senza prima avere analizzato ogni singolo dettaglio alla luce delle specifiche specializzazioni. Lui è stato il primo a comprendere che qualsiasi dettaglio contava. Dalla lunghezza del femore alle dimensioni del cervello. Dalla dentatura alle fosse nasali. Tutto poteva fornire dettagli sull'età, sulle abitudini alimentari, sull'andatura, perfino sul clima circostante. Anche se le prime misurazioni hanno dato subito risultati che praticamente cozzavano con tutto quello che si sapeva prima. Con un'adolescente, per lo più femmina, che da adulta avrebbe forse superato il metro e ottanta, la comunità scientifica si sarebbe scandalizzata. C'era qualcosa che non tornava. Avrebbero fatto fuoco e fiamme per dimostrare che da qualche parte, non importa dove, ci doveva pur essere un qualche tipo di errore. Nelle misurazioni, nella datazione, nella ricostruzione dello scheletro. Ovunque, purché si potessero contestare i risultati, se non quadravano con le premesse. E le premesse all'epoca erano chiarissime. Il nostro antenato, scimmia o ominide che fosse, doveva essere basso, tarchiato e muscoloso. Il vero bruto delle caverne che era ormai entrato a far parte dell'immaginario collettivo e che ci fissava col suo sguardo vacuo dalle pagine patinate delle riviste scientifiche.»

Questo era stato un colpo da maestro. Le ricerche di Romero avevano stravolto da cima a fondo tutte le precedenti teorie. In nome di quale logica avrebbe potuto stroncarci, se ora eravamo noi ad avere per le mani reperti che suggerivano tutt'altro rispetto alle interpretazioni canoniche? Stavo per incastrarlo usando le sue stesse argomentazioni. Poteva essere un dannato figlio di puttana, ma come avrebbe fatto a smentire se stesso? Non poteva rinnegare tutto quello in cui aveva sempre creduto, né rimangiarsi le sue parole, soprattutto quelle che tutta la stampa mondiale aveva pubblicato e ripetuto, tradotte in tutte le lingue conosciute.

«Era una vera sfida. Aveva contro tutta la comunità scientifica. Una sfida che Romero poteva vincere solo con le prove, prove inoppugnabili. Eppure aveva solo quelle ossa a disposizione. E cosa mai potevano dirgli dei miseri resti fossili? Così decise di fare qualcosa che nessuno prima aveva fatto. Trattò il problema come se fosse un caso da risolvere. Usò su quelle ossa un metodo di indagine forense, e si circondò di specialisti. Dagli studi sull'alimentazione scoprì che quando la popolazione umana era passata dalla caccia all'agricoltura e aveva iniziato a coltivare la terra, l'altezza media si era abbassata drasticamente. La fanciulla, che lui chiamò Jane Doe, apparteneva a una specie che non era dedita all'agricoltura. Era morta da sola, senza nessuno che la potesse aiutare. Dunque il suo era un popolo di cacciatori e raccoglitori che vagava in solitaria, mangiando quello che riusciva a trovare lungo il cammino. Chiunque fossero, non erano ancora organizzati, forse erano privi di un vero tessuto sociale. Era caduta a faccia avanti, probabilmente vittima di un'infezione ai denti che le aveva causato un mancamento, ed era morta affogata in pochi centimetri d'acqua. Questo aveva detto l'autopsia. La prima compiuta su un fossile.»

Ero fiero di me. Avevo usato quasi le sue stesse parole. Quelle che gli piaceva tanto recitare quando sul palco riviveva gli ultimi istanti di vita della fanciulla che lui chiamava Jane. Un altro trucco che usava per accattivarsi la simpatia del pubblico, un altro espediente su cui aveva basato la sua carriera. Come la storiella dell'ippopotamo da milleottocento chili. Glielo avrei fatto vedere io adesso, l'ippopotamo. Anzi, speravo che gli piovesse addosso con tutta la potenza di un treno lanciato in discesa. Un treno coi freni rotti.

«L'agricoltura è necessaria per sostenere gruppi numerosi di persone, ma non è efficace quanto la dieta del cacciatore per sostenere un organismo in crescita. D'altro canto, se era morta da sola, Jane non faceva parte di una comunità capace di assicurare ai singoli un sostegno e un aiuto. Era alta, ben nutrita. Ma ovunque fosse diretta, stava viaggiando da sola.»

Disegnai uno schizzo veloce, che mostrava una ragazza accucciata sulla riva, con una faretra sulle spalle, che si abbeverava con le mani a coppa, chinata in avanti. Era una delle immagini che avevano commissionato per il video di presentazione. Una sua idea anche quella. Che veniva dritta da una vecchia locandina di un film sugli indiani d'America. Era un grande comunicatore, sapeva quali leve andavano mosse per ottenere un risultato. E più seguivo i suoi insegnamenti, meno probabilità avevo di sbagliare. Lo stavo combattendo sul suo stesso terreno. Se ne sarebbe accorto, la cosa gli avrebbe causato rabbia, e lo stato di collera si sarebbe tramutato in un bisogno di agire. Allora avrebbe fatto qualcosa. Ma ancora non ce lo vedevo a irrompere nell'aula come una furia, era capace di essere molto più infido e sottile di così. Comunque fosse, non potevamo parare il colpo finché non avesse agito. E per stanarlo dovevamo andare avanti. Così proseguii, come da copione, cercando di seguire la falsa riga delle sue presentazioni.

«Ma che altro potevano dirgli quelle ossa? L'altezza e la forma del corpo si adattano all'ambiente, soprattutto in base alla temperatura. È un fenomeno facilmente osservabile anche oggi. Se la notte è fredda, ci si rannicchia in posizione fetale per contenere la dispersione del calore, ma quando fa caldo invece si allungano le membra il più possibile per esporre all'aria la massima superficie cutanea e rinfrescarsi.»

Fissavo Clarissa con le sue braccia tornite e la camicetta

slacciata. Non volendo finii per distrarmi. La mente se ne andava per conto suo, tornava agli scricchiolii della brandina militare, e la parte primitiva di me rischiava di risvegliarsi nel momento meno adatto. Con uno sforzo disperato raccolsi le idee e cercai di proseguire.

«Quindi in presenza di climi caldi e asciutti una corporatura alta e longilinea è favorita. Mentre una bassa e tarchiata sarebbe più adatta per affrontare i climi freddi e le temperature rigide, visto che trattiene meglio il calore. Il teschio di Jane poi aveva delle vere e proprie fosse nasali.»

Mi bloccai a fissare il profilo greco di Lucchesi, che a sua volta, passati i primi morsi della fame, stava constatando corrucciata che le sue amate bottiglie e bottigliette non erano più allineate nella sequenza ottimale. Stavo decisamente impazzendo e, ancora una volta, avevo perso il filo del discorso. Mi venne in soccorso la paura, finsi che Romero mi stesse osservando, e che dalla mia presentazione dipendesse la nostra sopravvivenza accademica. Questo mi salvò. Annaspai giusto per un attimo, poi mi ripresi in *corner.*

«Dunque aveva delle fosse nasali, ma questo che cosa ci diceva? I suoi antenati, quelli bassi e tarchiati che abbiamo sempre identificato col prototipo dell'uomo primitivo erano ricoperti di pelliccia. Come tutti gli animali a pelo lungo per raffreddare la loro temperatura corporea erano costretti ad ansimare. Lei invece aveva un naso vero e proprio. Non un naso piatto come le scimmie con le narici affondate nel viso, ma un naso vero, molto simile al nostro, un naso che sporgeva in fuori rispetto all'assetto facciale» dissi toccandomi la punta del naso. «Questo espediente evolutivo le consentiva di trattenere l'umidità mentre respirava, che è un vantaggio enorme quando si vive in zone a clima caldo. Quando inspirava le narici umidificavano l'aria diretta verso i polmoni, e quando espirava recuperavano parte di quell'umidità prima che si disperdesse nell'aria calda e secca.»

Ora era il momento di tirare un'altra stoccata. Se di anarchia colpisci, di anarchia perisci.

«Questo tornava col quadro che si stava delineando. Grazie alla sua particolare conformazione Jane era in grado di correre, di arrampicarsi, di scavare e di procacciarsi il cibo anche nelle ore più calde del giorno, quando tutti gli altri animali sonnecchiano all'ombra.»

Pensai a Romero che se ne stava acquattato nell'ombra come un grosso gatto mannaro, nell'attesa di poter azzannare qualcuno alla gola. Cosa che era capace di fare senza spostarsi nemmeno di un millimetro. Poteva inghiottirci tutti quanti semplicemente aprendo le fauci come un alligatore e digerirci come un boa *constrictor* che ingoia un bufalo.

«Che altro potevano dire quei resti?» flettei la gamba sinistra come se fossi un calciatore che si prepara a entrare in campo. «Le ossa cambiano a seconda delle sollecitazioni a cui vengono sottoposte. Negli esseri umani il femore all'attaccatura dei muscoli è molto più spesso nel caso di individui forti e muscolosi. Nei soggetti sedentari le ossa tendono a diventare sottili, se invece l'esemplare in questione corre, salta e solleva pesi, le ossa si sviluppano per poter sostenere muscoli più forti. Le ossa di Jane avevano uno spessore tale da far suppore che fosse in grado di utilizzare una forza considerevole, quasi sovrumana rispetto agli standard di oggi.»

Raccolsi le forze per la tirata finale, sapevo benissimo dove volevo andare a parare e, perdiana, avrei pagato qualsiasi cifra per osservare di nascosto Romero mentre ascoltava quello che stavo per dire. Se mai era esistito un linguaggio in codice, allora quello era il momento più adatto per utilizzarlo. Non c'era altro modo per presentargli la faccenda, a meno di non andare da lui di persona e strillargli dentro un orecchio.

«Nella sua scatola cranica il cervello era un po' più ampio e sporgeva un po' più avanti sul lato destro, tanto da lasciare un segno ben evidente dal lato interno. Questo dettaglio dichiarava inequivocabilmente che Jane era mancina» feci un gran sospiro e allargai le braccia come un prestigiatore che ha appena fatto volare via una colomba apparsa dal nulla.

«Tutti questi particolari sono stati ottenuti grazie a un'autopsia su un fossile. Brillanti deduzioni mai fatte prima» qui ci sarebbero voluti degli applausi. «Eppure, nonostante il perfetto adattamento al clima, una corporatura agile e un sistema di traspirazione evoluto, con un volume cranico di 880 centimetri cubici Jane aveva delle limitazioni.» Questo era uno dei cavalli di battaglia di Romero, ciò che aveva sempre sostenuto a spada tratta in tutti i convegni. Il muro su cui la paleoantropologia continuava a infrangersi. La domanda a cui nessuno ancora aveva trovato la risposta. «I reperti rinvenuti finora indicavano chiaramente che la specie a cui apparteneva, comunque la si voglia chiamare, era abituata a utilizzare utensili di fattezza grossolana, rudimentali. Rimasti peraltro immutati per diverse centinaia di migliaia di anni. Perché? Forse erano abbastanza intelligenti da utilizzarli e replicarli, ma non abbastanza da inventarne di nuovi o da perfezionare quelli esistenti. Ma allora che cosa poi aveva causato l'inversione di tendenza? Che cosa aveva portato noi, gli eredi del primo Homo Sapiens, a colonizzare il mondo?»

Scesi virtualmente di cattedra e mi rivolsi al mio pubblico.

«Allora come sono andato?»

«Perfetto, assolutamente perfetto. Se non si precipita nella Specola alla prima occasione per controllare che cosa stiamo cercando di dimostrare smetto di mangiare per una settimana.»

Lucchesi aveva ragione, ma io invece ero convinto che, proprio come un grosso gatto, Romero sarebbe rimasto solo lievemente incuriosito, giusto quel tanto che bastava per aprire un occhio sonnacchioso. Ma come cavallo di Troia poteva anche bastare. Anzi, sarebbe bastato. Il resto stava a noi. Il predatore andava stanato.

XIII

Alex, che era stato il primo ad avere l'idea, ora sembrava il più dubitativo.

«Secondo me, manca ancora qualcosa.»

Gli feci eco, rimestando nelle spire senza fine del malcontento.

«Se è per questo manca ancora tutto. Ma a parte ciò, che altro avevi in mente?»

«Sai perché ho scelto l'Aula Specola?»

«Perché sai che c'è il sistema di videosorveglianza attivo» rispose Lucchesi.

«Perché c'è anche una lavagna che nessuno usa più se non i dinosauri» fece eco Clarissa con palese disgusto.

«Anche, ma non solo.»

«Smettila di farci le trappole e dì quello che devi dire. O devo farti un interrogatorio?»

«Perché è una biblioteca, alla fine. Piena di testi che potremmo consultare, qualora ne avessimo bisogno.»

Lucchesi diede una pacca al suo MacBook.

«Ma se ormai è tutto sul web, che ce ne facciamo dei testi scritti da consultare, me lo spieghi?»

Clarissa, che conosceva un po' meglio la fama di Romero, si illuminò d'un tratto.

«Perché Romero adora le note a margine, ecco perché.»

«Come sarebbe? Non vorrai mica scrivere sui libri che

sono conservati lì, vero? Sai che è un reato che prevede la pena di morte qui...»

«Macché. Lasciamo lì la nostra relazione, così se vuole la legge e poi la rimette a posto.»

«E che ti aspetti, che le note a margine ce le metta lui?»

«Esattamente, Watson, esattamente.»

«Tu sei fuori. E poi una relazione neanche ce l'abbiamo.»

«Ma a costo di lavorarci su tutta la notte, domani avremo una bozza da lasciare nascosta come un pezzo di formaggio nella tana del topo. Ci sono gli appunti di Clarissa e i miei. Gli va solo data una forma. Tu sei bravissimo in queste cose. Sei sempre stato lo scrivano di ogni campo base.»

«Va bene, fare un po' di chiarezza non sarà certo un male. Dopotutto non so voi, ma io non ho ancora capito di cosa si tratta. Insomma, non so nemmeno che cosa ci proponiamo di dimostrare. Abbiamo un titolo, almeno?» dissi mettendomi davanti alla tastiera del mio notebook. «Mi rifiuto di scrivere anche una sola riga se non abbiamo un titolo.»

«Prova con *Esoscheletro Distopico*» fece Alessandro, convinto.

«Ma non vuol dire niente, soprattutto non ha niente a che fare con noi esseri umani, che fino a prova contraria abbiamo uno scheletro interno. Invece l'esoscheletro è tipico dei coleotteri, mi pare. Giusto, Clarissa?»

«Sì anche di blatte, scarafaggi, cavallette e locuste. Ma in gergo comune si usa anche con il significato di corazza. Direi che non esiste termine migliore. Insomma, stiamo partendo per una crociata, meglio essere armati, o quanto meno protetti.»

«E sia, ma la distopia che c'entra?»

«Come che c'entra? George Orwell, il Grande Fratello, *1984*... hai presente?» Alex era quasi spazientito, insisteva con la sua idea, secondo lui, la videosorveglianza sarebbe stata la chiave di violino sul nostro spartito.

«Bene allora partiamo così. A cura di...» mi fermai un attimo a ragionare, le mani sospese sulla tasticra, «vediamo... ordine di anzianità, accademico o alfabetico?».

«Alfabetico, fratello, siamo in democrazia.»

«Bene. Anche perché così il primo nome è il tuo. Almeno se deve uccidere qualcuno comincia da te. Vado, eh. Alessandro Campitelli, Giulio Ferraro, Clarissa Liegi e Tiziana Lucchesi. Eh no, aspetta, ho dimenticato Jalal. Quanti nomi ci devo mettere, secondo te?» feci rivolto a Clarissa.

«Tutti» rispose lei, mentre spostava le poltrone per allestire una specie di mini tavola rotonda. Io e Alessandro stavamo appoggiati al bancone, sugli sgabelli dell'Ikea, le ragazze si sistemarono sulle due poltroncine con i notebook a portata di mano.

«Okay» concessi, «ma in che ordine alfabetico sta Jalal? Insomma tra tutti quei nomi qual è il cognome, secondo voi?»

«Aspetta» mi disse Clarissa, cominciando a contare i nomi sulla punta delle dita. «L'onomastica araba è complicatissima, una volta me l'ha anche spiegata. Vediamo se mi ricordo. C'era di mezzo un vezzeggiativo, il nome della famiglia, quello del padre, un soprannome che possono usare solo gli amici e il luogo geografico.»

Non era stata di molto aiuto. Mi rassegnai a fare da me.

«Fammi pensare. Il nome doppio deve essere quello della famiglia. Dunque Salah Tammod Tammo al-Jalal va subito dopo Lucchesi. A proposito, ma riusciamo a tirarlo dentro in videoconferenza? Quanto c'è di differenza col fuso orario?»

«Sono due ore avanti, adesso» calcolò Clarissa, guardando l'orologio. «Da loro sono le 22,18.»

«Poteva andar peggio, almeno non dovremo svegliarlo nel cuore della notte. Ci pensi tu a spiegargli tutto? Prima di domattina, possibilmente. Sono certo che sai dove trovarlo. O non sapete in che lingua parlare? Dobbiamo procurarci un traduttore simultaneo?»

Alessandro mi guardò malissimo.

«Guarda che Jalal parla un ottimo inglese. Nei Paesi arabi lo imparano da bambini. Perché i programmi televisivi non vengono tradotti, sicché dai cartoni animati fino alle serie tv, ascoltano tutto in inglese fin da piccoli.» Forse pensava che il mio tono stesse diventando troppo polemico. «Ti ho detto che l'ho conosciuto mentre lavorava come interprete tra noi e la gente del posto.»

«Ossia traduceva dall'arabo all'inglese e poi di nuovo in

italiano. Non deve essere per niente facile» fece Clarissa, come se avesse appena scoperto l'oro nel deserto. Non c'era niente da fare, il mio fascino da accademico latino nulla poteva contro la magia del maschio mediorientale.

«Ti garantisco che imparare l'arabo è veramente difficile, in tre mesi che sono stata lì avrò imparato, sì e no, quattro o cinque parole» sottolineò alterata. Per Clarissa non riuscire a fare qualcosa equivaleva a una sconfitta.

«A proposito, si può sapere cosa ti è venuto in mente di andare fin laggiù, con tutti i rischi del caso? C'è la guerra, lì, o non te ne sei accorta?» Non sapevo se prendermela più con lei che era partita senza farsi domande o con Alex che, di sicuro, quelle domande invece se le era fatte eccome.

Lei rispose liquidando la questione con un gesto vago della mano: «Certo che c'è la guerra. Prova a nominarmi un posto nel Medioriente dove la guerra non c'è. Hanno bombardato anche stamattina, mi ha detto Jalal. Per questo non sono potuta tornare, l'ambasciata italiana era già chiusa da anni, poi la situazione si è aggravata e sono state sospese tutte le attività diplomatiche fino a nuovo avviso. È un dramma, ma è così. Jalal non può muoversi perché deve proteggere il sito, e io non posso tornare. Fortuna che prima di andarmene ho fotografato e classificato tutto, abbiamo materiale in abbondanza».

Cercai di non focalizzarmi troppo sul fatto che, a quanto pareva, si sentiva con Aladin tutti i santi giorni. Ma già, quello era un arabo con tanto di laurea in informatica. E a dispetto della guerra in corso era anche in grado di mettersi in contatto col mondo occidentale ogni volta che gli pareva. Era un caso in cui mi sentivo di odiare con tutto il cuore i social network. Ai vecchi tempi non sarebbe stato così facile essere dappertutto, a vigilare da oltre settemila chilometri di distanza.

«Fortuna più che altro che tu sia riuscita a portare indietro la testa, o lì le donne infedeli le lapidano ancora a colpi di pietra in mezzo alla strada come è scritto nella Bibbia?»

«In effetti è un Paese stranissimo. Si basano ancora sulla solidarietà tribale, hanno un tasso di analfabetismo spaventoso. Niente funziona come dovrebbe e il livello di corruzione governativo non migliora certo le cose. Hanno anche enormi problemi con le risorse idriche.»

«Un po' come il nostro Sud nell'immediato dopoguerra» constatò Alex, mentre meditabondo fissava Lucchesi con aria concentrata, mentre invece era stata Clarissa a parlare. Mi si stava facendo una certa confusione, così presi a guardarla anch'io. Era intenta a smanettare sul portatile alla ricerca di chissà cosa. Infatti presto sentì l'irrefrenabile desiderio di puntualizzare. Quella ragazza era peggio di un copista amanuense, se la zampetta della A era un po' storta, lei la doveva raddrizzare a tutti i costi.

«Direi un po' peggio» fece girando lo schermo verso di noi. «Qui dice che c'è rischio di rapimento ai danni dei turisti occidentali da parte di Al-Qaeda.»

Presi la palla al balzo e mi girai come un falco verso Clarissa.

«Continuo a dire che è un miracolo che tu sia tornata sana e salva, alla faccia delle ossa di gnu e delle mandibole di antilope. Mi pare che tu abbia corso un bel rischio.»

Lei fece ancora spallucce.

«Non bisogna dar retta a tutto quello che leggi sul web. Certo, la Farnesina sconsiglia ai turisti di mettersi in viaggio, ma ti assicuro che a parte un paio di attacchi di dissenteria e una certa difficoltà a mantenere standard decenti di igiene personale, non mi è successo proprio niente. Lì i pericoli sono altri. Nessuno ti dice per esempio che le donne arabe al lavoro nei campi ti tirano dei sassi, se cerchi di fotografarle. Ci ho rimesso la mia Nikon nuova.»

«Niente rapimenti, allora?» Lucchesi sembrava delusa. «Sarebbe una bufala che hanno cercato di scambiarti con una dozzina di cammelli? Perché, sai, Alex ci aveva detto così.»

Sorrisi divertito. A quanto pareva quella bionda in miniatura aveva anche dello spirito. Clarissa la prese bene.

«A parte che le strade sono pattugliate dai militari e che ci sono posti di blocco ogni dieci chilometri, in ogni caso non si potrebbe andare in giro da soli, perché le strade non sono illuminate, manca l'elettricità, ma in compenso ci sono i campi minati. Per cui devi per forza farti accompagnare da una guida locale. Pertanto mi dispiace, niente beduini, niente rapimento di bionde signorine occidentali e soprattutto niente cammelli in cambio. Ma se la cosa ti può consolare è proibito esportare reperti archeologici, non c'è la pena di morte, che io sappia, ma di sicuro ti arrestano.»

Nel frattempo avevo smesso di prendere appunti e mi ero collegato anch'io a Internet, e quello che stavo leggendo non mi piaceva per niente.

«Senti, smetti di fornirci la versione edulcorata che riservi alle mamme e ai boy scout, qui dice che dall'inizio del conflitto ci sono stati almeno seimila morti, e che bombardano senza riguardo anche gli obiettivi civili. Catastrofe umanitaria, abusi e crimini di guerra... Ti pare un posto dove andare in villeggiatura, questo?»

«Okay» concesse lei, «si sono trovati in mezzo a non so quale guerra di forza tra l'Iran e l'Arabia Saudita. Ma io di politica estera non ne ho mai capito niente, e nemmeno mi interessa. Men che meno la geopolitica mediorientale. E mi pare che la situazione non fosse allegra nemmeno al campo-scavi dove siamo stati insieme, o no? Del resto saresti partito anche tu se avessi visto quello che ho visto io».

«Giusto, jihadisti a parte, sarebbe ora che tu ci raccontassi che cosa c'è lì» saltò su a dire Alex, che poi alla fine di quella storia evidentemente ne sapeva più di me. «E meno male che hanno sospeso i voli» sottolineò, «altrimenti, sono sicuro che in videoconferenza, oltre a Jalal, ci saresti stata anche tu».

«Dici bene, a cucinarmi una capra arrosto macellata al momento, su una brace ardente, nel letto di un fiume in mezzo alle montagne e sotto un cielo sfavillante di stelle.»

«Da come la racconti sembra che tu sia stata in vacanza al Club Méditerranée invece che sotto ai bombardamenti.»

«Sono stata lì per mesi e ti assicuro che la popolazione locale corre rischi molto maggiori. Eppure sono ospitali come poche altre persone al mondo. Gli arabi hanno un concetto di ospitalità altissimo. Una volta che ti hanno accettato come visitatore innocuo, ti trattano con la stessa delicatezza con cui mia nonna riponeva le ceramiche di Dresda nella credenza.»

«Il che, immagino, non ti ha impedito di ficcarti lo stesso nei guai. Vero?» le contestai.

«Se per guai intendi infilarmi di notte in una stalla come quella di Betlemme a bere latte di cammello appena munto, allora sì.»

«Perché di notte?» chiese Lucchesi, colta dalla solita smania per i particolari.

«Perché gli arabi vivono seguendo il ciclo della luna e delle stelle, e la notte pare sia il momento migliore per la mungitura.»

«E come la metti con la profilassi?» puntualizzai sempre più irritato. «Vedi, sempre Internet cita, come fonte non informata ovviamente, un intervento di Medici Senza Frontiere che parla di malaria, febbre gialla ed epidemie di colera.»

Questa volta Clarissa sbuffò come un mantice, neanche fosse alle prese con un marito noioso.

«Ma se non è nemmeno richiesta la vaccinazione contro la febbre gialla, figurati. Certo ci sono da prendere le solite precauzioni per gli alimenti e le bevande che potrebbero trasmettere la malaria *falciparum*, oltre ovviamente al tifo, all'epatite, alla teniasi o alla brucellosi» sgranava malattie mortali come se stesse parlando di banali allergie ai graminacei. «Insomma, niente di che, alla fine devi solo stare attento a mangiare cibi cotti al momento, usare bevande sigillate, consumare latte pastorizzato e bollito, sbucciare la frutta, evitare il ghiaccio come la peste e astenerti dal consumare cibo venduto dagli ambulanti.»

«Certo, lo street food arabo. Cosa che tu sicuramente non hai fatto, vero?»

«Scherzi. Al massimo abbiamo pranzato con pezzi di carne di capra freddi avvolti in un cartoccio insieme a una patata lessa.» Decisi di sorvolare sul quel *plurale maiestatis*. «Poi mi conosci, vado in giro con la fiaschetta di Amuchina infilata nel taschino da quando andavo agli scout. Comunque costava tutto due soldi, Jalal conosce posti dove si possono comprare casse di aragoste con meno di venticinque euro.»

Era veramente troppo, lo nominava ogni due minuti, e la cosa cominciava a darmi sui nervi. Alessandro mi lanciò uno sguardo di riprovazione, ma ormai ero troppo carico ed esplosi.

«Vuoi che lo chiamiamo ora? Guarda qui, devi fare solo lo 00967 seguito dal prefisso 1 per Sana'a, poi il numero dell'università. Peccato che non ti risponderà nessuno. Sai, lì sono in guerra e campano coi generatori. Me l'hai detto tu, no?»

Mi fissò serafica. Far arrabbiare Clarissa era quasi impossibile.

«Se vuoi chiama. Ma ricordati di non far squillare più di otto volte altrimenti, anche se non risponde nessuno, ti verrà comunque addebitata la chiamata per un minimo di tre minuti.»

Lucchesi, che si era alzata in piedi per riallineare i suoi flaconi, si girò di scatto.

«Ma questi sono troppo avanti. Mi sa che lì non ce l'hanno il garante per la concorrenza...»

«Non ce l'hanno, no. Ma quello è il meno. Pensa alle ambasciate, sono state tutte chiuse e il personale diplomatico è stato fatto rientrare d'autorità» interloquì Alessandro. «Per questo la Farnesina consiglia di non partire.» Poi intercettò il mio sguardo e cambiò subito rotta. «Ma è chiaro che si rivolgono ai turisti improvvisati. Se hai qualcuno del posto che ti assiste e ti viene a prendere all'aeroporto, i rischi più o meno sono gli stessi che da noi, lo sai anche tu che ormai il terrorismo è dappertutto.»

Clarissa ridacchiava senza più riuscire a contenersi.

«Guarda, se parti col paracetamolo e ti ricordi di mettere in valigia gli occhiali da sole e la crema contro le ustioni, sei a posto. Un kit minimo di antistaminici, soluzioni reidratanti, insetticida e repellenti, basta e avanza. Bende, garze, Amuchina e disinfettante. Non ti serve altro. Oltre a una guida locale, ovviamente.»

«Non credo che un interprete con un flacone di Amuchina in mano possa fare molto se ti sparano addosso con un mitragliatore» borbottai sconsolato, ma già sapevo che nessuno mi stava ascoltando. Clarissa ormai teneva banco, nemmeno fosse Lara Croft reduce da una spedizione avventurosa sul Rio delle Amazzoni.

«Mah... sai... alla fine Jalal mi ha spiegato che si tratta solo di micro-conflitti interni e insurrezioni tribali. Niente più che gesti dimostrativi per attirare l'attenzione del governo.»

«In che senso *attirare l'attenzione del governo*?» fece Lucchesi, sempre più confusa. In quella miriade di osservazioni incrociate, cominciava a perdersi.

«Cosa facciamo noi quando il governo non si occupa di certe questioni? Scioperiamo o organizziamo manifestazioni. Lì non hanno una vera e propria democrazia, se hanno bisogno, che so io, che lo Stato aggiusti una strada, cosa fanno? Rapiscono dei turisti e li rilasciano solo dopo che quel pezzo di strada è stato asfaltato.»

«Interessante.» Alessandro sembrava veramente colpito. «Sarebbe da copiare come cosa. Se il cibo a mensa è scadente, potremmo rapire il rettore finché non indicono un nuovo appalto e cambiano gestore. Sai che non è per niente una brutta idea?»

«Alla fine, secondo me, l'unica accortezza è quella di infilarsi tra la stagione delle piogge e quella dei monsoni» fece Clarissa, ignorando come al solito ogni osservazione sensata. «Perché dicono che quando le precipitazioni si intensificano, le strade diventano torrenti. Quindi conviene partire grosso modo tra maggio e ottobre.»

«E tu quando ci sei andata?» chiesi così, senza parere. Tanto conoscevo già la risposta.

«Vediamo... se ben mi ricordo esattamente al contrario. Sono partita a ottobre e sono tornata in primavera.»

«Guarda, non avevo dubbi. Non c'era nemmeno da chiedertelo. Se annunciano un tornado sulla costa più vicina è sicuro che tu prendi il primo treno. E se non trovi la coincidenza, parti in macchina, perché figuriamoci se te lo puoi perdere. Sai cosa penso? Che i corsi sulla sicurezza di Alex anziché farti diventare prudente, ti hanno definitivamente convinta di essere invincibile come un'eroina della Marvel.»

«Ti dirò che alla fine l'unica cosa veramente pericolosa dello Yemen è lo shopping.»

Lucchesi drizzò le orecchie, finalmente interessata.

«In che senso, vuoi dire che sparano ai turisti mentre sono a spasso per negozi, o che se entri in un camerino per provarti qualcosa finisci dritta in una botola collegata col campo dei beduini nel deserto?»

«Ma no, è che tra gli arabi acquistare oggetti nei mercati è un'arte. Quando vai in un *suk*, la prima regola che devi imparare è di non pagare mai il prezzo che ti è stato richiesto. Contrattare è quasi obbligatorio. Se non lo fai, ci restano male. È una specie di gioco di società, il venditore indica un prezzo, tu ne offri un altro e parte tutta una trattativa molto animata con tanto di pubblico a fare il tifo. Poi naturalmente i turisti mollano quasi subito appena hanno ottenuto uno sconto decente. Loro invece sono capaci di andare avanti per ore, creando capannelli di gente che si accalora. Spesso si scatenano vere e propri risse.»

«E tu cos'hai comprato di interessante?»

«Oh, guarda, lì ci puoi trovare praticamente di tutto. Dai talleri di Maria Teresa ai vecchi fucili ad avancarica. I bazar sono strutturati per tipologia, in una serie di *suk* ognuno dei quali è specializzato nella vendita di un particolare prodotto. Io mi sono persa nel *suk* dell'argento di Sana'a. C'erano gioielli magnifici, collane, cavigliere e anche oggetti antichi, o meglio antichizzati. Ma alla fine mi sono innamorata di una *jambiya*. Sono quei pugnali ricurvi che gli uomini portano appesi alla cintura. Ne ho preso uno in argento con l'impugnatura di avorio, con sopra inciso un versetto del Corano. Ma ce n'erano di belli anche in osso o in dente di narvalo, il *Monodon monoceros*, la balena cadavere. Ma mi sono ben guardata dallo scegliere proprio quello, naturalmente.»

«Be', alla fine osso o avorio, o dente che sia, sempre da qualche animale viene. O no?» feci in tono polemico. Lucchesi, che era uno spirito pratico, annuiva come se fosse della stessa opinione. Invece Clarissa no.

«Come sei pedante, Giulio. Non cambi mai. Mi piaceva e l'ho comprato, stop. Non vedo dove sia il problema.»

«Magari ne hai comprato uno con su inciso un versetto del Corano che rammenta la sudditanza della donna all'uomo, vai a sapere» dissi di rimando.

«In realtà il Corano è una miscellanea dei primi cinque libri del vecchio testamento, ci sono scritte le stesse cose che studiamo noi nell'ora di religione, solo interpretate diversamente. Alla fine l'unica differenza è che loro sono estremisti e interpretano i versetti alla lettera. Sul mio pugnale ho fatto incidere il versetto 16 della *Sura An-Nahl*.»

«Che sarebbe?»

«Vuoi la versione araba o quella italiana?»

«Quella bolognese, grazie.»

«*Allah vi fa uscire dai ventri delle vostre madri sprovvisti di ogni scienza e vi dà udito, occhi e intelletto. Sarete riconoscenti?*»

«Ma è scritta proprio così? Col punto di domanda?» Lucchesi mi piaceva sempre di più. Aveva la mia stessa maniacale attenzione per i dettagli.

«Sì. Non so come lo interpreterebbe un *imam*, ma per me è un incentivo a saper ascoltare, vedere e capire con la propria testa. A prescindere dai dettami ricevuti o dalle costumanze.»

«Se per costumanze intendi l'intera storia dell'evoluzione, tutti i trattati esistenti sulla paleoantropologia e miliardi di volumi, articoli scientifici, lezioni universitarie, corsi di laurea e quant'altro, potresti anche rischiare di essere ostracizzata a vita.» Stavo scorrendo gli appunti che Alessandro mi aveva passato, anche Lucchesi si era immersa col naso nella sua copia. Era solo un riassunto schematico, ma più che sufficiente da farle sollevare le delicate sopracciglia in un arco a tutto sesto. «Sì» feci io, proseguendo nella lettura. «Mi sembra un punto di vista interessante, ma come glielo spieghiamo alla comunità internazionale che una zoologa ha appena trovato dei reperti tali da riscrivere la storia dell'evoluzione?»

«I migliori, quelli che hanno le idee più innovative, non vengono mai creduti. È una costante nel campo delle scoperte e delle invenzioni, dall'alba dei tempi. Non ci sarebbe niente di strano.»

Lucchesi, che se ne era tornata al suo posto sulla poltroncina, col suo bravo MacBook accoccolato sulle gambe come un gatto, digitò velocemente e prese a leggere direttamente dal web. «La penicillina, per esempio, è stata scoperta per caso perché Fleming era andato in vacanza e si era dimenticato di proteggere una coltura in laboratorio. Al suo rientro la trovò contaminata da una muffa che in qualche modo aveva contrastato la proliferazione di batteri» disse soddisfatta. «Milioni di vite sono state salvate grazie a un errore.»

Storsi il naso. Quella ragazza mi piaceva, ma l'esempio che aveva scovato non era calzante.

«Ma Alexander Fleming era pur sempre uno scienziato. E poi anche il Viagra è stato scoperto per caso, doveva essere un farmaco per le malattie cardiache, così come la Coca-Cola doveva essere un rimedio contro il mal di testa. Ne è uscito fuori un giro di miliardi, per carità, ma non possiamo equiparare prodotti commerciali, anche se appartenenti alla farmacopea, con le scoperte scientifiche.»

«E i raggi X, allora? Sono stati scoperti per caso nel corso di un esperimento che aveva tutt'altro scopo.»

«Sì, certo. Anche l'LSD è stato isolato chimicamente mentre in laboratorio si stava cercando di sviluppare un induttore al parto per anticipare le doglie in caso di necessità. Non mi sembrano esempi eclatanti. Cosa andiamo a dire a Romero, che la scienza è frutto di mera casualità?»

«A chi?» saltò su a dire Alessandro. «All'uomo che sostiene di aver effettuato la scoperta del secolo passeggiando col naso per terra in un posto dove centinaia di altri erano passati senza vedere niente? Se non lo sa lui che le scoperte sono frutto del caso, non lo sa nessuno. È della comunità scientifica che ci dobbiamo preoccupare, non di Romero.»

Lucchesi, che ne sapeva qualcosa, fece di sì con la testa e riprese a digitare sulla tastiera. «Vogliamo parlare allora delle più importanti scoperte archeologiche che hanno costretto la comunità scientifica a ritrattare tutto quel che prima veniva dato per scontato? La comunità scientifica non è mica un'entità aliena dotata di una mente propria, con cento zampe e mostruose protuberanze. È fatta di persone. E le persone sbagliano. Soprattutto se si ancorano ai pregiudizi. Lo sappiamo tutti, questo.»

«Giusto» fece Alex estasiato, guardandola come se non l'avesse mai vista prima. «Lasciamo stare per un momento che Louis e Mary Leakey sono considerati i pilastri della moderna paleoantropologia, ma ce lo vogliamo mettere in testa che i loro ritrovamenti nella Gola di Olduvai sono avvenuti incidentalmente nel sistema della Great Rift Valley che si estende per seimila, dico *seimila,* chilometri, dalla Siria al Mozambico? Ci avevano passato dieci anni a scavare nella stessa zona senza mai trovare niente. Poi, un giorno, ecco che esce fuori qualcosa. Succede.»

Clarissa che era un po' che se ne stava in silenzio, mosse la testa interessata con la calma placida di una tartaruga appena uscita dal letargo.

«Alla fine quella della Rift Valley è la stessa placca tettonica di cui parliamo noi, che ha prodotto in qualcosa come quindici milioni di anni la separazione dell'Africa orientale dal resto del continente asiatico. Non vedo perché non potrebbe essere come diciamo noi. Dopotutto, *chi* ha deciso che la culla dell'umanità si dovrebbe trovare in Africa piuttosto che in Asia? Proprio nessuno.»

La guardammo tutti con preoccupazione. Quella di decidere quale fosse stata la culla dell'umanità era una diatriba senza fine nella storia della paleantropologia, una questione che nessuno si sentiva in grado di affrontare. Soprattutto perché, dopo un centinaio d'anni di ricerche, noi la stavamo per spostare un'altra volta dall'Africa, dove eminenti specialisti avevano deliberato che dovesse stare, di nuovo in Asia. Che era una tesi che oggi, a parte i defunti e ormai derisi padri fondatori, nessuno più si sentiva di appoggiare.

Lucchesi decise di sorvolare la questione saltandoci sopra a piè pari e riprese con l'elenco delle scoperte archeologiche avvenute per caso, smanettando col suo MacBook che, se la memoria non mi ingannava, aveva un valore di mercato di circa milleottocento euro. Una bella cifra per farselo configurare con quel colore oro rosa. Ma quanto a funzionare, funzionava benissimo.

«Ci sarebbero anche le grotte di Altamira.»

Alessandro saltò sullo sgabello e prese a camminare avanti e indietro per la stanza, declamando come un invasato.

«Ma certo, quale esempio migliore? Marcelino Sanz de Sautuola fu accusato, pace all'anima sua, di aver disegnato lui le pitture rupestri. Così, tanto per darsi importanza. Solo perché la comunità scientifica non era pronta a una simile scoperta e perché lui, dopotutto, non era un esperto, ma solo un appassionato. Peccato che i suoi occhi fossero migliori dei loro. Alla fine, Clarissa, il tuo versetto sul Corano non è del tutto inappropriato.»

Clarissa lo guardò con riconoscenza, nemmeno fosse una donzella salvata da un paladino di Francia, atteggiamento che in lei era del tutto inusuale. Cercai di emulare la concorrenza, frugando nella memoria alla disperata ricerca di qualcosa di appropriato da dire.

«Allora se è per questo, finché non venne ritrovata la stele di Rosetta durante la spedizione napoleonica in Egitto nel 1799, gli egittologi credevano che i geroglifici fossero semplicemente dei disegnetti carini e un po' buffi incisi sulla pietra a mero scopo ornamentale. Champollion ci mise trent'anni a decodificare i segni, ed era l'unico convinto di trovarsi di fronte allo stesso testo tradotto in tre lingue diverse. E anche lui era un dilettante in materia. In fondo era un linguista, mica un egittologo.»

«In effetti anche la tomba di Tutankhamon e la città di Troia sono state rinvenute da dilettanti. Howard Carter era figlio di un illustratore dotato di un talento mediocre e di un'istruzione incompleta, che finì al momento giusto nel posto giusto quasi casualmente. Non era un archeologo e nemmeno un egittologo finché non ricevette un incarico governativo nella Valle dei Re, grazie a una raccomandazione. Eppure ha trovato una delle tombe più complete della storia dell'antico Egitto.»

Lucchesi leggeva direttamente da Wikipedia, confermando episodi che mi erano già noti, ma a cui non avevo mai pensato in questi termini. Aveva senso, erano cose che sapevano tutti, ma che non sapeva per davvero nessuno perché, quando una grande scoperta scientifica ti apre le porte del nirvana accademico, nessuno si chiede chi eri o da dove sei venuto. Nessuno si ricorda che tutti erano *nessuno*, prima di diventare *qualcuno*.

«Per non parlare di Heinrich Schliemann, che era solo un imprenditore e spese tutta la sua fortuna per inseguire un sogno. Fu capace di ritrovare l'antica città di Troia solo basandosi sulle descrizioni omeriche. Non so se mi spiego, sulla base di un testo che esiste da quasi tremila anni. Alla fine ha trovato qualcosa che era sotto gli occhi di tutti» proseguì Alessandro, sempre più entusiasta.

«Sì» fece Lucchesi, che si stava appassionando e aveva ormai chiuso il suo Mac. «Come quell'archeologo cinese dal nome impronunciabile che ha trovato i resti dell'esercito di terracotta solo perché è stato chiamato da un contadino che aveva riportato alla luce non so che cosa, zappettando sul campo.»

«In effetti anche la tomba di Seti I nella Valle dei Re fu scoperta da un incompetente. Giovanni Battista Belzoni, ingegnere idraulico che finì a lavorare in un circo e poi giunse in Egitto per proporre al Pascià Muhammad 'Ali certi progetti per macchine idrauliche.» Ricordavo la storia vagamente, ma ero certo che anche quello era stato un caso eclatante, per averci scritto su un articolo ai tempi del liceo. «Però non credo che lo Yemen sia come l'Egitto. All'epoca la caccia ai tesori archeologici era una sorta di sport elitario, e le campagne di scavi venivano sovvenzionate dai Lords inglesi alla ricerca di qualcosa di interessante da raccontare nei salotti. Io credo che non potremo decidere come affrontare la questione se prima non riusciamo bene a capire com'è la situazione lì. Il sito è al sicuro? Quanto clamore è stato fatto attorno a questa scoperta? Chi ne è al corrente? E soprattutto quanto tempo abbiamo?»

Mi guardarono tutti lievemente infastiditi. Perché si sa che in un gruppo l'unica persona dotata di raziocinio, quella che continua a riportare i piedi sulla madre terra, è sempre percepita come un disturbo. Ma un disturbo necessario.

«Ha ragione lui, Clarissa» mi sostenne Alex. «Cerca di farci capire un po' di più. Considera che la maggior parte di noi è stata in Africa, al massimo. Nulla a che vedere col Medioriente. Fai come se fossimo a scuola. A rischio di essere pedante, dacci un quadro esatto della situazione. Spiegacelo come se dovessi farlo capire a tua nonna.»

Lei parve concordare e cominciò a raccontare in maniera sparsa, come faceva sempre anche agli scavi, dove tra le attività notturne sulla brandina e la sua incerta mappa mentale, mi riusciva sempre estremamente difficile aggiornare il diario del campo. Chiuse un attimo gli occhi, spazientita, poi sembrò eliminare la nostra presenza e prese a elencare sensazioni disordinatamente.

«Alla fine è tutto come da noi. Solo che secondo la norma islamica ogni attività rimane chiusa nella giornata di venerdì e a volte anche di giovedì pomeriggio. Se tieni presente questo il resto è identico. Io mi sono trovata benissimo, sia con l'accoglienza che con il cibo, che è semplice ma speziato. Come noi consumano moltissimi cereali, hanno piatti a base di riso, lenticchie, sorgo, fagioli, fieno greco e miglio. Servono delle zuppe bollenti con stufato di pollo o agnello con verdure, fagioli e riso che si chiamano *saltah* e sono buonissime, perché le fanno sempre in modo diverso. Consumano soprattutto pietanze povere, la zuppa di montone per esempio è una rarità. Hanno un pane non lievitato, tipo il pane azzimo, che usano come piatto per disporre i cibi, e che alla fine spezzi con le mani per mangiarlo. Lo chiamano *opis*. Magari si può avere qualche problema con la prima colazione, visto che sono abituati a mangiare fagioli e fegatini di prima mattina. Cosa che per un occidentale non è proprio l'ideale. Io ho rimediato con focacce, miele, yogurt e caffè yemenita.»

«Sì. Ma la vita lì com'è? C'è la guerra, sono in emergenza, sotto epidemia. Presidi militari, rapimenti. Non si riesce a capire» fece Lucchesi, sempre più confusa.

«A parte che non esiste la rete ferroviaria, Dio solo sa perché, dato che hanno più aeroporti che città. Devi considerare che su cinquantamila chilometri di strade nemmeno il dieci per cento sono asfaltate, e la maggior parte rimane inaccessibile agli autoveicoli. La capitale è Sana'a, che conta qualcosa come cinquecentomila abitanti. Pensa che noi a Roma siamo più di sette milioni! La lingua ufficiale è l'arabo, ma quasi tutti parlano inglese abbastanza bene, il tasso di analfabetismo è molto alto, e nel Paese prevalgono le scuole coraniche, mentre Aden e Sana'a sono sedi di università dagli anni Settanta. È un mondo stranissimo, sembra di precipitare improvvisamente nel passato, grattacieli di fango, minareti, torri da *Mille e una notte*... E poi il deserto. Lo chiamano *Il Quarto Vuoto*. Il regno del nulla.» Si fermò un attimo, come se volesse giustificare tanta confusione in qualche modo. «Certi aspetti non erano chiari nemmeno a me, così quando sono tornata ho fatto un salto a Napoli, per parlare col mio vecchio professore di civiltà orientali.»

Clarissa parlava di fare un salto a Napoli come se avesse deciso di scendere un attimo al bar, non c'era da meravigliarsi se era salita su un aereo diretto verso una zona di guerra senza farsi nemmeno una domanda. La cosa bella era che è andata a informarsi *dopo* esserci stata, mica prima. Ma a lei questo sembrava un comportamento logico.

«Lorenzo de Brunet, nome francese, parlata fiorentina, cattedra napoletana di archeologia. Ha insegnato per anni all'Istituto del Vicino Oriente alla Sapienza. È anche un massone. Ha organizzato un decennio di scavi degli archeologi italiani nella regione yemenita. Secondo lui, è stato il deserto che ha rovesciato lì a ondate popoli che migravano da altre zone. Accadi, babilonesi, assiri, aramei, amaleciti, ebrei, arabi. Popoli che poi hanno colonizzato la cosiddetta Mezzaluna Fertile, che a sua volta ha partorito tante civiltà sudarabiche. I popoli della Bibbia, gli antichi naviganti, i maghi, i mercanti. In questa zona del mondo sorsero imperi antichissimi, regni che connettevano le civiltà della Valle dell'Indo con l'Africa, poi scomparsi sotto la sabbia. A sentir lui hanno lasciato lo stesso alfabeto sia in Etiopia che nel regno della Regina di Saba. Gli stessi popoli che hanno barattato l'oro del nord con gli aromi del sud. Questo significa che al di là e al di qua della placca tettonica la matrice culturale, fin da tempi immemori, è stata la stessa. È convinto che i pilastri del mondo occidentale, dall'impero romano alla civiltà greca, poggiano su strati più profondi di antiche migrazioni provenienti dalla Mesopotamia, dall'Anatolia e dall'Egitto. Un grande basamento sudarabico così vicino alle coste africane da rendere quasi impossibile che il flusso migratorio non sia stato a due sensi, e soprattutto periodico.»

Vidi che Lucchesi stava meditando, assorta. Qualcosa le aveva risvegliato la memoria. Fece di sì con la testa, sempre più convinta.

«Il Lattanzi la pensa più o meno allo stesso modo. Secondo lui, la storia della migrazione *out of Africa* è tutta sbagliata, ma su questo lui e Romero sono in rotta di collisione da sempre, a quanto ho capito, e questo sì che sarà un problema grosso.» A un certo punto alzò le mani in segno di resa. «Però io non ho capito una cosa. Che c'entra il deserto? Lì non si possono trovare reperti fossili.»

Clarissa la considerò serissima per un intero minuto, poi rispose ridendo: «Be', direi proprio di no. Immagina un posto dove i monsoni soffiano talmente forte da formare dune che alla stagione successiva sono semplicemente svanite. Si narra ancora di turisti che si sono persi nel deserto usando come riferimento collinette che al mattino non esistevano più».

«Mi stai prendendo in giro.»

«No, no, sembra un posto pericoloso. Ma non lo è. Il trucco sta nel ficcarsi tra la stagione dei monsoni e quella delle piogge, te l'ho già detto. E occorre avere una guida sul posto.»

Sì, ci stava proprio prendendo in giro. Parlava come se in mezzo alle sabbie del deserto ci fosse David Copperfield in persona, occupato a far sparire le dune e a spostare le città, facendole riapparire a suo piacimento altrove con tutti gli abitanti sani e salvi, nemmeno un po' stropicciati e senza un capello fuori posto.

«Ho capito» trasalii, mezzo risentito, «sei andata in giro per il deserto montando un cavallo berbero come Lawrence d'Arabia».

«Ma va'» replicò serissima, «ci sono i mezzi pubblici, lì. Funzionano perfettamente. Però partono solo quando sono pieni. E, per tua informazione, il cavallo arabo è del tipo dolicomorfo. La caratteristica della razza è la compattezza del fisico, che gli conferisce una maggiore resistenza e una grazia nell'incedere molto apprezzata negli sport equestri. Quel tipo di cavallo ha una vertebra in meno, sottratta senza creare discapito agli organi interni. L'evoluzione ha dato il meglio per selezionare una razza resistente e asciutta, adatta alle condizioni climatiche e alle lunghe distanze. Pelle elastica ricoperta da peli corti e lucenti, zoccoli piccoli e durissimi, appiombi perfetti. Razza a sangue caldo. Veloce e nevrile, con lontane ascendenze derivate dalla razza berbera. Testa piccola, elegante, con profilo camuso».

Era riuscita a dare di un cavallo, tra parentesi *arabo*, una descrizione sensuale, a tratti anche erotica. Sempre che stesse parlando del cavallo.

«Mi dimentico sempre che sei una zoologa. Strano che tu non sia anche vegetariana.»

«Certo, come no. Lo stufato d'agnello yemenita è il piatto più buono che io abbia mai assaggiato in vita mia.»

«Ah già, che i musulmani non possono mangiare la carne di maiale. O quelli sono gli ebrei? Mi confondo sempre.»

«Non è tanto quello. È che il manzo è troppo costoso per loro, di solito mangiano pollo o pecora, il pesce solo nelle zone costiere perché il trasporto inciderebbe troppo sul prezzo. L'alimentazione è tutta a base di prodotti lattiero-caseari. Fanno un burro chiarificato che è una meraviglia, soprattutto con i piatti salati.»

«Tu non fai testo, ti mangeresti anche le locuste della settima piaga d'Egitto» dissi ricordandomi la velocità con cui faceva sparire il cibo dalla dispensa del campo-scavi.

«Era l'ottava, veramente. Ma, sì, penso che se viaggi devi adattarti all'ambiente in cui ti trovi e fare tue le abitudini locali.»

«Quindi mi stai dicendo che potrei venderti al mercato in cambio di dieci cammelli?»

«Ti sto dicendo che nella cultura araba, se qualcuno ti offrisse dieci cammelli per una donna, sarebbe un complimento indiretto alla sua bellezza. Si sono parecchio evoluti, ma hanno ancora la mentalità tribale tipica dei Paesi basati sulla cultura rurale. Del resto stiamo parlando di un Paese ricco di contrasti. Dove lo trovi un altro Paese con cinquantasette aeroporti e nessuna rete ferroviaria? Per certi versi sono moderni, pensa che hanno perfino una compagnia di bandiera, la Yemenia, controllata al cinquanta per cento dal governo saudita, e una nazionale di calcio.»

«Pure! E tu come lo sai?»

«Jalal allena una piccola squadra locale. Sono affiliati alla FIFA, sai. Hanno anche ospitato la Coppa delle Nazioni del Golfo. Certo, prima che scoppiasse la guerra. Poi d'altro canto gli Internet point sono situati nei garage e vanno alla velocità del vecchio modem analogico a 56k. D'altra parte, non si può pretendere tutto» fece guardandomi come per sfidarmi a sostenere il contrario.

«Sì, lo vedo. Sto leggendo sul web. Il Paese più povero della Penisola Arabica, uno dei meno sviluppati del pianeta, con la temperatura diurna più elevata della Terra. Complimenti, proprio un bel posto ti sei andata a scovare per le tue ricerche.»

«Non mi sono scovata un bel niente» rispose piccata. «Mi hanno chiamato per esaminare dei reperti all'apparenza banalissimi, solo che io ho trovato qualche altra cosa. Capita.» Ora mi stava fissando con aria di sfida, il busto sostenuto e la piega beffarda che le compariva sempre sulle labbra quando stava per adirarsi. «Dev'essere una delle leggi di Murphy, quella che dice che, se trovi qualcosa, non la puoi ignorare solo perché non si adatta alla tua teoria.» Mi teneva testa come sempre, e riusciva anche a essere sarcastica, il che rendeva me caustico come la soda.

«Stai citando Sherlock Holmes, per caso?»

«Sto dicendo che non mi sarei mai sognata di trovare quello che ho trovato. Ma, solo perché non mi aspettavo di trovarlo e nessuno pensava che esistesse, allora sarebbe un motivo sufficiente per ignorarlo?»

Ormai stavamo dando spettacolo come una vecchia coppia inacidita. Alessandro cercò di fare da arbitro e intervenne per calmare un po' le acque.

«Torniamo un attimo indietro. Se non inquadriamo bene lo stato geologico del sito nessuno riuscirà a capire veramente che cosa vogliamo sostenere. Hai portato la relazione fatta da Swisher e Curtis?» chiese rivolto a Clarissa.

Saltai in piedi come una molla, evitando per un pelo di far franare il notebook per terra.

«Che cosa? Avete chiamato Swisher e Curtis?!»

Lucchesi ci guardava a bocca aperta, senza capire. Alex cercò di spiegarle la cosa a brevi linee.

«Carl Swisher III e Gamiss Curtis sono due tra i più abili geocronologi al mondo. La loro parola nel mondo accademico è legge. Rilasciano datazioni inoppugnabili sotto ogni punto di vista. Contestarle sarebbe come negare le leggi della fisica.»

«E chi li ha pagati?» chiesi sempre più esasperato. Perché il punto nodale era proprio quello. Quei due si muovevano solo se la scoperta era importante, e se sul loro conto corrente arrivava un bonifico proporzionato alla distanza che dovevano percorrere, più le spese.

Alex fece il vago.

«Ho usato un tuo contatto. Ti ricordi Paola Di Martino, quella che abbiamo mandato a fare il tirocinio ai Beni Culturali? Ora lavora per l'Unesco.»

«Sì, lo so, ce l'ho mandata io» replicai.

«Appunto. Ti saluta e ti ringrazia. E ci ha procurato i fondi.»

Lo fissai sconcertato.

«Sai che hai ragione? Dobbiamo proprio tornare un po' indietro, perché non ti sto seguendo.»

Alessandro chiese aiuto, disperato.

«Clarissa, la relazione geologica, ti prego. Salta i pezzi, se occorre, e vai al sodo.»

«No, no e no» sbraitai come invasato. «Quale cazzo di relazione geologica? Io voglio sapere tutto, dall'inizio alla fine. Dall'alfa all'omega. Perché diamine abbiamo ritenuto necessario, anzi *tu* hai ritenuto necessario, senza nemmeno consultarmi, chiedere, non so ancora come, i fondi per pagare il team di geocronologi più costoso al mondo?»

«I più rinomati al mondo» mi corresse Alex.

«Non importa. Hai comunque bruciato un favore a nome mio. E voglio sapere perché» dissi, girando lo sguardo da lui a Clarissa, che sembrava un gatto che ha appena inghiottito un uccello con tutte le piume e sta per starnutire. Li fissai entrambi con aria truce, mentre Lucchesi si faceva piccola dentro la poltrona, come a significare che lei assolutamente non ne sapeva niente.

«Chi me lo spiega, allora?»

Clarissa sospirò.

«Devi capire che quando sono arrivata lì non sapevo assolutamente cosa avrei trovato. Lo Yemen è caratterizzato dai solchi dei *uidian*, corsi d'acqua veloci che scendono dalle scarpate verso il mare o si perdono nelle sabbie del deserto. In alcune zone l'evaporazione è così forte che i corsi d'acqua provenienti dagli altopiani non riescono nemmeno a raggiungere il mare perché si asciugano prima.»

Sbuffai. Lei mi fulminò con lo sguardo.

«Guarda che si tratta di un'informazione importantissima. Sei sempre il solito, prima fai le domande, poi non vuoi sentire le risposte. Eppure te l'ho spiegato cosa mi ha detto de Brunet. Stiamo parlando della regione dove si sono sviluppati i regni delle civiltà più antiche, da quello dei Sabei a quello dei Minei.»

Mi vide che stavo scalpitando e prese a parlare più in fretta.

«Lasciamo pure da parte per un attimo Salomone e la Regina di Saba, se vuoi, ma rimane il fatto che gli antichi romani chiamavano questa regione *Arabia Felix* per via dei suoi lucrosi traffici commerciali, primo fra tutti quello delle spezie aromatiche. Pare che l'incenso dei Re Magi provenisse da qui. In realtà la parola Yemen, dalla radice linguistica semitica, significa più a destra dell'Oriente. Più a destra dell'Oriente vuol dire che oltre non c'era niente. Tanto che loro chiamano il deserto *Il Quarto Vuoto*. Vorrà pur dire qualcosa, no?» vide che non mi aveva ancora convinto e proseguì in affanno, quasi mangiandosi le parole. «Il fatto è che qui si è sviluppato uno dei centri di civilizzazione più antichi del mondo, proprio a causa delle caratteristiche orogenetiche del suo territorio. E noi crediamo che questo sia successo più di una volta nella storia. Si tratta di un luogo che confina col deserto e che in passato era ricco di alture e corsi d'acqua perenni, famoso per l'estrema fertilità del suolo tanto che i beduini, al tempo dei Sabei, dicevano che era un posto dove non era necessario portarsi le provviste perché la natura offriva tutto. Possibile che non capisci? La chiamano la *Mezzaluna Fertile*! Ma ora c'è il deserto. Da dove pensi che derivi questo nome, accidenti.» Fece un gesto con le mani, come a identificare il Paese su una mappa immaginaria. «Grosso modo si trova sulla punta estrema della Penisola Arabica, tra l'Arabia Saudita e il Mar Rosso, proprio di fronte alle coste africane della Somalia. Anche questo è un dettaglio importantissimo che si ricollega alle placche tettoniche di cui parlavamo prima. Insomma, ho volato sette ore con un volo proveniente da Francoforte, solo perché Alessandro mi ha detto che avevano trovato un sito interessantissimo, pieno di resti fossili di animali ammassati come in una fossa comune. Io non avevo idea di cosa avrei trovato. Non sapevo nemmeno chi mi sarebbe venuto a prendere. Appena sono sbarcata, mi è sembrato di essere arrivata per sbaglio in qualche paesino arretrato del nostro Sud. C'era un traffico caotico, tutti suonavano il clacson all'impazzata, per strada giravano macchine che da noi ormai sono fuori produzione da un secolo, coperte di polvere e senza targa. I tassisti offrivano i loro servizi dando manate sulla carrozzeria, nemmeno stessero battendo i fianchi di un cavallo. Tutti gli uomini portavano appeso alla cintura quel lungo pugnale ricurvo. Ho saputo solo dopo che è il simbolo della tribù a cui appartengono, ma di fatto è un'arma a tutti gli effetti, tanto che l'importazione è vietata in Italia, non te lo fanno passare alla frontiera.»

Mi fissò un attimo con aria diffidente, come se temesse che me ne sarei uscito con un commento inappropriato.

«E per favore non chiedermi come ho fatto a contrabbandare il mio perché la risposta non ti piacerebbe.»

Tacqui obbediente. Tanto lo sapevo già come aveva fatto, era un trucco vecchio come il mondo. Si fa passare un oggetto vero per un calco da museo, lo si ricopre di gesso, e si cerca di evitare i controlli spacciandolo per una copia o un'imitazione. Lei continuò senza più badare a me.

«Nello Yemen questo problema non sussiste, perché qualsiasi arma, dal kalashnikov all'esplosivo al plastico, si può trovare tranquillamente sulle bancarelle. Non vi dico che confusione nel piazzale fuori dell'aeroporto, tra chioschi e venditori ambulanti, con le auto che passavano in mezzo senza badare ai pedoni. Non hanno assolutamente regole che disciplinino la circolazione. Passa chi passa per primo. La gente va contromano, fa inversione come capita, in barba alle più elementari norme di sicurezza. I motorini perdono olio e bruciano un fumo che rende l'aria irrespirabile, portando a bordo due o tre persone alla volta, a volte anche cani, capre o galline per il mercato. Ma la cosa più bella sono le montagne rocciose, con pareti brulle e verticali, e con le cime piatte, trasformate in altopiani erosi dall'acqua e dal vento nel corso dei millenni. Le città sono collegate da strade sterrate o parzialmente asfaltate su cui le auto viaggiano sovraccariche e i camion sono spesso adibiti al trasporto di persone che montano su mentre sono in marcia. Ci sono perlopiù fuoristrada giapponesi e vecchie auto americane con le portiere traballanti e ricoperte di ruggine. A bordo tutti masticano il *qāt*, una sorta di droga leggera legalizzata che causa uno stato di euforia, ma tiene anche alta l'attenzione e attenua il senso di stanchezza. E migliora le prestazioni. Non *quelle* prestazioni...» precisò ridendo. «Viene coltivata sul posto, in campi sottoposti a sorveglianza armata. Io mi sono accontentata del thè yemenita allo zenzero, addolcito dal miele locale che, tra parentesi, pare sia tra i migliori al mondo.»

Si accorse che stava divagando e si alzò dalla poltrona ficcandosi le mani in tasca e cominciando a camminare in tondo.

«Dal punto di vista geologico, siamo su colline di rocce basaltiche, caratterizzate da un terreno sassoso e desertico, dove il colore va dal marrone al nero. Le montagne sono perennemente battute dal vento. Il terreno è cotto dal sole e interrotto qua e là da poche piante spoglie e spinose. Ci sono acacie, palme o sicomori, ma solo in presenza di fonti d'acqua. Molti dei massi hanno una forte componente di metallo e presentano speroni verticali ricoperti di placche inclinate verde rame. Inutile girarci intorno, lo sapete meglio di me che il rame è il metallo più antico che l'umanità usa da sempre. Un pendente in rame datato quasi diecimila anni è stato ritrovato proprio da queste parti in una grotta sui monti Zagros, in Iraq. Credo abbiate ospitato un convegno sull'argomento proprio qui, non molti anni fa.»

Alex mi fece un ghigno, era stata in quell'occasione che esimi professori di varie università europee si erano esibiti in manifestazioni di virilità ululanti nel tentativo di sovrastare gli altri, declinando a suon di grancassa il proprio punto di vista. Roba che, al confronto, King Kong sulla cima dell'Empire State Building sembrava una mammoletta.

«A dar retta al team più pagato della storia della geocronologia, stiamo parlando di prove di attività umana a scopo ornamentale, di epoca molto precedente a qualsiasi altro sito noto. Tanto vale che lo sappiate. Se volete tirarvi indietro, siete sempre in tempo.» Sospirò e scosse la testa, come se presagisse che non sarebbe mai stata creduta, e proseguì nel racconto.

«Comunque sia, qui ci stiamo occupando di un'area archeologica nei pressi di Shibam, dove in passato sono stati estratti fossili e reperti dell'Età della Pietra. Ed è lì che mi ha portato subito Jalal quando è venuto a prendermi in aeroporto. Avevo sentito parlare di questa antica città come della Manhattan del deserto, è famosa per questo. Ma proprio non mi ero resa conto di cosa volesse dire. Sinceramente pensavo di trovarmi davanti una specie di Las Vegas *low cost*, invece vi assicuro che arrivando da est la città appare come un miraggio nel deserto. Pensate, un'intera città fortificata, con case a forma di torri che svettano contro il cielo come sentinelle silenziose. Mi sono venuti subito in mente i Moai dell'Isola di Pasqua. Vi assicuro che è uno spettacolo indimenticabile» si strinse nelle spalle, come a dire che tutto passa, prima o poi. E non sono certo che parlasse delle mura della città.

«Poi ci si abitua, ma al primo impatto fa davvero impressione. Le case sono alte sette o otto piani, edificate col fango e ricoperte da una sostanza bianca opalescente che brilla sotto i raggi del sole. Intorno alla città scorre il letto asciutto e sabbioso di un torrente, come i nostri castelli col ponte levatoio sul fossato. Proprio lì, dirigendosi verso il borgo antico costruito alle pendici della montagna, la roccia appare sedimentaria, con frane rocciose che si susseguono improvvise. Nel corso di uno di questi cedimenti si è aperto un crepaccio che ha portato alla luce strati fino ad allora sepolti. La fessura si è creata in un punto non molto accessibile, dove le pareti sono a strapiombo, ed è fiancheggiata da un sentiero in cui gli abitanti portano a pascolare le capre. I ragazzini del luogo fanno una specie di gara di abilità a caracollare giù a tutta velocità senza rompersi l'osso del collo, finendo sul pietrisco che si è accumulato sul fondo.»

Divenne dolce, come se si fosse appena ricordata qualcosa di molto piacevole.

«Non è stato facile portare fin lì le attrezzature e i materiali di scavo. Tenete conto che si gira solo con i fuoristrada, e qua e là ci sono sassi di ogni dimensione deposti lungo il bordo come una massicciata. Non ci sono ponti, e le strade seguono l'andamento naturale del terreno. A volte il fondo è in cemento per favorire il passaggio delle acque che durante la stagione delle piogge invadono la carreggiata, altre si tratta proprio di strade sterrate. Per cui portare fino in cima il cofano di un trattore per occultare momentaneamente l'accesso non è stato proprio uno scherzo. E nemmeno giustificare agli occhi della popolazione locale la nostra presenza lì. Per fortuna in Yemen non si usano le posate, e si mangia attingendo a un piatto comune.»

«E questo che c'entra?» chiese Lucchesi, che quando di parlava di cibo era sempre interessata.

«C'entra, perché quando ti siedi per terra a mangiare e fai la guardia al cofano di un trattore appoggiato contro il fianco della montagna, la gente si avvicina curiosa, comincia a parlare, e finisce che ci si sieda in circolo. Allora tu puoi condividere ciò che stai mangiando, tutti allungano la mano verso il piatto e si servono, così si crea una sorta di fratellanza. Da che mondo è mondo, condividere il cibo è un rito che lega e accomuna. Che tra parentesi è il motivo per cui gli archeologi locali hanno chiesto un esperto di zoologia, perché in quel crepaccio erano state trovate così tante ossa fossili di animali, da credere che fosse o un pozzo naturale dove le bestie erano cadute pascolando, o un luogo dedicato alla macellazione. Il che comunque avrebbe lasciato presagire la presenza di una società organizzata. Mi aspettavo di trovare gli esemplari tipici della fauna originaria, babbuini, iene, volpi, orici, pantere, rinoceronti o antilopi.»

«Cosa sono gli orici?» domandò sempre Lucchesi, con l'aria insicura di chi teme di essersi distratto nel corso di un passaggio fondamentale.

«L'*Oryx leucoryx* è una specie di antilope con delle grosse corna, tipica delle zone arabiche, ora quasi completamente estinta. Hanno la straordinaria capacità di spostarsi in branchi verso zone dove ha piovuto da poco, pare che sentano l'acqua fino a trecento chilometri di distanza. Un altro prodigio dell'evoluzione. Presentano strisce nere nella giuntura tra il collo e il capo, e sono dotati di corna dritte e anellate che possono raggiungere il mezzo metro di lunghezza.»

Apparentemente soddisfatta dalla spiegazione, Tiziana fece un segno di assenso e sparò un'altra domanda: «E invece cosa hai trovato?».

Era un'osservazione logica, del tutto appropriata al contesto. Ma gettò Clarissa nello sgomento.

«Qualcosa che non doveva esserci» rispose sconsolata, rimettendosi a sedere come se le avessero appena detto che il mondo stava per finire.

La fissai sconcertato. Non mi era mai capitato di vederla così. Era come assistere, non so, al fermo improvviso di un meccanismo che si è abituati da sempre a vedere in movimento. Come se il pendolo di Foucault si fosse bloccato dopo aver dondolato indisturbato per duemila anni, appeso alla cupola del Pantheon.

Mi sembrava che fosse giunto il momento di creare un diversivo.

«Dal punto di vista geologico allora come siamo messi?» chiesi ad Alex, sperando di distogliere l'attenzione da Clarissa che appariva veramente abbattuta in quel momento. Lui acconsentì passivamente, senza nemmeno bisogno di consultare gli appunti.

«Dal punto di vista geologico siamo in presenza di un *Wadi*, si tratta di varchi che si aprono nel fianco della montagna e sono frutto dell'azione erosiva dell'acqua nel corso di millenni. Immaginate i canyon tipici degli Stati Uniti, quelli che si vedono nei film western. Valli profonde con pareti ripidissime, risultato di fenomeni erosivi che si verificano quando un fiume impetuoso viene convogliato in una strettoia, incidendo su un letto di rocce coerenti e resistenti. Queste valli sono di solito molto strette e incassate nelle formazioni erose, con andamento meandrifórme e cadono a strapiombo. Ne abbiamo un esempio anche noi nella valle del Vajont.»

Fissò per un secondo la nuca di Clarissa, quasi di spalle, che se ne stava con la testa china sulle ginocchia e le braccia intrecciate alle gambe in posizione di difesa. Se era in attesa di un cenno di approvazione, non ne ebbe alcuno.

«Nel nostro caso, la fessura che si è aperta nella montagna mostra chiaramente strati di roccia lavica compatta e di roccia sedimentaria o basaltica, di colore diverso. A sentire Curtis sono proprio queste variazioni di colore a identificare i diversi strati geologici che anche a occhio nudo appaiono ripiegati su se stessi come un serpente. Quando sono arrivati, hanno detto che era come leggere un libro aperto. Sappiamo tutti che le datazioni più sicure provengono proprio dalle regioni dove si può stabilire una solida cornice stratigrafica. Eravamo in presenza di una serie di livelli geologici in sequenza, inframmezzati da strati vulcanici, in cui erano racchiusi i fossili. Così ci siamo trovati nelle condizioni ideali. Con datazioni sia sopra che sotto il livello che interessa a noi.»

Se non altro era una buona notizia. Poter datare con esattezza lo strato in cui i fossili erano stati ritrovati ci toglieva di dosso una buona parte di responsabilità. L'unica preoccupazione, semmai, era capire se la squadra dei geologi si sarebbe attenuta alla regola stabilita dall'etica professionale. Di norma, la prima descrizione o analisi dei fossili spetta all'équipe che li ha trovati, o a un altro studioso invitato a far parte del programma, per la sua particolare competenza in materia. Non era raro che si chiedesse a un luminare di tenere a battesimo un progetto. Il rischio era quando si condividevano le informazioni con altri specialisti. Ogni decisione in materia spetta agli addetti allo scavo che si sono presi la briga di organizzare una spedizione, investire lacrime e sudore per trovare i fondi necessari, ottenere permessi e macchinari, pulire e custodire i reperti. Ma spesso le relazioni venivano pubblicate dopo anni dalla scoperta, e vigeva la regola che i colleghi, che per gentile concessione avevano avuto accesso al sito, erano tenuti a mantenere il segreto professionale. Senza rilasciare nessun commento e nessuna pubblicazione che menzioni il materiale in questione, prima che questo non sia appropriatamente edito e divulgato. Non si era mai giunti a vietare l'accesso al sito agli addetti ai lavori interessati all'argomento, ma c'era sempre il rischio che qualcuno cercasse di appropriarsi dell'esclusiva, magari in nome di qualche istituzione prestigiosa contro ricercatori indipendenti. O, peggio ancora, che qualcuno sfruttasse le tue ricerche per sostenere la propria tesi. Sul duo Swisher e Curtis mi sentivo abbastanza sicuro. Ma c'era sempre Jalal dall'altra parte del mondo su cui non avevamo alcun controllo. Alessandro invece era preoccupato per altri motivi.

«Nonostante le datazioni abbiano sorpreso noi per primi, rimangono comunque incontestabili, anche per una testa di ariete come Romero. Quindi non dobbiamo buttarci giù se la datazione smentisce le ricerche precedenti. Dobbiamo solo cercare di presentare le cose nel modo migliore. Proviamo a dare risalto al paesaggio, per esempio. Cosa hanno detto Curtis e Swisher? Che all'epoca la zona era piena di vegetazione lussureggiante e rigogliosa, dico bene Liegi?»

Clarissa, nel sentirsi chiamare per cognome, si riscosse. Alzò il viso, si ravviò i capelli e posò il mento sulle ginocchia unite, cercando di ricomporsi. Quando parlò aveva il tono professionale che usava nelle conferenze.

«Anche adesso, attorno al villaggio si stendono orti irrigati, con alberi da frutto. La vegetazione locale varia a seconda dell'altitudine. Intorno alle sorgenti e lungo gli *uidian* si possono ancora trovare palme da dattero, tamerici, acacie, sicomori, fichi ed euforbie. La strada è ripida, e corre lungo il fianco della montagna, in parte sterrata e cosparsa di rocce appuntite e pietrisco che si ammassano sul fondo, a causa delle frane. Per questo all'inizio abbiamo temuto che lo strato non fosse facile da identificare con i classici metodi di datazione. C'era il rischio che cedimenti strutturali precedenti avessero in qualche modo ribaltato la sequenza stratigrafica. Ma quanto a questo, Curtis e Swisher sono stati inflessibili. Non c'è stato il minimo errore, la datazione è proprio quella.»

Alex fece fare mezzo giro allo sgabello rosso e liquidò l'argomento con una scrollata di spalle.

«Non preoccuparti di questo, adesso. Ce ne occuperemo dopo. Vai avanti a raccontare, piuttosto. Quindi, appena vi siete resi conto dell'importanza dei reperti, siete riusciti in qualche modo a occultare la via di accesso al sito. E poi?»

«Poi abbiamo avuto problemi seri a trasportare il materiale, perché come vi ho detto lì sui pick-up trovano posto merci e persone, con gente seduta sul cassone, sulle sponde o in piedi sul paraurti, così spesso ci siamo dovuti fermare per dare un passaggio. E, anche se tenevamo il carico coperto con un telone, c'era sempre il rischio che qualcuno buttasse un'occhiata sotto e cominciasse a farsi domande. Coi posti di blocco sparsi lungo tutto il tragitto e le soste forzate, potevamo essere ispezionati o fermati in qualsiasi momento.»

Ero vagamente allarmato ogni volta che parlava di posti di blocco e polizia militare. Mi ronzavano ancora in testa le parole che avevo letto sui rapporti di Emergency: *stato di allerta*, *emergenza umanitaria*, *coprifuoco*, *sorveglianza armata*. Ce n'era più che abbastanza. Così chiesi, con un filo di voce appena: «Scusa, ma quali soste forzate?».

Alzò le mani con le palme in fuori, come se fosse costretta a spiegare l'ovvio.

«Durante il percorso, spesso ci siamo dovuti fermare per soccorrere mezzi in panne, anche perché quando qualcuno ha un guasto piazzano dei massi in mezzo alla carreggiata e ti devi fermare per forza. Anche se vanno in giro armati si aspettano comunque che gli altri si fermino a dare una mano. Per loro avere le armi al seguito non è segno di diffidenza, si tratta di una consuetudine normalissima. Tanto che fuori dai ristoranti c'è scritto di lasciare le armi all'ingresso, e loro le poggiano sulle stuoie davanti alla porta proprio come facciamo noi con gli ombrelli. Poi siamo dovuti anche andare fino a Sana'a per poter prelevare al bancomat. Ci sono solo due banche collegate col sistema internazionale, l'Arab Bank e l'Islamic Bank, e non sempre gli sportelli hanno il collegamento attivo. Ci è voluta una vita per andare, e altrettanto per tornare. Affinché potessi dare notizie a casa, sono dovuta andare a scovare un Internet point nascosto in un garage. A volte i cellulari non funzionano, e dal telefono fisso si possono fare solo chiamate nazionali. Fuori dal campo base spesso abbiamo trovato avvoltoi egiziani che si avvicinano ai resti del bivacco come animali domestici per spiluccare i resti della cena. Certe volte sembrava davvero di essere ai confini del mondo. Anche tenere i contatti con Alex è stato difficile e, quando è arrivata la squadra dei geologi, non sapevamo come fare perché le macchine dei turisti vengono fermate e radunate in convogli, possono procedere solo con la scorta e la protezione delle jeep militari. Gli alberghi sono recintati e sorvegliati a vista dalla polizia. Per arrivare in certe zone servono permessi speciali. E noi non volevamo dare spiegazioni a nessuno.»

Fece una pausa, cercando di raccogliere le idee.

«In prossimità dei villaggi il traffico è spesso rallentato dalla presenza di dossi, loro usano corde marine buttate di traverso sulla careggiata. Ci sono enormi difficoltà a reperire il carburante, e spesso gli automobilisti si fermano a soccorrere gli altri che sono rimasti in panne attingendo ai loro serbatoi in una gara di solidarietà che qui in Occidente sarebbe difficile anche solo concepire. Gli ospedali e le strutture turistiche vanno avanti coi generatori perché nel resto del Paese la corrente è comunque erogata solo in determinati orari.»

Mi fissò un attimo, come per ammettere che alla fine non avevo tutti i torti quando facevo le mie sparate.

«Mentre io ero là ci sono stati morti e feriti tra gli studenti che stavano presenziando a una cerimonia presso la facoltà di letteratura, all'Università di Sana'a, dove si è laureato Jalal. Ora pare che con la stagione delle piogge sia scoppiata anche un'epidemia di colera senza precedenti, peggiore di quella che ha colpito Haiti dopo il terremoto. Jalal mi dice che Medici Senza Frontiere e altre associazioni stanno invocando il cessate il fuoco, quanto meno per poter ripristinare il sistema idrico e assicurare condizioni igieniche dignitose. Però nessuno li ascolta, pare che il governo centrale abbia tutto l'interesse a lasciare le cose come stanno. Ci sono dietro motivi politici che io non vi so spiegare, ma alla fine sono quelli che hanno convinto i tipi dell'Unesco a finanziare il progetto.»

A quel punto Alex ci interruppe: «Ho giusto Paola in collegamento via Skype, da Parigi. Non c'è differenza di fuso orario, perciò è sera tardi anche per lei. Lasciamola parlare senza subissarla di domande, non vorrei tenerla in video-chat tutta la notte, e ricordiamoci che ci sono cose che comunque non ci può dire».

Paola Di Martino apparve sullo schermo con un sorriso che le illuminava gli occhi. Portava i folti capelli castani pettinati all'indietro in una pettinatura che non aveva mai cambiato negli anni. Le dava un'aria austera. La sua faccia splendeva di intelligenza e di pulita freschezza, gli occhi color nocciola erano vivaci e lievemente indagatori, il mento quadrato denotava carattere. Paola, anche quando era solo una studentessa, sbagliava molto di rado e, quando lo faceva, riusciva a darti l'impressione che lo sbaglio fosse nel libro di testo e non in lei. Era dotata di quella invidiabile capacità che pochi hanno di rendere fruibile un'informazione in poco tempo, anche per i non addetti ai lavori. La sua voce era come la ricordavo, morbida e arrotolata sulla *erre*, il che di certo facilitava la pronuncia francese.

«Giulio, ti devo proprio ringraziare per avermi coinvolto nel progetto. Da noi sono tutti entusiasti» fece con gioia, lanciandomi un bacio dallo schermo.

Era tipico di lei ringraziare quando invece doveva essere ringraziata. Per questo mi piaceva, e per questo le avevo procurato quell'opportunità più unica che rara. Era la persona meno arrogante che avessi mai conosciuto, e tutto quello che aveva ottenuto l'aveva meritato. Ora non potevo certo dirle che di quella faccenda io non ne sapevo un bel niente. Così mi limitai a farle un bel sorriso sventolando due dita a V in segno di vittoria. Feci buon viso a cattivo gioco e passai a presentarle Tiziana Lucchesi, che ancora non conosceva. Poi le domandai se poteva darci lumi sulla situazione del Paese in quel momento. Lei fece un gran sospiro e scosse la testa, come a dire che non andava affatto bene.

«Guarda, stiamo parlando di uno Stato dell'Asia situato in una posizione strategica, un Paese che, proprio come il nostro, si trova all'estrema propaggine meridionale di un continente. Così come noi siamo la porta dell'Europa verso l'Africa, lo Yemen rappresenta la porta dell'Asia verso l'Africa, cui in passato era unita attraverso un promontorio oggi parzialmente sommerso. Già al tempo dei greci rappresentava la tappa cruciale sulle rotte mercantili verso l'Oriente. Tanto che quella zona dell'Arabia del Sud era chiamata col nome di *Eudaimon Arabia*, divenuto poi presso i romani *Arabia Felix*. Di quell'antico splendore oggi restano vestigia sparse su tutto il territorio, dalle fortificazioni nel deserto alle rovine dei Sabei.»

Abbassò un attimo lo sguardo come a controllare dei dati, poi riprese spedita. Era il migliore addetto stampa che io avessi mai conosciuto.

«Il Paese non ha beneficiato del processo di crescita e arricchimento tipico degli Stati arabi che basano la loro economia sui giacimenti naturali di petrolio. Siamo in presenza di uno degli Stati più poveri della Penisola Arabica, con un tasso di analfabetismo altissimo, con una popolazione ancorata a una tradizione conservatrice, priva di sbocchi e di opportunità di crescita. I progetti di riqualificazione internazionale non hanno avuto troppo successo anche a causa dei conflitti tribali interni, ulteriormente compromessi dai sospetti di connivenza con le organizzazioni terroristiche di stampo islamico. Tutto questo non ha fatto altro che acuire lo stato di isolamento del Paese. Dovete capire che lo Yemen è sempre stato sede di regni fiorenti che avevano rapporti commerciali con il mondo egizio, meta di migrazioni che attraversarono il suo territorio, rimase per buona parte estraneo alla penetrazione ottomana, più interessata alla fascia costiera sul Mar Rosso, e per le stesse ragioni fu anche poco interessato dalla spinta colonialistica europea. Di conseguenza tutto è rimasto uguale. Dal Medioevo a oggi è cambiato ben poco. Il tessuto sociale rimane prevalentemente a impronta tribale, nell'entroterra predominano i piccoli villaggi con le alte case fortificate che ospitano famiglie patriarcali.»

Allargò le mani in un gesto di impotenza, come per dire che certi meccanismi sono prevedibili e inevitabili.

«La scoperta di giacimenti di petrolio e gas naturale all'inizio degli anni Ottanta ha sconvolto la struttura economica del Paese, che era basata sull'agricoltura. La crisi della Guerra del Golfo, con la decisione di sostenere l'occupazione irachena, ha ulteriormente peggiorato le cose. La continua situazione di instabilità politica a seguito di una dittatura trentennale e la struttura ancora arcaica della società hanno fortemente compromesso lo sviluppo di un Paese che, a oggi, è considerato il più povero tra quelli arabi.»

Afferrò un dossier rilegato in carta velina azzurra e consultò dei dati.

«Metà della popolazione attiva è impiegata nell'agricoltura. L'artigianato produce tappeti, gioielli, oggetti in ferro e vetro. La sua posizione di crocevia tra il Mar Rosso e l'Oceano Indiano ha favorito nel corso dei secoli l'influenza di altre culture tra cui quella ellenica e quella cinese. Da lì sono passati viaggiatori, conquistatori e mercanti. Ma tutti questi vantaggi sono stati annullati dalla rigida impronta islamica che ha ostacolato l'apertura economica e culturale. Se nei centri urbani si riscontrano pochi segni, anche se incoraggianti, di modernità e di industrializzazione, lo stile di vita della maggior parte della popolazione resta di stampo rurale, facendone un Paese chiuso a ogni influsso esterno.»

Si schiarì la voce e fissò dritto nella telecamera.

«Al momento, la salvaguardia del patrimonio artistico e culturale dello Yemen è in cima alla lista delle nostre priorità, soprattutto per quanto concerne Shibam, dove abbiamo fatto partire dei progetti speciali anche con la collaborazione di Jalal che voi ben conoscete.»

Mi ero spostato per avere una visibilità migliore, e così ero nella posizione più adatta per dare una gomitata nelle costole ad Alessandro, che non se l'aspettava e non poté fare a meno di imprecare sottovoce. Così di favori non ne aveva chiesto uno, ma due. Pure Jalal si era giocato la sua carta per aiutare Clarissa. A quanto pareva solo io non avevo fatto ancora niente. Intanto Paola continuava a mostrarci immagini di uno skyline incredibile, che a parole sarebbe stato difficile descrivere.

«Questa città incantevole si trova al centro della via delle spezie che anticamente attraversava l'altopiano arabo. È stata inserita a pieno titolo nella lista dei siti considerati patrimonio dell'umanità. Vanta alcuni degli edifici più alti al mondo e rappresenta uno degli esempi più antichi e meglio conservati di uso del territorio e pianificazione urbana a struttura verticale. La città antica è circondata da mura continue e si basa su tecnologie costruttive specifiche, con un sistema di smaltimento delle acque particolarmente avanzato.»

Rimasi leggermente interdetto. Clarissa ci aveva parlato di case di fango nel deserto, in un posto dove le donne venivano scambiate coi cammelli, e tutto mi aspettavo tranne che quelle bizzarre costruzioni fossero frutto di sapienti progetti urbanistici. A me erano sembrate più che altro uno scherzo della natura, qualcosa che stava in piedi per miracolo, mentre Paola, invece, ci stava spiegando che erano state progettate in base a precise scelte architettoniche.

«Il particolare cromatismo delle facciate è sempre stato rispettato nel corso delle diverse ristrutturazioni, seguendo una tradizione millenaria che si rifà al colore della terra tipico della zona. Fu costruita su uno sperone roccioso leggermente elevato rispetto al letto del fiume, pur insistendo su una zona a carattere esondabile che a lungo andare ha finito per indebolire le fondamenta. È rimasta praticamente immutata grazie al continuo e costante lavoro di manutenzione che prevede il rifacimento di intonaci e rivestimenti nel rispetto delle tradizioni, con l'utilizzo dei materiali e delle tecniche di lavorazione originarie. Negli ultimi tempi però le continue esondazioni, le irrigazioni artificiali e l'abbandono delle colture hanno interferito sul naturale drenaggio delle acque, causando uno stato di degrado sempre più preoccupante. Come potete vedere si tratta di un'urbanistica particolare, formata da abitazioni spesso contigue tra loro, che si trovano all'interno della cinta muraria difensiva, senza finestrature a livello del suolo. Una scelta ben precisa che ha rappresentato per secoli la risposta alle necessità di rifugio e protezione delle popolazioni locali. Un patrimonio che è impossibile non preservare.»

Le immagini scorrevano mostrando paesaggi quasi lunari, con un cromatismo a tratti irreale.

«Shibam ha una popolazione di circa settemila abitanti, con oltre cinquecento costruzioni e cinque moschee. Il sistema costruttivo è basato su una muratura di mattoni, formati da una miscela di argilla, fango, sabbia e fieno. I mattoni essiccati al sole vengono messi in opera con uno strato di malta e terra e poi rivestiti con un intonaco particolare che ha il duplice scopo di fornire protezione dall'acqua e di conferire la tipica patinatura esterna, visiva e colorata, usata anche per le decorazioni e le finiture artistiche degli edifici. Le considerevoli altezze sono ottenute grazie a una particolare tecnica costruttiva che prevede l'utilizzo di strutture verticali in mattoni associate a strutture orizzontali in legno. Questi edifici hanno pareti spesse anche un metro e mezzo, e mostrano una sezione rastremata che ha lo scopo di mantenere fresco l'interno dell'edificio e di alleggerire la costruzione verso l'alto. Le aperture delle finestre sono piccole e ben disegnate per evitare la luce solare diretta e dispensare internamente un chiarore intervallato da zone d'ombra, grazie alle grate di legno applicate sugli infissi, poste a tutela della privacy degli abitanti e in grado di creare sofisticati giochi di luce.»

Restai senza fiato nel vedere scorrere sullo schermo disegni arabescati di luce che si rincorrevano sui pavimenti lucidi e che mi ricordavano tanto i mosaici delle chiese bizantine o i trafori dell'architettura moresca.

«Gli edifici più alti hanno anche un condotto verticale, adiacente alla scala principale, che serve per convogliare l'aria fresca proveniente dal suolo verso i piani alti dell'edificio. La stessa disposizione dei fabbricati che formano vicoli stretti e piazze racchiuse, favorisce un gioco di ombre anche esterno, e un microclima favorevole all'uomo con un basso tasso di umidità e un contesto adatto alla socializzazione. Le finestre sono dotate di scuri mobili all'interno e traforate con ricchi decori lignei a merletto. Si basano su accurate progettazioni che hanno lo scopo di garantire il passaggio delle correnti d'aria anche quando sono chiuse. Le abitazioni sono spesso collegate tra loro da ponticelli con porte di accesso laterali aventi funzioni difensive e pratiche che consentono ai soggetti più deboli, anziani, donne e bambini, di trovare rifugio negli edifici adiacenti senza dover utilizzare le scale. Per accentuare la lucentezza dell'intonaco veniva utilizzato un impasto a base di bianco d'uovo, usando una tecnica che da sola era sinonimo della ricchezza della famiglia.»

Qualsiasi professore di sociologia ne sarebbe rimasto estasiato. Una civiltà a matrice contadina era riuscita a concepire un tipo di architettura unico al mondo, funzionale e perfettamente bilanciato, studiato per risolvere ogni specifica necessità dell'essere umano. Forse era proprio vero che l'Oriente era stata la culla di ogni civiltà.

«L'effetto scenografico complessivo, grazie al colore della terra associata al bianco iridescente delle case-torri, conferisce un gioco cromatico tipico e inconfondibile. Le argille chiare e scure, tendenti all'ocra e al rosso, si mischiano con diverse tonalità di bianco. Le colorazioni variano dall'alba al tramonto, passando dall'ocra, con tonalità mutevoli dal giallo oro al marrone chiaro, al rosso mattone, fino al giallo chiaro e al bruno giallastro. Un cromatismo che diventa ancora più evidente nel pomeriggio, quando la luce radente fa assumere agli edifici il caldo colore del bronzo e fa brillare il bianco dei decori e lo scuro degli infissi in legno. Situata tra due montagne sul bordo del grande *Wadi*, completamente isolata da qualsiasi altro insediamento urbano, Shibam oggi rappresenta la testimonianza vivente di un'architettura millenaria, sinonimo del perfetto adattamento di una società tradizionale alla vita precaria di un ambiente rurale.»

Il volto di Paola tornò sullo schermo con un'espressione meno entusiasta, e un tono di voce preoccupato.

«Quando questo equilibrio si è rotto a causa delle precipitazioni eccessive, c'è stata un'esondazione che ha messo la città in ginocchio, danneggiando gravemente numerosi edifici e inducendo parte della popolazione ad abbandonare la città. A seguito di questo evento, una campagna di restauri eccezionali è stata promossa dall'Unesco e dal governo yemenita, grazie all'intervento di un team di professionisti che ha ispezionato gli edifici fornendo un progetto e una stima dei costi per la ricostruzione e il risanamento del sito. I privati proprietari degli edifici potranno beneficiare di una sovvenzione governativa grazie al fondo dello Yemen per lo sviluppo sociale ed economico del Paese. Questa cooperazione internazionale è volta a sviluppare delle proposte per l'urbanizzazione e la gestione sostenibile del territorio.»

Fissò dritto l'obiettivo e fece, ne sono sicuro, l'occhiolino ad Alessandro.

«Al progetto hanno partecipato una cinquantina di studenti guidati da una decina di professori e ricercatori universitari afferenti a diverse discipline. Dalla tecnologia dei materiali e dei sistemi costruttivi fino alla composizione architettonica, dalla progettazione urbana e del paesaggio all'idraulica, provenienti dal Dipartimento di architettura di diversi atenei, tra cui la vostra. Abbiamo creato un'applicazione per compilare lo stato attuale dei luoghi interessati. Si tratta di azioni di primo soccorso e di diagnostica, che hanno lo scopo di preservare quanto sia possibile, scattando fotografie utili e mettendo al sicuro elementi decorativi e architettonici. Ci servirà poi per avere contezza del reale stato dei luoghi, prima di avviare le attività di restauro.»

Dietro a questa fantomatica applicazione c'era sicuramente lo zampino di Jalal, così ora i favori si stavano moltiplicando. Che, alla fine, la scoperta di Clarissa fosse messa a rischio per l'ostinazione di un dinosauro che se ne stava acquattato sulla sua cattedra come Caronte a guardia dello Stige, era un pensiero insopportabile. Intanto Paola, dal suo appartamento sulla Senna, si apprestava a concludere.

«Si tratta di un patrimonio architettonico unico al mondo. Un paesaggio artificiale completamente formato da mano umana, in un insieme che è al tempo stesso funzionale e mimetico. Queste torri da leggenda, realizzate grazie a un uso sapiente della pietra finemente traforata come un merletto, queste case refrigerate grazie a espedienti di costruzione antichissimi, queste mura di fango più resistenti del granito, sono una delle più grandi preoccupazioni dell'Unesco. Per questo abbiamo aderito volentieri alla vostra richiesta, perché la scoperta di un sito archeologico nelle immediate vicinanze della città non può che contribuire alla salvaguardia di una zona per noi così importante.»

Agitò la mano in un gesto di saluto e il collegamento si chiuse con un crepitio, mentre noi rimanemmo imbambolati a fissare il video, dove campeggiavano ancora le immagini delle case-torri di Shibam, così incredibili nella loro lucentezza lunare.

Restammo per un momento in silenzio.

«Sì, ma una cosa non ho capito, come ci siamo finiti dalle Torri Gemelle alla Primavera Araba?» feci io, senza rivolgermi a nessuno in particolare. Ma fu Clarissa a rispondere: «Parti dal principio che lo Yemen è il Paese più povero del Medioriente, e che quasi la metà dei suoi abitanti vive con meno di due euro al giorno. Noi in Occidente non avremmo neanche notizie di quello che succede lì se non ci fossero i giovani attivisti yemeniti a girare video per poi pubblicarli in live streaming. Stiamo sempre parlando di un Paese arretrato, dove il tasso di analfabetismo è vicino al sessanta per cento. Del resto anche in Italia nel 1861 la maggior parte della popolazione non era in grado nemmeno di scrivere il proprio nome e cognome su un documento ufficiale. Poi sono subentrate le riforme repubblicane sulla scuola dell'obbligo. Loro sono ancora indietro su questa strada, nelle città hanno il coprifuoco e vivono sotto sorveglianza armata, mentre le zone archeologiche sono inaccessibili, vi si può accedere solo con un permesso governativo e la scorta armata. Le università sono il centro nevralgico del Paese, ma gli studenti preparano i loro esami senza energia elettrica, manca il carburante e l'acqua potabile è razionata. Lunghe file di auto attendono davanti alle stazioni di servizio senza avere la certezza di poter trovare il carburante, senza sapere quando ci sarà il prossimo scarico. L'energia elettrica viene erogata soltanto per un'ora al giorno e sul mercato nero stanno comparendo i generi di prima necessità maggiorati del cinquanta per cento, come accadeva da noi durante la guerra. Praticamente hanno annullato in breve tempo gli ultimi cinquanta anni di progresso. Pensa che l'Università di Sana'a comprendeva diciassette facoltà che coprivano praticamente tutte le specialità accademiche, compresa quella di informatica, dove si è laureto Jalal».

Niente da fare, ogni volta che nominava quell'arabo mi si chiudeva lo stomaco. Mentre parlava, Clarissa teneva lo sguardo fisso in un punto imprecisato della stanza, esponendo i fatti in maniera quasi automatica, come se fosse un discorso che conosceva a memoria.

«Jalal ora allena una piccola squadra di calcio nel *Wadi* dietro la città, nel letto secco del fiume, dove si vendono i cammelli, si pratica il tiro a segno con il fucile, e si va a giocare a pallone. Gli yemeniti mischiano un po' tutto, e la legalità ha dei confini abbastanza incerti. Se capiti in mezzo a un matrimonio, è facile che ti invitino a consumare del *qāt* e a sparare con un kalashnikov ancora prima di offrirti da bere o da mangiare. Non comunicano con il resto del mondo, ma i ragazzini seguono la Coppa d'Asia e la Coppa d'America su YouTube. Hanno perfino una squadra *under* che si è piazzata bene nel campionato dell'Arab National School Cup contro l'Iraq. A tratti ti puoi anche dimenticare che stiano in mezzo a una guerra. Vanno molto fieri della loro nazionale biancoverde e di aver riportato lo scudetto a Sana'a nel 2007. Poi, dall'altra parte, ci sono le stime di Amnesty International che parla di un tributo di settemila morti e quindicimila feriti. Eppure si riuniscono allo stadio come da noi, quando l'Al-Ahli e l'Al-Wahda si sfidano. Spesso si assiste alle partite dal tetto dei palazzi, che sono come le nostre periferie degli anni Settanta, pieni di antenne paraboliche arrugginite e di panni stesi sul filo. Su consiglio di Jalal, quando sono partita ho messo in valigia una bella scorta della maglia gialla e nera dell'Al-Ittihad, la Juve saudita, da regalare ai ragazzini sul posto. Alla fine le abbiamo regalate al contingente militare che ci aspettava per farci da scorta. Siamo partiti da Sana'a all'alba sulla jeep di Jalal, a mezza strada ci aspettava una Toyota piena di militari. Lungo la strada ci sono capanni che servono come guardiola per i contingenti militari, coi cammelli legati fuori e i copertoni abbandonati a sciogliersi al sole. Le ragazze arabe sull'aereo mi avevano consigliato di indossare jeans lunghi e maglie non aderenti, e di tenere sempre a portata di mano un pareo per avvolgere i capelli qualora avessi dovuto entrare in qualche luogo sacro. Ma a parte quelli del consolato, che mi hanno terrorizzato, e quelli dell'agenzia di viaggi, che quando ho comprato i biglietti della Yemenia mi hanno fissato come se fossi in partenza per una missione suicida, non mi è successo altro. Tranne che a bordo forse ero l'unica passeggera occidentale, ma questo mi capita spesso. Quando sono arrivata, alle dieci di sera, l'aria era ancora calda che quasi sembrava avessero lasciato il forno acceso, ma mi è sembrato un posto normalissimo. Con un sacco di gente in strada che camminava o si fermava davanti ai chioschi. La cosa strana forse è che loro usano i corsi asciutti dei fiumi come arterie di scorrimento, ma dopotutto anche quella è una scelta sensata, sempre se non capiti nella stagione delle piogge» disse ridendo. Ancora ci stava prendendo in giro. «Le stanze d'albergo sono abbastanza curate, anche se hanno il bagno esterno. Per andare da una località all'altra, se non sei accompagnato da qualcuno del posto, devi munirti di un permesso della polizia dove vengono indicati il percorso e la località di arrivo. In certe zone è obbligatorio essere accompagnati dall'esercito. E conviene avere un certo numero di fotocopie dei documenti di identità perché te le ritirano ai posti di blocco.»

«Okay, ma io non ho capito una cosa. Se l'esercito, e quindi il governo, sono al corrente, anche se in linea di massima, delle vostre ricerche, e lo sono, visto che vi hanno accompagnato, perché è così importante che il sito venga protetto e Jalal non può venire qui a riferire delle vostre scoperte?» chiese Lucchesi come se la cosa le dispiacesse. Ci si metteva anche lei, ora. A quanto pareva quell'arabo sfuggente aveva fatto colpo anche su di lei. Clarissa rispose senza pensarci, il che dimostrava che quell'esperienza, in qualche modo, l'aveva segnata profondamente.

«È di questi giorni la notizia della sentenza emessa dalla Corte Criminale Centrale di Baghdad che prevede la pena di morte per un jihadista dell'Isis reo, e cito testualmente, di *avere partecipato attivamente a diversi atti criminali terroristici, inclusa la distruzione intenzionale dei monumenti di Mosul.*»

«Ma, scusa, la pena di morte non è bandita dalla convenzione di Ginevra, insieme ad altre cosucce tipo il genocidio e l'utilizzo della tortura?» feci io guardando Alessandro di traverso, tanto per essere sicuro di non essermi perso qualcosa.

«Sì, naturalmente» mi liquidò Clarissa. «Lì, di tanto in tanto, ci sono ancora esecuzioni sulla pubblica piazza. Anche se si tratta generalmente di reati privati contro la persona. In questo caso, invece, è stato punito un reato di tipo ideologico. Secondo le motivazioni dell'Alta Corte, l'uomo ha contribuito alla distruzione e al trafugamento di molti capolavori del Museo di Mosul.»

«Ma Mosul dove si trova di preciso?» Fui felice di appurare che non ero solo io a essere confuso. Lucchesi mi faceva buona compagnia.

«Si trova in Iraq. Sarebbe l'antica Ninive, la capitale del regno assiro.»

«Okay, mi sono persa. *Chi* bombarda *chi*, e soprattutto *perché*?»

Per la prima volta da quando mi era comparsa davanti nel vano della porta, vidi Clarissa ridere con le lacrime agli occhi e le mani strette sullo stomaco, piegata in due dai sussulti. Rise per un pezzo, mentre Tiziana ci guardava come per chiederci cosa avesse detto di tanto buffo. Poi fu presa dal contagio e scoppiò a ridere anche lei. Alla fine ridevamo tutti senza nemmeno sapere il perché. Il che dimostrava quanto fossimo stanchi. Poi ci riprendemmo, e Clarissa rispose a modo suo.

«Si tratta di distruzioni intenzionali mirate a colpire antichi villaggi, siti di interesse archeologico e monumenti.»

«Stavolta sono io a non capire. Sono intenzionati a distruggere la loro stessa cultura? E perché mai?» ero veramente perplesso.

«Vediamo se riesco a spiegarti. Sono cose complicate, perché lì niente è come sembra a prima vista. Anzi, forse ci vorrebbe un collega di scienze politiche per farti un quadro preciso della situazione.»

«Per carità, non abbiamo bisogno di altri esperti qui. Sono certo che tu ne sai abbastanza. Solo esprimiti in termini umani, ché sto quasi dormendo.»

Clarissa mi lanciò uno sguardo in tralice che mi mise i brividi addosso e mi fece ricordare quando le scioglievo la treccia sulla schiena, lasciando che i capelli la ricoprissero tutta e poi ci tuffavo dentro la faccia. Mi riscossi con un certo sforzo, cercando di seguire il senso del discorso.

«Allora, il Dipartimento delle antichità lamenta da tempo la presenza di diversi gruppi terroristici sui siti archeologici e monumenti nazionali che sono stati scelti come campi di addestramento per le truppe, non ultima la basilica di San Simeone Stilita. Ma la situazione è ancora più complicata di così.»

«E ti pareva» fece Alex sconsolato.

«Sì, perché alle distruzioni intenzionali si affiancano i saccheggi sistematici di pregiati decori architettonici che finiscono principalmente sul mercato di antichità in Turchia. È il caso del museo che ospitava straordinari oggetti frutto degli scavi di siti archeologici preistorici e dell'Età del Bronzo, ma anche testimonianze di età romana, bizantina e islamica.»

«Be', ma scusa, i colleghi non sono riusciti a mettere in salvo niente?»

«Le cose sono sempre più intricate di quello che sembrano.»

Lucchesi piantò un muso lungo e cominciò a borbottare, anche se, secondo me, il suo malumore era causato dalla fame.

«Guarda che questo l'hai già detto cinque minuti fa.»

Clarissa non le badò. Quando voleva sapeva essere elastica, anche snodabile, se ben ricordavo.

«I colleghi ci hanno anche provato ad affidare all'esercito casse di oggetti accuratamente imballati perché venissero messi al sicuro. Ma sono quelli che sono spariti per primi.»

«Interessante» disse Alex, come se avesse un impellente bisogno di rifornire di anticaglie una galleria d'arte.

«I rapporti e le ricognizioni aeree mostrano immagini che ricordano le rovine di Varsavia, Dresda o Stalingrado dopo l'ultima guerra. Per alcuni siti disponiamo soltanto di immagini provenienti dal satellite. Sono andati distrutti interi quartieri con tanto di moschee e minareti storici. Ma sono cose che non fanno notizia. Si è parlato solo dei leoni di Palmira.»

«Già. Ma anche lì si è parlato e basta» feci io scontento.

«Non lo dire a me, dovresti parlare con i colleghi dell'Università di Torino. Quando hanno visto le immagini del Minarat al-Hadba che era stato colpito, sono rimasti attoniti. I lavori di restauro e consolidamento nel 1974 li avevano seguiti loro» disse Alessandro. Ma credo che fosse per il fatto che il sito archeologico era stato affidato a un altro ateneo e non a noi.

«Io nel 1974 non ero neanche nata» disse Lucchesi con un tono mesto che non le avevo mai sentito prima. Mi faceva così pena che fui sul punto di allungarle un panino. Quella ragazza era come un motore a scoppio, andava alimentata di continuo.

Clarissa la ignorò con disprezzo. Il suo di motore invece

prevedeva ben altro tipo di alimentazione, come avevo avuto modo di constatare di persona.

«La questione è controversa. Le popolazioni locali dicono che sono stati i bombardamenti americani a fare i danni maggiori. Mentre gli americani danno la colpa ai miliziani dello Stato Islamico che si nascondono nelle case della popolazione civile o piazzano i campi di addestramento sui siti archeologici. Fatto sta che l'Unesco ha distribuito una lista degli obiettivi sensibili perché venissero protetti, ma tutte le parti in causa pare non abbiano mai letto il bollettino.»

Alessandro assentì lentamente e prese la parola. Tra gli archeologi la notizia delle devastazioni di Palmira aveva avuto un'eco notevole e se ne era parlato moltissimo. Ne sapeva qualcosa anche lui.

«Comunque il peggio si scopre quando la zona viene liberata e bonificata. Il Museo di Mosul è ridotto molto peggio di quello di Palmira, completamente distrutto, col pavimento sfondato, mentre le statue di Palmira sono state solo sfregiate, ma erano ricostruibili. In questo caso sono rimaste solo macerie. Un patrimonio culturale andato perso. Sono stati anche bruciati migliaia e migliaia di preziosi volumi e manoscritti della biblioteca museale che si trovava nel seminterrato.»

«Ci sono state anche buone notizie, però. Su "Archeologia Viva" ho letto che sotto la moschea di Giona, che era stata distrutta dopo la liberazione dello scorso gennaio, i colleghi iracheni hanno trovato importanti resti assiri mai individuati prima. Così, tanto per dire che le cose a volte succedono per caso» feci io giusto per partecipare alla conversazione.

«Certo, bel sistema. Spianare una *ziqqurat* con le ruspe tanto per vedere se sotto si trova qualcos'altro» fece Clarissa in tono accusatorio.

«No, aspetta, non ho capito. Hanno spianato un santuario dedicato a Ninurta? Ma quello era un tempio assiro. Credevo ce l'avessero solo con le civiltà europee, coi resti greco-romani, o col cristianesimo» più andava avanti e più mi perdevo.

«Non si capisce con chi ce l'abbiano. Per loro tutte le divinità che non siano Maometto sono da distruggere. Se la sono presi anche col tempio di Ishtar. Quella è una divinità egizia, no?» fece Alessandro, in risposta alla mia osservazione. Ma Clarissa a quanto pare non era d'accordo.

«Lì, invece, ha un senso.»

«Ma non mi dire. E che senso ha?» cominciavo a sentirmi spiazzato.

«Quel sito era stato portato alla luce nel 1851 da Austen Henry Layard, è il luogo da cui provengono i leoni che sono stati messi a guardia del British Museum» osservò Clarissa con l'aria di dire la cosa più ovvia del mondo.

«E quindi?» rimanevo perplesso anche se lei si comportava come se fosse più che evidente il nesso logico che invece a me sfuggiva. Mi rispose Alessandro che evidentemente aveva messo il naso in qualche rivista e si era formato la propria opinione in materia.

«E quindi gli arabi ce l'hanno con tutte le potenze europee, in particolare con gli inglesi e gli americani.»

«Sì, questo l'ho notato anch'io» disse Clarissa. «La loro avversione è palese. Se i turisti sono inglesi o americani, fanno finta addirittura di non capire la lingua, mentre con noi italiani sono molto più comprensivi, forse perché siamo stati promotori di tanti progetti sul loro territorio.»

«O forse perché noi non abbiamo mai colonizzato nessuno da quelle parti. Vai a sapere» dissi io, buttandola sull'ironia. Che poi alla fine era la pura verità.

«Forse, ma non ci dimentichiamo che il curatore delle Antichità di Palmira è stato trucidato dai miliziani. C'è poco da scherzare» fece Alex.

«Verissimo. Da quel che so, suo nipote ora è riparato in Europa e sta monitorando il mercato clandestino alla ricerca dei pezzi scomparsi. Ha già denunciato la presenza di un fluente commercio di antichità siriane attraverso la Turchia e il Libano.»

Quei due sembravano perfettamente informati, io invece stentavo a capire. Lucchesi mi seguiva a ruota, tanto che a un tratto sollevò una mano come a scuola per chiedere la parola.

«Vuoi dire che presto da Sotheby's saranno battute all'asta statue, monete e ceramiche provenienti da Palmira?»

«Voglio dire che niente e nessuno è più al sicuro. Anche l'Università di Mosul, che era la più importante dell'Iraq, è stata bombardata pesantemente. Aveva un organico di quattromila docenti e oltre trentamila studenti. Ora è un'università fantasma» si sentiva nella voce di Clarissa la crescente apprensione che anche l'Università di Jalal avrebbe presto fatto la stessa fine, magari con lui dentro.

«Ma lì sono stati gli Stati Uniti a bombardare. Non ci sto capendo niente, Dio santo» fece Lucchesi, che si era fiondata di nuovo sul suo Mac rosa.

«È che quelli dell'Isis l'avevano trasformata in un centro di ricerca specializzato nella costruzione di ordigni, esplosivi, bombe chimiche, e per l'acquartieramento dei combattenti.»

«E ti pare un motivo sufficiente per radere al suolo un ateneo?» Continuavo a non capire.

«Presto bombarderanno anche i siti archeologici. Il satellite mostra chiaramente che su diversi siti di interesse mondiale sono state allestite basi militari con tanto di cucine da campo, recinzione metallica e filo spinato, strade per cingolati, e perfino un eliporto.»

«Andiamo bene. Poi ciò che rimane lo rimuovono con le ruspe.» Cominciavo a comprendere perché proteggere il sito fosse così importante.

«Esatto. Dicono che gli archeologi polacchi, che per primi hanno rimesso piede a Palmira, abbiano impiegato una settimana solo per raccogliere i frammenti dei reperti, ora messi al sicuro nel Museo di Damasco.»

«Io queste cose non le capisco. Va bene prendersela con i monasteri cristiani, che possono essere un simbolo di una religione contraria alla loro. Ma i monumenti assiro-babilonesi che caspita c'entrano con la pulizia culturale?» obiettò Alessandro, che poteva anche concepire lo spirito iconoclasta, ma non la distruzione fine a se stessa.

«Non si capisce, ma nello Yemen sta succedendo la stessa identica cosa. I raid aerei hanno colpito già trentasei siti di interesse storico e archeologico. Compresa una parte del palazzo reale e una sezione del Museo archeologico dello Yemen nel palazzo dell'*imam*. Così come è stata colpita la grande diga di Marib, che era un vero capolavoro di ingegneria idraulica.»

Clarissa era sicuramente bene informata, ma io stentavo a mettere a fuoco la faccenda, così cercai di riassumere quel poco che mi era parso di capire.

«Insomma, lo Stato Islamico ha dichiarato guerra all'Occidente distruggendo metodicamente le testimonianze delle civiltà preislamiche solo perché sono state riportate alla luce negli ultimi centocinquant'anni da squadre di archeologici europei?»

«Praticamente sì. O semplicemente perché non gli piace pensare che prima dell'Islam sia esistito qualcosa» rispose Clarissa.

«La cosa strana è che i video che hanno mandato in giro sul web mostrano distruzioni a colpi di martello e trapani pneumatici di quelle che erano solo copie in gesso degli originali inviati da tempo al Museo di Baghdad dove si trovano tuttora, e questo è un particolare che non potevano ignorare» fece Lucchesi, col naso ancora dentro al notebook.

«Già, mi ricordo di averlo letto anch'io» disse Alessandro. «Li hanno messi in salvo prima della Guerra del Golfo. Allora che significa, si tratta solo di azioni dimostrative?»

«La domanda casomai è quanto guadagna lo Stato Islamico dal traffico di reperti?» se ne uscì a dire Clarissa. Si rispose da sola. «Conosco un tizio alla Sovrintendenza dei Beni Culturali, secondo lui, dopo il commercio illegale di petrolio, il traffico illecito di reperti archeologici è la seconda fonte di finanziamento dell'Isis, che si basa su una struttura di tipo mafioso, con tanto di subappalti e corruzione di archeologi di fama. Pare si tratti di un traffico che vale trentasei miliardi di euro per ogni sito che viene depauperato.»

«Però, un bel business! Niente da dire» feci io, sconsolatissimo. Se ci si metteva anche la mafia a corrompere gli archeologici, voleva dire che il tempo di Indiana Jones era veramente finito.

«La cosa che più mi fa meraviglia è che nello Yemen sono stati colpiti proprio i siti classificati dall'Unesco come patrimonio dell'umanità» disse Lucchesi, «ma forse mi sfugge qualcosa. L'Unesco non dovrebbe essere un'organizzazione internazionale riconosciuta?».

«Paola dice che gli uffici locali dell'Unesco hanno provveduto a informare tutte le potenze coinvolte all'inizio della guerra su quali fossero i siti da evitare, fornendo le relative coordinate. Proprio come previsto dal protocollo» rispose Alessandro, battendo Clarissa sul tempo.

«Quindi gli attacchi sono stati calcolati?»

«Pare proprio di sì» confermò Tiziana. «Qui c'è scritto che nel sito di Baraqish, il cui tempio e le cui mura erano appena stati restaurati, c'è stato un raid intenzionale. Sembra che l'accampamento degli archeologici sia stato preso di mira appositamente, per fortuna senza vittime.»

«È difficile pensare che sia accaduto per sbaglio, a meno che non pensassero che sul posto fossero nascosti milizie o armamenti» osservai preoccupatissimo per i rischi che Clarissa aveva corso.

«Lo stesso vale per la diga di Marib, che si trovava in una zona desertica. Chiunque conosca lo Yemen sa che non poteva avere alcun interesse strategico e che non poteva nascondere nulla. L'Arabia Saudita disponeva delle coordinate di questo sito, che non poteva essere colpito per sbaglio nemmeno volendo. La stessa cosa per il Museo di Dhamar, che ospitava dodicimila reperti archeologici, distrutto a maggio perché alcuni ritenevano potesse nascondere delle armi. Eppure i colleghi dicono che il posto era sorvegliato a vista dalle milizie che controllavano l'accesso al museo ventiquattr'ore su ventiquattro. Come potevano pensare che ci fossero delle armi?»

Sobbalzai allarmatissimo.

«Ma non hai detto che a maggio eri ancora lì?»

Vidi Clarissa annaspare, nell'evidente tentativo di ricordarsi quando l'avesse detto, evitando perfino di guardarmi. Sapevo che si stava maledicendo per essersi ficcata nei guai da sola con la sua lingua lunga. Ma la conoscevo fin troppo bene. Ovvio che era lì nel mezzo di un conflitto a fuoco e sotto i bombardamenti, dove altro poteva essere? Alessandro si intromise nel discorso in fretta, cercando di evitare un conflitto diplomatico di proporzioni apocalittiche.

«Mi sembra evidente che si tratta di una distruzione ideologica, quindi, in sintonia con i crimini degli islamisti in Iraq e in Siria.»

«Già» confermò Lucchesi, che non si era accorta di nulla. «Qui dice che soltanto alcuni musei sono riusciti a mettere al sicuro le loro collezioni. Complessivamente sono andate distrutte sei antiche città, sei castelli, tre musei, due moschee, quattro storici palazzi» fece elencando le strutture sulla punta delle dita, «hanno mandato in polvere reperti vecchi di ottomila anni». Poi esitò un attimo. «Per dovere di cronaca sarebbe corretto sottolineare che l'Arabia Saudita sta distruggendo siti archeologici in Yemen con armi italiane. Almeno qui dice così.»

«La cosa spaventosa è che non ne parla nessuno. Hanno distrutto un museo che si trovava in un sito archeologico ancora più antico. È stato polverizzato nel giro di un secondo. E nessuno dice niente. Se il Museo del Cairo fosse bombardato, il mondo intero si rivolterebbe. Ci sarebbero accorate proteste e conflitti internazionali tra alti dignitari. Invece di quello che succede in uno staterello di confine, non interessa niente a nessuno. L'Unesco ha cercato di fare la sua parte, ma a quanto pare non ha abbastanza influenza, nessuno ascolta.»

Lucchesi chiuse il MacBook con uno scatto secco che quasi mi fece trasalire. Si chinò verso Clarissa e sparò una domanda a bruciapelo, che non c'entrava assolutamente niente con quello che stavamo dicendo.

«Mi dici quali sono le parole che hai imparato a dire in arabo?»

Clarissa sorrise, come se nella mente le passassero chissà quali piacevoli ricordi. Poi rispose a voce talmente bassa che riuscivo a sentirla a stento.

«Bah, giusto una manciata. Vediamo, so dire *as-salam aleikum* che vuol dire *salve*, *jamil* che vuol dire *bello* e poi *grazie* che si dice *shukran*. Se vuoi l'acqua devi dire *maa*. Poi... che altro so dire... Ah sì, *tutto bene* si dice *kullu tamam*. Poi devi imparare a dire che sei italiana, è importantissimo: *ana min Italia*. *Arrivederci* si dice *ma'as-salama*...»

«Quindi se voglio dire *bello* a qualcuno devo dire *jamil?*»

Clarissa le corresse la pronuncia: «Sì, ma più morbido. È un suono dolce, così: *jamil*».

La fece provare e riprovare finché non fu soddisfatta. Poi Lucchesi chiese ancora: «E come si dice *ti amo*?».

Constatai inorridito che Clarissa Liegi, meglio nota come il Ciclone delle Antille, aveva assunto l'aria sognante di una scolaretta.

«Se invece devi dire *ti amo*, la parola giusta è *ana uhibbuk*, ma ricordati di aggiungere una *a* finale, se ti rivolgi a un uomo.»

«Ma non si può sentire!» fece Alessandro, disgustato.

Clarissa lo incenerì con lo sguardo, ma non disse niente, era tutta presa a correggere la dizione di Lucchesi che continuava a sbagliare. A nessuno venne in mente di chiedere come si dicesse *ti amo* al femminile. A me invece venne in mente di guardare l'ora e, quando mi accorsi che era quasi mezzanotte, chiamai il *time out*, prima che qualcuno chiedesse, non sia mai, come se la cavavano gli arabi in posizione orizzontale.

XIV

Lasciammo le ragazze che si stavano cambiando per andare a letto, e ci avviammo verso casa mia. Io non ero stanco, mi trovavo ancora in quella fase di esaltazione che precede sempre il crollo psicofisico. In un delirio di onnipotenza mi venne in mente un'idea folle.

«E se andassimo a trovare Colustri?»

«Guarda che è mezzanotte e un quarto.»

«Lo so che ore sono» risposi, «ma mi risulta che da quando collabora con "Scientific American" lavora di notte e dorme di giorno. Dice che si concentra meglio».

«Ah, io mi concentrerei bene anche in mezzo a piazza VIII Agosto nelle ore di mercato, se lavorassi per una rivista con una tiratura di mezzo milione di copie. A proposito, che cosa fa?»

«Da quel che ho capito cerca di rendere comprensibili gli argomenti scientifici per un pubblico di appassionati, ma non di esperti.»

«Insomma un lavoro di traduzione dallo scientifico al comprensibile. Un'opera assai lodevole, devo dire.»

«Scherza pure quanto vuoi, ma non è affatto facile certe volte, lo sai anche tu. Quando sai di cosa parli tendi a fare in modo che nessun altro ti capisca. Sono trappole divulgative in cui cadono tutti i maggiori esperti.»

«Sarà, ma io preferirei di gran lunga lavorare per "Nature" o per "National Geographic".»

«Sì, ti ci vedo a far parte di uno di quei comitati barbosi dove tutti parlano e nessuno decide. A stroncare carriere a destra e a manca come qualcuno di nostra conoscenza. Tutto preso a demolire teorie, affossare ipotesi e distruggere ardite speculazioni per seppellirle sotto cumuli di norme, dottrine e canoni superati almeno da mezzo milione di anni.»

«Vabbè, lascia perdere» fece Alessandro. «Insomma, mi dici dove stiamo andando? Passiamo davvero dal Colustri?»

«Certo che ci passiamo. Se sta lavorando le luci sulla facciata sono accese, altrimenti se sta dormendo o facendo altro di solito le tiene spente.»

«Quante ne sai. Ci passi spesso a trovarlo, allora.»

«Ogni tanto. Quando mi colgono le crisi di insonnia o quando il mio appartamento mi sembra troppo piccolo.»

«Lui è ricco di famiglia, casa sua sembra la bottega di un antiquario incrociata con un campo da tennis. Secondo me, non ha bisogno nemmeno di lavorare. Basterebbe che vendesse, che so io, un'armatura o un doblone spagnolo, o che smontasse uno dei fregi del palazzo, per campare di rendita almeno sei mesi.»

«No, quello sei tu che per evitare di lavorare venderesti anche tua nonna. Guarda, le luci sono accese. Saliamo.»

«Così? Senza avvertire? Mandagli almeno un messaggio. Vedi se è collegato» mi fece, sventolando il mio cellulare a mezz'aria.

Scoppiai a ridere.

«Me l'hai fatta anche 'sta volta. Ma sei peggio di Oliver Twist. Un giorno o l'altro mi devi fare un corso. Può sempre tornare utile imparare a sfilare orologi dal polso e portafogli dalle tasche.»

«Non sono io che sono bravo, sei tu che sei distratto. Ci riuscirebbe chiunque a sfilarti il cellulare dalla tasca. Dài, guarda se è collegato che compriamo una bottiglia di vino.»

«Una bottiglia di vino per Colustri? Scherzerai. Quello ha una collezione di bottiglie che batte anche l'enoteca Faccioli. Lascia stare, ce l'offre lui.»

«E noi non portiamo niente?»

«Niente...» risposi digitando velocemente un messaggio sul cellulare: *Sono qui sotto posso salire?* «se non le nostre menti assetate di sapere e di scienza. Guarda, ha già risposto. Che ti avevo detto? Lui non dorme mai di notte».

Varcato l'alto portone con la doppia apertura per i pedoni e le carrozze, salimmo lo scalone nobiliare che aveva visto tempi migliori, col marmo consunto al centro, e le colonne laterali sbrecciate. Qualcuno aveva appeso negli androni grandi vasi di felci al posto dei lampadari in ferro con le candele che c'erano una volta. Forse erano finiti sulla bancarella di qualche antiquario. Comunque sia, le felci ci stavano bene. Ernesto era già in cima al pianerottolo ad aspettarci, con un largo sorriso sulle labbra. Era quello che, in letteratura, Faust avrebbe definito un affascinante diavolo biondo. Con le sopracciglia naturalmente arcuate, un mento aguzzo e gli zigomi squadrati, usava gli occhi come se fossero radar. Te li puntava in faccia e non te li levava di dosso fino a che non era riuscito a farti sentire come una rana stesa sul tavolo di dissezione. Poi decideva se gli piacevi o no e, se gli piacevi, era una scelta per la vita. Aveva una collezione fenomenale di libri e di vini, a cui attingevo spesso senza riserve. I libri li restituivo sempre, i vini, purtroppo, no. Ma a lui non dispiaceva bere in compagnia, e a casa sua di notte mi era spesso capitato di incontrare le persone più disparate. Di solito si parlava di tutto e di niente, spaziando attraverso lo scibile umano e l'umana follia. Quella sera però avevo in mente uno specifico argomento, e glielo proposi subito, non appena fummo tutti e tre seduti sulle larghe poltrone in pelle rossa, che provenivano sicuramente da un club inglese per soli uomini.

«Che cosa sai tu sulle abitudini sessuali dell'Homo Sapiens? Ah no, scusa, volevo dire spirituali.»

Si mise a ridere. Era abituato alle mie intemperanze. Finse di raccogliere le idee e cominciò a parlare con frasi corte e misurate, cercando di dire solo lo stretto indispensabile. Era un ottimo divulgatore, uno che si esprimeva senza orpelli, dritto al fulcro della questione. Capace di tornare sull'argomento ogni volta che gli appariva necessario, ma senza mai ripetersi.

«Dunque, vediamo. Secondo il parere quasi unanime dei paleoetnologi sparsi ai quattro angoli del globo, le prime manifestazioni spirituali si sono verificate all'incirca quarantamila anni fa. Un tempo piuttosto recente. Paleolitico medio.»

«Tutto qui?» feci dubbioso. Ernesto non diceva mai tutto, si teneva sempre qualcosa per dopo. Sapeva attendere, la sua regola era che non si poteva passare al punto B se prima non si fosse assimilato il punto A.

«No, naturalmente. Se vogliamo abbandonare la controversa definizione di Homo Sapiens e accontentarci di quella più generica di ominidi, possiamo risalire indietro anche fino a centomila anni fa.»

«Le grotte di Qafzeh» fece Alex, come se fosse stato fulminato all'improvviso sulla via di Damasco.

«Esatto» annuì Ernesto, soddisfatto. «In Israele. Sepolture in ocra rossa. Forse attribuibili al Neanderthal, o comunque a una specie ibrida.»

«E quando esattamente il Neanderthal avrebbe varcato il confine tra l'Africa e l'Asia?»

Sogghignò.

«*Quando esattamente* è una gran bella domanda. Direi che non lo sa nessuno. Ma posso raccontarti cosa dicono le ultime teorie. Fino a che qualcuno non riscrive la storia, però.»

«Ecco, bravo» assentii, «dimmele pure».

«Pare che siano fuoriusciti dall'Africa, se mi passi il termine, centoventicinquemila anni fa attraverso il Sinai.»

«Perché proprio attraverso il Sinai?»

«Perché le tracce delle sepolture sono state ritrovate lì, ai confini con l'Egitto.»

«E se si trovassero altri reperti, che so, sul lato meridionale della Penisola Araba?»

«In tal caso direi che sono passati dalla Somalia, sulla vecchia placca tettonica ora sommersa.»

«Questo sarebbe successo prima o dopo la comparsa dell'Homo Sapiens?»

Colustri corrugò la fronte e prese a fissare il fondo del bicchiere, come se pensasse di trovare lì la risposta. Ma io sapevo invece che stava solo cercando le parole giuste.

«La questione è complicata. Il fatto è che noi siamo i

diretti discendenti dei Sapiens, ma in noi, sia dal lato europeo che dal lato asiatico, compare circa il quattro per cento del gene *neanderthaliano*. Non sappiamo di preciso quando l'Homo Sapiens e i Neanderthal si siano incontrati, ma è certo che questo è avvenuto in Asia. Quando, cioè, entrambi avevano già lasciato l'Africa, sia pure in tempi diversi. Una certa ibridazione c'è stata, questo è sicuro. Il fatto strano è che in Africa, oggi, il gene *neanderthaliano* è spesso assente.»

«Il che significa?»

«Il che significa che per qualche strana ragione i Sapiens, che arrivarono in Asia, seguirono una strada evolutiva diversa. Si ibridarono con i Neanderthal e riuscirono a selezionare le caratteristiche genetiche più utili per la sopravvivenza, eliminando le altre. In Africa furono fatte altre scelte. Ma comunque sia andata, alla fine il Neanderthal si estinse.»

Lo stavo guardando perplesso. C'era qualcosa che non diceva. Forse perché non era convinto, o forse perché era troppo difficile da spiegare. Poi lo sentii borbottare: «C'è di mezzo la genetica».

«E quindi?» feci conciliante.

«E quindi i genetisti sono contorti. Ma pare che le ibridazioni si siano avute anche al contrario. Esperimenti non riusciti di fusione dei Sapiens con i Neanderthal.»

Scossi la testa e guardai Alessandro in cerca di conferme. Ma anche lui sembrava perplesso. Ernesto allargò le braccia e sbuffò leggermente arricciando le labbra.

«Per questo non lo dico mai. Rimane complicato da spiegare in due parole.»

«Complicato per te? Non ci credo.»

«Noi siamo figli della seconda migrazione. Fuoriusciti dall'Africa qualcosa come sessantamila anni fa, praticamente ieri. Ma pare che ci sia stato un altro ceppo ibrido, tra la Cina e l'Arabia, almeno duecentomila anni fa. Quale sia poi sopravvissuto lo sappiamo. Ma rimane il fatto che la natura aveva già effettuato un tentativo, in questo senso. Un esperimento andato male. Ma finché non troveremo nessuna prova certa, nessuno potrà saperlo davvero. Restano teorie basate su mere speculazioni di laboratorio. Tutto qui. Succede.»

Si alzò per andare a prendere un'altra bottiglia di vino. Guardai Alessandro dritto in faccia, stava pensando quello che pensavo io? Dalla poltrona in cui era affondato alzò una mano sventolando nell'aria due dita a V. Ma il suo non era il segno di vittoria, era la datazione esatta di Curtis e Swisher. Duecentomila anni.

XV

La mattina dopo però non ero ancora convinto. Ci avevo pensato su tutta la notte. Fissai Alex imbronciato.

«Rileggimi un po' quella benedetta relazione geologica per la quale ti sei speso tutti quei favori.»

Mi corresse con una punta d'astio: «Semmai ho speso i *nostri* favori per la datazione geocronologica del sito, non per la relazione geologica».

«Fa niente. Non essere puntiglioso. Leggimela e basta» replicai stizzito. Erano quasi le nove, e a quell'ora avevamo appuntamento all'Aula Specola. Se la teoria di Alex era esatta, lì non avremmo potuto parlare liberamente, perché Romero poi avrebbe visionato i nastri. Lo sapeva anche Alessandro, perché si rassegnò e, afferrati i fogli del fascicolo, cominciò a leggere.

«*Il territorio dello Yemen si affaccia sul Mar Rosso a Nord dello stretto di Bab el-Mandeb, con una altitudine al di sopra dei duemila metri e una cimosa litoranea a fondo prevalentemente alluvionale che raggiunge la profondità massima di ottanta chilometri. La scarpata che dall'altopiano scende verso la costa è rotta da una serie di valli d'incisione, che corrisponde esattamente al piano di frattura che verso la fine dell'Eocene in piena era cenozoica, ha separato la Penisola Arabica dal continente africano.*»

«Okay, ci siamo, era qui che c'era scritta quella cosa sulle rocce basaltiche, vero?»

Diede una scorsa veloce al testo, sfogliò un paio di pagine, e poi annuì.

«Sì, proprio qui. Eccolo. Ascolta: *dal punto di vista geologico, esiste una connessione tra le estese formazioni basaltiche e le rocce più antiche del tavolato arabico, che sono quelle che conferiscono al paesaggio le tonalità scure e le forme spigolose tipiche del suo territorio. Le platee sono rotte dalle incisioni vallive rivolte verso la costa, e dalla successione degli apparati vulcanici, oggi estinti, che una volta erano dislocati lungo tutto l'orlo dell'altopiano. A causa dell'erosione regressiva, in corrispondenza delle vallate che digradano verso la costa, il bordo occidentale presenta un'orlatura movimentata che alterna rocce granitiche antiche a strati arenacei paleozoici e mesozoici, inframezzati a pile di materiali vulcanici. Dalla costa verso l'interno invece i rilievi si vanno appianando, e il territorio assume un aspetto meno accidentato, rispettando l'inclinazione verso Est della Penisola Arabica, fino ad assumere tratti decisamente desertici. Nella parte centrorientale del Paese, l'altopiano interno è costituito da rocce arenacee e calcaree cenozoiche, mentre l'estrema sezione settentrionale si trasforma in deserto. Va sottolineato che nell'altopiano la monotonia del paesaggio tabulare è rotta da una complessa rete di* uidian *o letti di fiumi fossili che raccolgono le scarse precipitazioni ma che sono al tempo stesso testimonianza di come in tempi remoti la zona fosse improntata a un clima molto più umido, con precipitazioni frequenti e una vegetazione rigogliosa. Oggi la zona ha un clima decisamente tropicale, caldo e secco, con una temperatura che si mantiene attorno a valori molto elevati tutto l'anno. Durante l'estate si raggiungono cinquanta gradi all'ombra, e un'escursione termica tra la notte e il giorno che può superare anche i trenta gradi.*»

«Perfetto, era proprio questo che volevo sentire. C'erano valli verdeggianti dove oggi ci sono solo rocce laviche di basalto nero. E se tu fossi stato un uomo primitivo appena approdato su un altro continente, in fuga da una regione dove la vegetazione sta scomparendo e la vita si sta facendo difficile, saresti tornato indietro solo perché la zona era già abitata, o avresti provato, che ne so, a stabilire un minimo di interazione sociale?»

«Io avrei scatenato una guerra. Ma probabilmente si trovavano in stato di inferiorità numerica. Se erano esuli approdati lì quasi per caso, si saranno incontrati con le popolazioni locali, che magari si trovavano già sul posto da chissà quanto. Mi pare chiaro che di queste benedette migrazioni fuori dall'Africa ce ne devono essere state diverse.»

«Rileggimi quel pezzo sul deserto.»

«*L'altopiano riprende quota nella sezione centrorientale del Paese, dove è costituito da rocce arenacee e calcaree cenozoiche, mentre l'estrema sezione settentrionale comprende già un lembo del ar-Rub' al-Khālī (Il Quarto Vuoto), chiamato anche Ar Rimal (Le Sabbie), un immenso deserto di sabbie rosse, battuto incessantemente dai venti secchi di Sud-Est.*»

«Mi pare chiaro, avevano da una parte il Mar Rosso, dall'altra il deserto. Non c'erano molti altri posti da poter colonizzare. O tornavano indietro, o soccombevano. E non volevano fare nessuna delle due cose. Perciò vennero a patti con le popolazioni locali, probabilmente offrendo loro qualcosa che ancora non avevano. Cosa diceva dei fiumi?»

Alessandro cominciava a capire, e seguendo il mio ragionamento trovò in fretta il punto che ci interessava.

«*La rete idrografica è rappresentata dai numerosi solchi degli* uidian, *che hanno percorsi differenti da un'estremità all'altra del Paese: nella fascia occidentale l'orlo dell'altopiano alimenta corsi d'acqua veloci e a regime torrentizio, che scendono dalla scarpata sia verso il mare sia verso i deserti dell'interno. Al centro del territorio, su un tratto parallelo alla linea di costa scorre per circa seicento chilometri il maggiore dei fiumi yemeniti, l'uadi Hadhramaut. Nella fascia orientale gli* uidian *si perdono per lo più nelle sabbie del deserto.*»

Smise di leggere per un attimo, poi cominciò a darsi manate di soddisfazione sulla coscia.

«Ma certo! Altro che il Rio delle Amazzoni! Non c'era altro posto possibile per un insediamento stabile. È il fiume che circonda la città di Shibam, quello. Aspetta, com'è che si chiama quell'isola?»

«Socotra, mi pare.»

«Giusto, Socotra. Quale prova migliore dell'esistenza di una lingua di terra che un tempo univa l'Africa alla Penisola Arabica? Si trova a trecento chilometri dalla Somalia e a trecentocinquanta dalle coste yemenite. Sta esattamente in mezzo al passaggio. E come l'Isola di Pasqua mostra tracce evidenti di uno sviluppo endemico. Clarissa te lo potrebbe spiegare meglio. Sta a indicare che lì il regno animale è composto da specie tipiche ed esclusive, che appartengono solo a quel territorio. Si trova proprio in cima alla placca tettonica africo-arabica. Quasi metà delle piante presenti sull'isola sono uniche al mondo. Non capisci? Sono passati su quel ponte di terra duecentomila anni fa per arrivare lì dove si sono estinti quasi centomila anni dopo. Ma erano lì. Sono stati lì. Sono stati lì! E noi lo possiamo dimostrare. Ci dobbiamo riuscire. Lo possiamo fare. Lo possiamo fare, ti dico. Cazzo, lo possiamo fare.»

XVI

L'Aula Specola era come la ricordavo, niente più che una piccola stanza con una serie di tavoli incastrati in mezzo alle pareti ricolme di scaffali che andavano su fino al soffitto. Per arrivare in cima c'era una scaletta da biblioteca scorrevole che faceva tutto il giro, appoggiata sui suoi binari metallici. Nella parete di fronte alla porta c'erano due finestre alte e strette che davano una luce sufficiente per poter lavorare, leggere o studiare senza l'illuminazione elettrica. Era un'aula che usavamo di rado, perché, fra tutte quelle disponibili, era la meno attrezzata in assoluto. Le sedie erano del tipo che si può trovare anche nelle scuole, molto essenziali, con lo schienale in plastica e le gambe di metallo. In un angolo, come mi aveva anticipato Alessandro, qualcuno aveva piazzato una vecchia lavagna di quelle che si girano su un cardine rotante, con tanto di gessetti e cancellino attaccato a un filo. Erano secoli che non ne vedevo una. Mi si risvegliò il mio lato *vintage* quando ci passai sopra la mano, il velo di gesso che sempre rimane sulla superficie mi appannò il palmo e, non so perché, mi fece tornare alla mente la polvere dei siti archeologici, l'aria dell'Africa, la libertà che provavo allora mentre scavavo come un'ape operaia e spostavo a mano tonnellate di residui e sassi, per poi riesaminarli in laboratorio, chino sul tavolo tutta la notte, passandoli al setaccio nella speranza di trovare qualcosa di così infinitesimale da essere perfino invisibile. Ma conoscevo a menadito una lunga lista di nomi che erano rimasti impressi per sempre a lettere di fuoco negli annali della paleoantropologia per molto meno di un frammento e la speranza era sempre l'ultima a morire. Almeno così credevo allora.

Come fossi finito a fare da galoppino di un professore burbero nei corridoi di un ateneo, ancora non riuscivo a spiegarmelo. Polvere ce n'era anche lì, cose da scoprire assai meno.

Con un cenno impercettibile della spalla, Alessandro mi indicò la direzione in cui dovevo guardare per cogliere l'occhiolino seminascosto della telecamera. Le ragazze sapevano già cosa dovevano fare. Jalal era stato istruito, mi avevano detto, da un coro a due voci. Da una parte Clarissa in videochiamata, intima e notturna supponevo, dall'altra Alex con una molto più tradizionale email. Io, dal canto mio, avevo provveduto a mettere in ordine i miei appunti e a dare una forma, sia pure primordiale, alla nostra relazione, e tanto per andare sul sicuro avevo lasciato anche il titolo provvisorio: *Esoscheletro Distopico*. Forse ci avrebbe portato bene. A ogni buon conto, ne misi una copia rilegata davanti a ogni posto, più una al centro come si usa nelle riunioni accademiche più serie. Tirai fuori dal frigobar un paio di bottiglie d'acqua, finsi di ignorare il limoncello che Alessandro aveva già messo in fresco, e presi dal mobile sottostante tovaglioli e bicchieri di plastica, che sistemai in mezzo al tavolo di lavoro. Mancava solo un dettaglio. Una cosa che adoravo e che ritenevo propedeutica per lo svolgimento di qualsiasi attività. Un bel mazzo di matite gialle ben temperate con la punta affilata come un ago da adagiare in un portapenne di cuoio che mi serviva da talismano e che portavo sempre con me, ovunque andassi. Estrassi dalla mia ventiquattrore il notebook, verificai il livello della batteria, perché volevo comunque proseguire con gli appunti, che avrei poi messo in bella copia per il giorno successivo. Ci eravamo comunque dati una scadenza per questo esperimento, anche perché se non fosse andata come speravamo, ci sarebbe poi occorso del tempo per studiare una strategia alternativa. Per quanto fossimo tutti nobili esemplari della specie che dominava il pianeta, il fottutissimo piano B non era ancora stato formulato. Stavamo recitando a soggetto, con un volo radente in grado di ingannare i radar, ma senza la certezza che saremmo riusciti a evitare l'impatto col suolo. Suolo o vetta che fosse, da qualche parte, entro cinque o sei giorni, saremmo dovuti comunque atterrare.

Eravamo d'accordo che alla fine di ogni sessione avremmo lasciato cadere come per caso una delle copie della nostra relazione da qualche parte, per poi dimenticarla uscendo. La speranza, o meglio, lo scopo di quella prima giornata era convincere Romero che qualcosa di grosso bolliva in pentola e incuriosirlo quel tanto che bastava per fargli leggere la bozza della nostra teoria, sia pure incompleta, per poi riavvolgere il nastro dalla telecamera, e farsi un'idea migliore, quasi come se fosse stato presente.

Clarissa e Tiziana entrarono in quel momento, quasi in punta dei piedi, l'idea delle telecamere accese intimoriva un po' tutti, ma contavo sulla scioltezza di Alessandro che era abituato a parlare ai convegni davanti a centinaia di spettatori e non si sarebbe certo fatto bloccare dall'effetto palcoscenico. Il problema casomai era l'intervento di Jalal. Il limite di quell'aula era la mancanza totale di qualsiasi strumento multimediale, si era pensato di risolvere usando il MacBook rosa di Lucchesi che aveva lo schermo più grande degli altri e di metterlo leggermente in diagonale, in modo che tutti potessimo avere la visione migliore del collegamento via Skype con l'Arabia. Questo avrebbe consentito anche alla telecamera di catturare le immagini, ma restavo convinto che alla fine la cosa importante fosse il sonoro. Clarissa e Jalal erano stati là, e solo loro potevano raccontare cosa avevano visto e scoperto. Se c'era la minima speranza di far vibrare qualche corda nascosta in qualche organo atrofizzato, cervello o cuore che fosse, di Ettore Romero, conveniva affidarsi alla possibilità che si ricordasse, almeno in parte, come si era sentito lui, al momento di combattere con l'intero mondo accademico per far prevalere la sua tesi contro le idee preconcette che aveva trovato sui libri di testo. Dure a morire, così come ora erano duri a morire i suoi pregiudizi.

Alex si sistemò vicino alla lavagna fermandosi un secondo con il gessetto in mano e il gomito alzato a mezza strada. Iniziare una conferenza è sempre una grande incognita, vale la famosa regola: cinque secondi per cinque minuti. Se vuoi conquistare l'attenzione del tuo uditorio o convincere un interlocutore, devi buttare giù le carte migliori e poi sperare nel meglio. Prese una decisione rapida, in favore di una scelta che avrei fatto anch'io. La più classica possibile, ma anche la più sicura. Disegnò in modo schematico una mappa rudimentale della Pangea, il super continente da cui tutti gli scienziati partivano quando volevano ridisegnare in qualche modo il percorso ideale dei primi ominidi che avevano popolato la Terra. Almeno su quello non ci sarebbero state discussioni. In geologia era ormai un fatto assodato che al tempo dei tempi, come diceva la Bibbia, all'inizio di tutto, più o meno duecentocinquanta milioni di anni fa, esisteva un'unica massa continentale circondata dall'oceano. Cosa ci fosse stato in mezzo tra il brodo primordiale e la formazione di questa grande terra emersa, nessuno lo sapeva per certo, ma si supponeva che tutto fosse stato causato dalla collisione di precedenti blocchi continentali, la cui forma e natura non ci è del tutto chiara, a seguito dei poderosi spostamenti della tettonica a placche. In virtù dello stesso meccanismo che poi, a partire dal Mesozoico, portò questo supercontinente a frammentarsi, dando origine al planisfero che conosciamo oggi.

Partire dalla Pangea era un'ottima scelta, anche perché lì nessuno avrebbe trovato da ridire, e il ritorno alle origini, per tutti noi, aveva un'eco ancestrale capace di generare inquietudini poco governabili, quando qualcuno proponeva di riscrivere la storia. Così porre delle premesse incontestabili aveva sempre un effetto rassicurante.

Alex, soddisfatto, arretrò di un passo e, poco più sotto, leggermente sulla destra, come insegnano in tutti i corsi di comunicazione, a portata di mano per la parte più creativa del nostro intelletto, quella meno convenzionale, artistica, vivace, e soprattutto basata su percezioni spaziali e non verbali, cominciò a disegnare la Penisola Arabica.

La tratteggiò in maniera più circostanziata, mostrando in prospettiva anche la costa del continente africano, dove era ben visibile il punto di congiunzione tra le due terre, tra l'Egitto e l'Arabia Saudita, attraverso la Giordania e il conteso stato d'Israele, proprio lì dove era nato il Cristianesimo secoli dopo. In linea retta Il Cairo e Gerusalemme erano quasi sullo stesso asse, e non doveva essere difficile immaginare, per chiunque avesse studiato storia delle civiltà antiche, come la religione cristiana fosse stata profondamente influenzata dal sistema politeistico del vicino Egitto. Fece un segno col gessetto sulla Penisola del Sinai, poi si spostò verso la parte più bassa della Penisola Arabica dove i due continenti quasi si toccavano, di fronte alle coste della Somalia. Qui si concesse un tocco da maestro, tracciò un altro segno e sotto scrisse il nome dello Stato in doppia grafia. In arabo la parola Yemen era un curioso disegnino che somigliava un po' a una gondola inclinata vicino a una chiave. Poi con molta calma posò il gessetto sull'apposito supporto, si strofinò le mani per scrollare la polvere, spostandosi di lato come per verificare la correttezza del disegno, stando bene attento a non coprire la telecamera. Inclinò la lavagna appena di un millimetro, un altro gesto che avevo visto fare mille volte e che aveva sempre la sua valenza, e si mosse a passi lenti per mettersi seduto al suo posto.

Fin qui ce l'aveva fatta, pigro fin che si vuole, ma quando si trattava di gestire una presentazione Alessandro conosceva tutti i trucchi e sapeva farne buon uso. Lo guardai brevemente e colsi un rapido cenno d'assenso, la luce sulla telecamera era accesa, non voleva dire niente, naturalmente, ma almeno avevamo la certezza che l'impianto fosse in funzione.

Sospirai di sollievo. Chissà perché, ma mi sembrava che il più fosse fatto. Ora che tutto era disegnato bianco su nero, cominciava a diventare realtà. Solo perché veniva registrato era come se in qualche modo fosse consacrato. Era come se solo declamando un enunciato, si potesse trasformarlo in un postulato. Qualcosa di già perfettamente formato al momento stesso della nascita. Come Minerva, che era venuta al mondo già adulta dalla testa di Giove.

Basandoci sullo spirito ipercritico di Ettore Romero, avevamo pensato che sarebbe stato meglio trasportare idealmente il campo da gioco proprio là, dove tutto era cominciato. Jalal era riuscito, non so come, a organizzare un collegamento in diretta dal sito.

Volevamo che attraverso le immagini passasse anche il soffio della scoperta, che si sentisse il vento impetuoso dell'inesplicabile, l'ansito trattenuto a stento di fronte a qualcosa di non classificabile, ma straordinario.

Come in un vero spettacolo di magia, avevamo tenuto un contegno impassibile: nessuno, nemmeno Alex durante la presentazione, aveva ancora pronunciato una sola miserabile parola. Per lungo tempo si era ritenuto che quello dell'andamento bipede fosse il primo aspetto che aveva decretato la sopravvivenza della nostra specie su tutte quelle che l'avevano preceduta e noi da tali ci eravamo comportati. Esseri bipedi senzienti ma non comunicanti. Già, perché in nessuna lingua esiste il termine esatto per chi sa parlare, ossia è in grado di emettere suoni, ma non comunica tramite un linguaggio articolato. Non esiste, perché semplicemente un simile concetto fa a pugni con l'idea stessa di linguaggio. Una lingua parlata o scritta non può contenere un termine che neghi se stessa. In quel momento era importante che fossero le immagini a parlare. Confidavamo nel talento di Jalal per la regia, dopotutto era anche un blogger abituato a tramettere in live streaming. Se non aveva il senso della scena lui, non ce l'aveva nessuno.

XVII

La parete di fondo era cosparsa di escrementi di capra. Dentro la fenditura a volta, proprio sopra la testa, gli strati rocciosi si rincorrevano e viravano all'indietro, poi si piegavano in fuori e di nuovo rientravano, in un gioco sinusoidale che ricordava vagamente la coda di un serpente. Rocce basaltiche si alternavano a strati calcarei. Le lunghe fessure orizzontali erano piene del terriccio accumulato nei millenni. Qua e là, crescevano stentati pochi arbusti.

A un tratto la telecamera fece una carrellata in avanti, verso una sporgenza rocciosa che si stendeva in avanti come il tetto spiovente di uno chalet di montagna, magari un po' sbilenco, e l'inquadratura si strinse su un oggetto abbastanza incongruo. Appoggiato alla parete c'era il cofano di un trattore rosso, con le finiture arrugginite e le griglie del radiatore riempite di ciuffi di fieno fresco. Sotto al cofano, come se si fosse trattato di un salotto, era stesa una stuoia di foglie di palma con sopra un cuscino in velluto rosso, un po' consunto. Con un fremito la telecamera virò su se stessa, poi si stabilizzò su un fermo immagine.

Stavamo guardando un giovane arabo sui trent'anni con un blazer a righe tipo Missoni e un paio di pantaloni morbidi di tela blu. Sotto la camicia grigio polvere, che portava col colletto sbottonato, si poteva intravedere una pelle liscia e ambrata. Se ne stava a piedi nudi, seduto all'indiana sulla stuoia, con la stessa disinvoltura di un lord sulla poltrona del suo club esclusivo nella City. Il turbante arabescato grigio perla era leggero e portato con disinvoltura, appena avvolto attorno alla testa, la barba ben regolata accompagnava una bocca col labbro inferiore pieno e sporgente, su un viso quadrato dalla linea mascellare larga e pronunciata. All'attaccatura dei capelli erano disegnate lunghe basette che scendevano a contornare i lobi perfetti delle orecchie. Ma quello che più incantava era la voce. Pacata e ricca di note vibranti. Per quanto parlasse un inglese fluente, sembrava scegliere con cura le parole, come se volesse essere certo del loro utilizzo più appropriato, non tanto per risultare comprensibile, quanto per rispetto verso il suo interlocutore. Riusciva a dare l'impressione che nulla di quanto facesse fosse fatto a caso. Guardava fisso nella telecamera, tenendo la testa leggermente piegata di lato, come se si stesse rivolgendo direttamente a ciascuno di noi, escludendo tutti gli altri. Accompagnava ogni parola con un movimento leggero delle dita, che sottolineavano il discorso, mentre teneva le mani posate sulle ginocchia. Più parlava e meglio capivo la malia araba. Ma ora quello che contava era che incantasse anche Romero.

XVIII

«Gli archeologici insegnano che più è profondo lo scavo e più lontana è l'epoca dei reperti. A volte bastano pochi centimetri per spostare la datazione di centinaia o migliaia di anni. Quando abbiamo rinvenuto le prime ossa, erano inglobate in sedimenti rimasti intatti, metri al di sotto della superficie.» Volgendosi verso la sporgenza rocciosa alle sue spalle, abbassò lo sguardo verso il dirupo, indicando la parete con un gesto lento e circolare della mano. «Praticamente a ogni metro il colore della roccia cambia e segna lo scorrere del tempo, come una mappa biologica perenne. Man mano che esploravamo il sito, eravamo sempre più increduli. Quando abbiamo estratto, pulito e portato al sicuro i primi reperti, continuavamo a non credere ai nostri occhi. A ogni chilometro saltavamo dalla jeep per dare un'occhiata al contenuto dei sacchi di juta ammassati nel cassone, perché ancora non eravamo convinti. Continuavamo a trovare ossa di animali in quantità mai rinvenute prima. Decidemmo di tenere il luogo segreto. Almeno fino a che non ne avessimo saputo di più. Un esperto della nostra università confermò che si trattava di ossa di animali, e così, tramite amicizie comuni, ci siamo rivolti a voi, per avere un esperto che potesse esaminare i reperti *in situ*. Per tutto il tempo che abbiamo atteso che qualcuno arrivasse, pur continuando a occuparci delle nostre attività quotidiane, continuavamo a tornare qui nel timore che qualcuno potesse alterare lo stato degli scavi o danneggiarli. Alla fine abbiamo montato un campo provvisorio per poter dormire sul posto. Ma ancora il sito non era protetto. Se avessimo dovuto allontanarci, tutto sarebbe rimasto abbandonato. Poteva essere degradato dalle intemperie, corrotto da intrusioni di animali al pascolo, perfino esposto a razzie. Quando io e miei colleghi ci incrociavamo nei corridoi dell'università, evitavamo perfino di parlarne. Nessuno sapeva ancora niente, esclusi quelli che avevamo coinvolto all'inizio perché ci aiutassero a classificare i reperti. Non volevamo mettere la nostra scoperta in pericolo, prima di poter iniziare le operazioni di recupero e la messa in sicurezza del campo-scavi. E anche allora la segretezza sarebbe stata determinante. Cacciatori di fossili, contadini o semplici curiosi potevano danneggiare il sito irrimediabilmente. Abbiamo passato quasi un mese a fare un'analisi dettagliata dell'area e annotare le posizioni dei reperti. Alla fine però gli aiuti che aspettavamo non sono arrivati. A quanto pare, ottenere un esperto che fosse tanto incosciente da mettersi su un aereo senza fare troppe domande per precipitarsi qui, sembrava pura utopia.» Qui si concesse un sorriso. «Intanto io avevo trovato dei colleghi che si intendevano di scavi e abbiamo cominciato a stendere una griglia del sito. Ci siamo calati nella cavità e insieme siamo riusciti a realizzare una mappatura accurata con una serie di cordini tesi e legati fino a formare una griglia sopra al terreno. Un sistema un po' rudimentale, forse, ma efficace. Su ogni livello è stata ripetuta la stessa operazione. Dopo aver etichettato ogni riquadro, siamo passati a disegnare una mappa dei ritrovamenti, indicando il punto esatto di ogni reperto. Un collega dell'Università di Aden si è occupato soprattutto dei coproliti. Gli escrementi fossili, che avrebbero permesso di identificare gli animali presenti nella zona migliaia di anni prima. Abbiamo trovato lo sterco fossile di cavalli e di orici, ma anche di ratti delle acacie, che sono noti saprofagi e rosicchiano le ossa. Così in un primo momento abbiamo pensato che i segni che avevamo trovato sulle ossa e sui denti degli animali fossero i segni della masticazione. Poi però saltarono fuori anche rudimentali strumenti litici e residui fossili di carbone. Qualcuno aveva acceso dei fuochi in quel posto. Forse era un luogo deputato alla macellazione, e i segni sulle ossa potevano essere ricondotti alle operazioni di taglio e incisione delle carni. Capimmo allora che ci serviva uno zoologo esperto, e siccome di tutti quelli che avevamo chiamato non veniva nessuno, ho pensato di chiedere al mio vecchio amico qui, Alessandro Campitelli, se poteva darmi una mano. Così arrivò Clarissa.» E qui sorrise come se avesse visto sorgere il sole a Oriente.

XIX

L'inquadratura cambiò, e sullo schermo comparve una Clarissa Liegi in gran spolvero che assicurata a una fune si calava lentamente nel sito con un taccuino tra i denti. Tutto era stato documentato con foto, lo stato del sito, la mappatura a griglia, ogni progresso dei lavori di scavo. Si vedevano Clarissa e Jalal chini spalla a spalla mentre ripulivano i reperti con un pennello a setole, intanto che gli altri colleghi tenevano a bada le capre e i ragazzini. Il terriccio smosso veniva portato via dentro ceste di vimini.

«Siamo stati molto scrupolosi. Ogni cesto portato in laboratorio è stato esaminato e filtrato. Ci hanno perfino chiesto cosa mai ce ne facessimo di ceste di terra, quando in giro ce n'era tanta» commentò Jalal sghignazzando. «I reperti continuavano ad affiorare, a volte appena sotto la superficie. A quel punto capimmo che la sicurezza era più importante che mai. Mentre cercavamo di camuffare la zona, feci in modo di lasciare qualcuno di guardia, e andammo a cercare qualcosa per coprire la fessura. Forse questo vecchio cofano arrugginito non sarà la migliore delle soluzioni, ma almeno protegge il sito dalla pioggia, dalle frane del pietrisco e dalla curiosità dei pastori. Non sono certo che lo possa proteggere da un bombardamento, però. Ma questo è nelle mani di Allah e non nelle mie» fece un gran sorriso come a sfidarci a dimostrare il contrario.

XX

Chiudemmo il collegamento con Jalal, promettendogli che lo avremmo tenuto informato. Alex tornò vicino alla lavagna e si appoggiò con le spalle al vano della finestra.

«Il problema dei ritrovamenti *in situ* in Paesi lontani è sempre lo stesso. In base alla recente normativa, i fossili non possono più viaggiare in lungo e il largo per il globo per essere mostrati nei convegni o esaminati dagli studiosi. Devono restare nel luogo di appartenenza. Sapete tutti com'è andata la storia dopo che i resti dell'uomo di Pechino sono andati persi allo scoppio della guerra, no? Anche se non c'è un conflitto mondiale ogni due minuti, molti siti archeologici si trovano in terre di frontiera, e i fossili non sono così gentili da affiorare nell'aiuola davanti casa. Quindi, ora non sono più i reperti a viaggiare, ma gli studiosi. Nel nostro caso però questo non è possibile. Il Paese è in guerra. Dovremo affidarci alle immagini e alla relazione di Clarissa.»

Clarissa si alzò e prese il posto di Alessandro, con le spalle appoggiate alla finestra e le braccia conserte. Riordinò un attimo i pensieri e decise di cominciare dall'inizio.

«Quando mi hanno chiamata sapevo solo che c'era da andare a ispezionare un nuovo sito che si trovava sotto un grosso riparo roccioso, dove la parte superiore del terreno era franata a valle. La mia prima preoccupazione è stata che, dato il gran numero di reperti ritrovati, le frane ripetute avessero potuto in qualche modo causare intrusioni di fossili più antichi in strati recenti o, peggio ancora, che i fossili recenti fossero rimasti seppelliti sotto le frane per finire col confondersi con gli strati più antichi. Ci sarebbe voluto tempo per determinare questo, ma il mio arrivo purtroppo ha sùbito suscitato una grossa curiosità. Sono giunti gruppi di ragazzini che sciamavano a frotte e si accalcavano per vedere cosa stessimo facendo. Così siamo stati costretti a organizzare una squadra di sorveglianza. Tutti sapevano che nel burrone stava succedendo qualcosa, ed erano determinati a saperne di più» fece un passo di lato, poi proseguì.

«A volte me ne stavo piegata a riportare alla luce gabbie toraciche, denti o zanne di animali preistorici con una siringa piena di acetone per separare le ossa dalla terra incrostata, e sollevando lo sguardo mi accorgevo di avere un pubblico silenzioso che mi scrutava soppesando ogni mio gesto. Ho cercato di spiegare a cosa serviva l'acetone e perché si usava. Ma credo fossero convinti che stessi preparando una sorta di bomba chimica. Ho dovuto anche discutere con un agricoltore che sosteneva che gli stessi inquinando le falde acquifere con una sostanza volatile pericolosa. Il fatto è che l'acetone discioglie il terriccio ma evapora abbastanza in fretta per non intaccare le ossa, ed è l'unico sistema veramente valido per separare i reperti dai sedimenti, quando si deve lavorare in fretta e mettere i fossili in sicurezza. Non c'era altro modo.»

Sullo schermo del Mac di Lucchesi cominciarono a scorrere le foto del sito, con gruppi sorridenti di ragazzi arabi che si stringevano, come una squadra di calcio, per poter entrare nell'inquadratura. Si vedeva Clarissa inginocchiata che spruzzava l'acetone tra le ossa e il terreno premendo delicatamente lo stantuffo di una siringa. Con le mani coperte da guanti di plastica rimuoveva il terriccio che man mano si sgretolava, pulendo le ossa con un pennello morbido e una bacchetta di legno. Poi raccoglieva con un cucchiaio di plastica il terriccio che si era staccato e lo infilava nei sacchetti che Jalal poneva delicatamente nelle ceste.

«Mi sono subito resa conto che un sito così popolato di frammenti non era una cosa comune. Quelle ossa erano davvero tante per un solo sito. Si trattava forse di un'intrusione? Forse i resti erano stati contaminati, o ammassati lì da qualcuno in tempi più recenti. Forse erano finiti nella fessura a seguito di una frana. E poi perché c'erano così tante ossa di animali differenti? Poteva essere un cimitero degli animali dove le bestie ferite si trascinavano per andare a morire? Magari vittime di una qualche epidemia, o dei gas di un'eruzione vulcanica che li aveva colpiti sul posto. Oppure erano morti cadendo in una specie di pozzo naturale dissimulato nel terreno e non erano più riusciti a risalire? Io volevo solo fare il mio lavoro, e farlo nel migliore dei modi. Classificare quelle ossa e decifrare le condizioni del sito fino ai limiti del possibile. Non sapevo ancora se sarebbe stato un ritrovamento isolato, o se l'intera zona si sarebbe rivelata una miniera archeologica a cielo aperto, come è accaduto in Africa nella Rift Valley. Gli eredi dei Leakey, lo sapete anche voi, sono ancora lì a scavare nello stesso posto da almeno sessant'anni.»

Si interruppe, visibilmente emozionata, e prese a descrivere i reperti che aveva trovato, man mano che Alessandro faceva scorrere sullo schermo le relative foto. Era sempre stata un'eccellente anatomista con capacità analitiche fuori dal comune; anche al campo-scavi dove ci eravamo conosciuti le sue relazioni erano sempre state ineccepibili. Delineare anatomicamente i fossili è un compito impegnativo: si tratta di stilare un verbale sistematico che sia il più accurato possibile, in modo da rendere fruibili le informazioni necessarie per gli studi e le eventuali comparazioni. Per questo è importante che sia accurato e che tenga conto delle dimensioni, della forma e di ogni singola protuberanza o cresta. Ogni osso fossilizzato deve essere confrontato con tutti i fossili conosciuti che siano in relazione col periodo in questione. Lei sapeva essere meticolosa senza diventare pedante. È un'attività che richiede precisione di linguaggio e una perfetta conoscenza dell'anatomia.

«L'area era disseminata di ossa fossili, coccodrilli, tartarughe, ippopotami, antilopi, gibboni e giraffe, tutti in centinaia di pezzi. Man mano che in laboratorio ricomponevamo i frammenti, li confrontavamo con le collezioni di riferimento disponibili per poter classificare gli esemplari, basandoci sulla forma e la dimensione delle ossa. Alla fine siamo riusciti a identificare i resti di vari mammiferi tra cui stambecchi, cavalli, cervi, cinghiali e uccelli, ma anche poiane, gracchi, e roditori, scoiattoli, conigli e topi. Allora mi sono chiesta che cosa ci facessero lì tante specie così diverse, e mi sono messa a esaminare le ossa per capire la causa della morte. Pensavo ancora che fosse la tana di un gigantesco predatore o un pozzo naturale dove gli animali erano caduti per poi morire come in una trappola.»

Sul monitor scorrevano le immagini delle ossa fossili rinvenute, con una freccia che evidenziava i segni rilevati. In un caso che Clarissa ci fece notare, si vedeva distintamente l'impronta del rostro di un qualche volatile che doveva aver afferrato il cranio di un piccolo roditore per poi trasportarlo in volo. Ma la maggior parte delle ossa presentava altri tipi di incisioni. Clarissa cominciò a scrivere sulla lavagna.

«Ho trovato quattro tipi di segni diversi sulle ossa. Morsi, incavi, tagli e bruciature. Alcune ossa mostravano tracce di piccoli morsi affilati. Altre erano state lasciate a mucchietti qua e là. Chiaramente ci trovavamo in presenza di animali saprofagi che si cibavano di carogne, o di grandi predatori che portavano le loro prede in una tana per divorarle con calma o per sfamare i loro piccoli. A volte i segni dei denti erano accompagnati dalla corrosione tipica dei succhi gastrici. Quelle ossa, quindi, erano state azzannate e poi digerite. Alcune invece erano state solo masticate. Non riuscivo a capire. I carnivori e gli uccelli predatori li avevano depositati sul sito nelle feci, oppure li avevano mangiati sul posto e lì si erano fermati per dormire e defecare? In alcuni reperti, poi, cominciai a trovare segni evidenti di taglio, compatibili con gli arnesi primordiali rinvenuti negli strati superiori. Era un indizio chiaro che sul sito erano stati presenti ominidi che avevano macellato animali. Esaminando i focolari avevo trovato anche zampe di coniglio bruciate. C'erano segni di cottura e molte ossa bruciacchiate. Probabilmente gli animali venivano arrostiti interi e lì risiedeva una comunità con una buona organizzazione sociale, che sezionava le prede e le preparava per il pasto.»

Dallo schermo intanto stavano emergendo le immagini di come doveva essere stata la zona circostante. In base al tipo di animali ritrovati si poteva dedurre sia il clima che il tipo di vegetazione, come stava spiegando Clarissa con l'aiuto di Alessandro, che faceva girare le foto man mano che lei parlava.

«Le superfici delle ossa mostravano il tipico logorio dovuto agli agenti atmosferici, il che indicava che non erano state ricoperte da strati di sedimenti. Le avevano lasciate ammassarsi, come se fosse un magazzino, o una discarica a cielo aperto. Ho potuto identificare cervi e scoiattoli che vivono di solito in ambienti boschivi. Ma anche popolazioni di gracchi, ovvero di corvi anfibi che si riproducono preferibilmente nelle montagne che hanno ripidi precipizi e burroni riparati. C'era anche un gran numero di topi delle piramidi e topi d'acqua, che sono soliti fare la tana nei terreni umidi. Si stava ricostruendo una proiezione di come era stato l'ambiente nel corso dei millenni. Ero in grado di desumere che tipo di vegetazione c'era stata e quali animali vi avessero abitato. Ma il problema si è presentato quando ho cominciato a esaminare i resti degli orici, soprattutto i denti.»

«E cosa hai trovato?» chiese Lucchesi.

«Avevo davanti i denti di almeno tre esemplari diversi, due maschi e una femmina. Ma non erano denti usciti naturalmente dagli alvei, mostravano segni di estirpazione. Ed erano stati conservati. Mostravano inoltre, su di un lato, una patina più scura, come se fossero rimasti appoggiati contro una superficie ruvida» fece segno ad Alessandro di far scorrere le immagini. Vedemmo chiaramente la patina scura di cui parlava, ma anche dei fori ben levigati che attraversavano i denti da parte a parte, in posizione centrale.

«Poi mi sono resa conto che erano stati perforati artificialmente. Le dimensioni del buco variavano. Ma non solo, anche a un esame rudimentale appariva evidente che era diversa la tecnica usata nella perforazione. Erano stati forati con uno strumento aguzzo che aveva inciso la superficie da parte a parte. Lo stesso risultato che potremmo ottenere noi oggi con un percussore. Come tocco finale avevano ruotato uno strumento appuntito nel buco, come se avessero usato un trapano a mano. Erano fori ben distanziati, praticati con cura.»

«Non potevano essere segni di zanne, o di punte di lancia, o di un altro tipo di arma usata magari durante la caccia?» domandò Lucchesi.

«Ce lo siamo chiesti anche noi, e abbiamo scoperto che non è affatto facile forare un dente da parte a parte. Qui non si trattava di scalfitture, ma di fori regolari, ben levigati e situati in posizione centrale. Noi stessi abbiamo provato a realizzare lo stesso tipo di foro con strumenti moderni su denti di antilope, ma non ci siamo riusciti subito. Le prime volte i denti si spezzavano. Era chiaramente segno di una lavorazione accurata. Fatta da due mani diverse.»

«Scusa, ma come fai a dirlo?» insistette Tiziana.

«C'erano fondamentali differenze. La lavorazione dei denti dell'orice maschio si poteva distinguere per la precisione estrema della lavorazione, con un risultato liscio, levigato ed esteticamente ineccepibile, mentre gli altri denti, quelli della femmina, erano stati perforati da una persona meno esperta. Scartando la possibilità che il materiale fosse più fragile o gli attrezzi utilizzati fossero meno sofisticati, cosa impossibile, visto che si trattava dello stesso tipo di animale nel medesimo stato di conservazione, e che i solchi lasciati facevano presupporre che fosse stato utilizzato lo stesso tipo di strumento, rimaneva l'ipotesi che avessero preso parte al lavoro almeno due persone differenti, con diverse abilità, o forse più di una. L'artigiano che aveva perforato il dente dell'antilope maschio aveva usato un dente logoro forse appositamente raccolto e tenuto da parte, la cui qualità probabilmente era addirittura inferiore a quella dei denti dell'antilope femmina. Ma quello che più ci ha colpito è che nei fori era stato fatto passare un filo che aveva lasciato un solco profondo.»

«Una collana, allora, un pendente come nelle grotte in Iraq?»

«No, Tiziana, non era una collana. Il solco era più profondo sia da un lato che dall'altro. Logorato dall'usura. Questo poteva voler dire una sola cosa. Che il filo fosse stato ben stretto, ma da una parte sola. Comunque fossero stati utilizzati, quei denti non erano appesi in modo da oscillare liberamente come un ciondolo. Il solco lasciato dal filo indicava chiaramente che erano stati forati per essere poi fissati a un capo di vestiario come ornamento.»

«Un corredo funerario, allora?»

«Non c'erano tracce di ocra rossa. E quello non era un sito funerario, ma un luogo di socializzazione. Noi pensiamo che fosse un opificio, una fabbrica dove venivano creati oggetti ornamentali per la collettività. Ma continuavo a non spiegarmi come fosse possibile una tale diversità di lavorazione tra un foro e l'altro. Come se avessero agito due mani diverse. Così ho occupato i mesi successivi al mio rientro in Italia per studiare a fondo la questione. Non c'era altro modo che replicare lo stesso tipo di lavorazione su un materiale simile usando strumenti non moderni che fossero compatibili con l'epoca. Un po' come l'esperimento che è stato fatto con le piramidi.»

«Ma con le piramidi non ci sono riusciti.»

«No, infatti, e non ci siamo riusciti neanche noi. Mi sono rivolta a diversi laboratori specializzati nella lavorazione di bottoni e manufatti in osso. Si sono cimentati nella perforazione dei denti di antilope, che, anche se moderna, somiglia molto all'orice nella morfologia. Anche con attrezzi tutto sommato più moderni di quelli che potevano essere a disposizione dei primi ominidi all'epoca, gli ci sono volute diverse ore di lavoro per perforare un solo dente. E per i denti di femmina che sono ancora più piccoli l'operazione è stata ancora più difficile, perché continuavano a spezzarsi. Mi sento perciò di escludere che siano fori fatti a caso, o segni di zanne, o qualsiasi altra cosa si voglia sostenere, come ho sentito dire dai colleghi, tipo la punta di una freccia o qualche fantomatica trappola dentata.»

«Quindi pensi che siano frutto di una lavorazione artigianale. Ornamenti creati ad arte?»

«Esatto. Poiché durante la lavorazione i denti di antilope si sono fratturati più della metà delle volte, gli studiosi che ho consultato ne hanno dedotto che i creatori di questo ciondolo dovevano aver compreso alla perfezione la struttura della superficie ossea, considerato che erano riusciti a perforarla senza romperla. Un vero e proprio esempio di artigianato ripetuto nel tempo, visto che l'abilità sta tutta nell'individuare il punto migliore della superficie e poi nell'applicare proprio la pressione giusta, ma non di più. Un gioco di equilibrio tra le forze. Poiché non abbiamo trovato resti di sepoltura o tracce di ocra rossa, ne abbiamo dedotto che quei manufatti non rappresentassero un corredo funerario. Anche perché le circonferenze dei buchi erano allargate dall'uso, il capo di abbigliamento a cui erano stati assicurati era stato indossato a lungo. Erano ornamenti personali portati quotidianamente. Chiunque fossero gli abitanti di quel sito dovevano essere persone che apprezzavano questi oggetti dal punto di vista estetico o simbolico, e non soltanto per la loro funzione pratica. Si possono aprire tutti i dibattiti che si vuole, ma i reperti indicano questo.»

«Okay, ma cosa vi ha indotto a credere che si trattasse di due mani diverse?»

«L'incertezza della lavorazione di alcuni di questi manufatti rispetto agli altri suggerisce solo due ipotesi. O si trattava di un qualche tipo di apprendistato, in cui l'allievo produceva comunque articoli meno soddisfacenti, ma in tal caso queste prove di lavorazione non sarebbero mai state utilizzate per la loro funzione specifica, bensì solo come esercitazione pratica. Ci sarebbe stato un mucchio di denti forati male buttati da qualche parte, e solo quelli venuti meglio avrebbero avuto occasione di essere utilizzati per il loro scopo reale. Ma qui abbiamo invece prove evidenti che fossero stati indossati, portati tanto a lungo da creare il normale logorio dovuto all'uso.»

«Oppure?»

«Oppure si tratta di quello che è sempre stato ipotizzato, ma mai dimostrato. A un certo punto l'uomo di Neanderthal e il Sapiens si sono incontrati e, invece di ingaggiare una lotta senza quartiere per accaparrarsi il nuovo territorio della Mezzaluna Fertile, hanno convissuto e creato una società mista, dove ciascuna delle due popolazioni ha mutuato dall'altra usi, costumi e abilità. Sappiamo che tutti i primati superiori sono animali profondamente sociali, con la possibile eccezione degli oranghi.»

«Lucchesi? Questo è il tuo territorio.»

Lei fece un gran sospiro e si guardò intorno per un tempo incredibilmente lungo, fissando ognuno di noi come se si aspettasse di dover sostenere una lotta impari. Poi si rese conto che alla fine non poteva essere tanto grave. Era la sua specializzazione, quella, e se era riuscita a tenere testa a Romero poteva farcela con chiunque. La possibilità di apporre il proprio nome in calce a una pubblicazione scientifica spesso smuove qualsiasi ostacolo. Inclinò leggermente lo schermo del notebook rosa in modo che non le coprisse il viso, e cominciò a parlare.

«Dunque, sintetizzando molto, possiamo dire che gli ultimi ritrovamenti, compresi quelli su cui ha lavorato il professor Romero, hanno in qualche modo rivisto la storia sulle origini dell'uomo. Tutto ciò che era stato scritto prima sull'evoluzione, intensa come una linea diretta che avrebbe portato dalle prime scimmie arboricole all'Homo Sapiens attraverso una serie di sviluppi intermedi, è stato cancellato con un colpo di spugna. Che lo si voglia o no, non esiste più.»

Annuì soddisfatto, stava andando tutto nel migliore dei modi. Anche Lucchesi sapeva, come tutti noi, che finché facevano riferimento alle teorie già allora rivoluzionarie portate avanti da Romero contro il parere quasi unanime del mondo scientifico, nessuno poteva smentirci. Tantomeno lui. Il problema sarebbe stato il passo successivo, quello che forse ci avrebbe portato ancora oltre. Del resto anche Galileo aveva avuto i suoi bravi problemi nel portare avanti la teoria eliocentrica, senza considerare il processo per eresia e l'esilio. Ci erano voluti più di trecento anni perché la Pontificia Accademia delle Scienze riconoscesse gli errori commessi nell'osteggiare la sua tesi. Speravo che nel nostro caso la faccenda andasse un po' più per le spicce.

XXI

«Il fatto è che gli ultimi reperti hanno indicato chiaramente che gli ominidi esaminati, indipendentemente dalla classificazione in cui li si vuole far rientrare, avevano sviluppato una corporatura perfettamente adattata per la sopravvivenza nell'era glaciale. Questo è dimostrato da una complessa serie di misurazioni che sono frutto di decenni di studi e di osservazioni. Per dirla in breve, più ci si allontana dall'equatore, più la tibia si accorcia» fece indicando grosso modo la lunghezza con le mani. «Gli esseri umani che abitavano in Europa avevano invece una statura più adatta al clima tropicale. E fin qui siamo nel campo di modificazioni strutturali e morfologiche sviluppate esclusivamente per un adattamento al clima. Il fatto è però che a un certo punto le nuove specie identificate, sulla cui nomenclatura gli esperti non si sono ancora messi d'accordo, hanno cominciato a mostrare caratteristiche ibride. Non era più un Neanderthal, ma non era ancora un Sapiens. Aveva un mento a punta, come noi, e denti piccoli. Ma la mandibola era ancora a spazzaneve come nella popolazione *neanderthaliana*. La forma del cranio era moderna, ma la parte inferiore era bucherellata, una caratteristica genetica, questa, che finora è stata trovata solo nell'uomo di Neanderthal. Quindi, a dispetto di ogni altra evidenza o tesi precedente che si voglia o meno sostenere a spada tratta, e ignorando le relative diatribe accademiche, è chiaro che il mosaico di caratteristiche anatomiche indica che quando i Neanderthal e i Sapiens si incontrarono ci furono spesso incroci tra le due specie.» Ci guardò di nuovo uno per uno e concluse. «Che non sono andate a buon fine.»

Pronunciò l'ultima frase a voce stentorea, tanto che per un secondo nella Specola rimase l'eco. Potevamo anche fingere che non fosse così, eppure avevamo messo a segno sul tabellone un punto fondamentale. Ora si trattava di vedere se l'arbitro ce l'avrebbe annullato oppure no. Come che fosse, avevano appena fatto un fuoricampo. Ora si trattava di aggiudicarsi il Grande Slam.

XXII

«Quindi un'ibridazione c'è stata» disse Lucchesi, sedendosi a cavalcioni sul muretto del chiostro.

«Già. Così sembra, peccato che nessuno abbia mai trovato le prove. È come la prova del delitto, senza *habeas corpus* non hai niente.»

«Non mi pare. L'uomo di Denisova è stato classificato in base a un paio di denti. Se non è un volo pindarico, questo.»

«Ma lì hanno trovato prove genetiche.»

«E noi abbiamo trovato dei manufatti che indicano chiaramente la presenza di una società strutturata. Non mi pare tanto diverso.»

«Pensate che funzionerà?»

«Penso che abbia già funzionato.»

«Perché?»

«Ho visto muoversi una tenda alla finestra. Scommetto quello che vuoi che ci ha visto qui a bivaccare e ha fatto il giro passando dal loggione.»

«Dici che si è portato via una copia della relazione?»

«Dico che dev'essere rimasto incuriosito. Vuole sapere cosa abbiamo scoperto.»

«Ecco, quello vorrei saperlo anch'io.»

«Alla fine la questione è semplice. Nessuno lo sa davvero cosa sia successo. La genetica ci dice che nel DNA africano non si sono riscontrati segni rivelatori di incroci tra le due popolazioni. I reperti invece contraddicono questa versione, perché resti fossili di ominidi di varia classificazione mostrano caratteristiche di ambo le specie. Il che sta a dimostrare che in precedenza le due popolazioni si sono mescolate in misura significativa. Quindi, se è successo, non è accaduto in Africa.»

«Ovvio che no. Come è stato ipotizzato da più parti, la presunta migrazione fuori dall'Africa, comunque la si voglia chiamare, non è stato un evento sporadico e unilaterale, ma piuttosto un flusso migratorio costante. Le popolazioni, almeno alcune, hanno migrato dall'Africa al Medioriente, e poi vi hanno fatto ritorno portando con sé un bagaglio genetico diverso.»

«Ecco, questo mi convince di più. La teoria che i Neanderthal non si sono estinti, ma sono stati inglobati nell'Homo Sapiens con incroci ripetuti per centinaia di anni fino a che le caratteristiche tipiche si sono attenuate per poi scomparire, non mi è mai piaciuta molto.»

«E allora come te lo spieghi che, se le due popolazioni per un certo periodo sono coesistite, non è stato trovato alcun sito che contenga resti di entrambi? Quasi come se le due popolazioni si evitassero pur convivendo a tratti sullo stesso territorio.»

«Ma allora le risultanze genetiche? Sembra proprio che i Neanderthal si siano estinti senza contribuire significativamente al nostro *pool* genetico. È vero che gli ultimi studi parlano di una percentuale del quattro per cento, ma alla fine si tratta anche lì di una percentuale diluita. Parliamo di numeri che variano dal due al quattro per cento, troppo poco.»

«Mi pare chiaro. Da qualche parte, nella nostra linea evolutiva, qualcosa è successo. Dopotutto, per quanto possa a tratti sembrare che qualcuno dei nostri colleghi assomigli davvero a un Neanderthal, nulla di lui è sopravvissuto in noi, se non forse il gene mutante degli occhi azzurri, i capelli rossi e alcune utili caratteristiche dell'epidermide. Quindi perché non abbiamo un Neanderthal come vicino di banco a scuola?»

«Credo che non lo sapremo mai. Perché non ce ne andiamo tutti a casa, adesso? Ci penseremo domani.»

«Andiamo pure, ma io ho dimenticato di sopra l'alimentatore, passiamo a prenderlo.»

Salimmo di nuovo nell'Aula Specola, in cima alla fila c'era Lucchesi che sapeva dove aveva lasciato l'alimentatore del Mac, lo stava giusto infilando nella borsa quando si voltò per uscire e vide che stavamo fissando la lavagna. Si voltò anche lei e rimase a bocca aperta.

C'era scritto *1941*.

Ci sedemmo tutti quanti al nostro posto, sconsolati.

«Che diamine vuol dire *1941*? Cos'è, un rebus, una formula, una data?» cominciavo ad averne abbastanza di quello stupido gioco che ci si stava ritorcendo contro.

«Ovvio che è una data, 1941» fece Lucchesi, sempre convinta che i numeri fossero più affidabili delle persone.

«E che è successo nel 1941?» chiese Alex.

«Ma non lo so. Enrico Fermi ha vinto il Nobel, mi pare. Ma questo che c'entra?» fece eco Liegi.

«Lo so io cos'è successo. La beffa del secolo.»

Ci girammo di colpo verso la porta, dove c'era Colustri che stava sulla soglia già da un po'.

«Scusate l'invasione. Spero che non sia una riunione della loggia massonica dove per avere accesso dovrei indossare un cappello con la coda di leopardo» sorrideva a trentadue denti.

«Ma quale beffa?» chiese Lucchesi, che se non capiva le cose si impuntava come un cavallo.

«L'uomo di Pechino. La guerra.»

«Ma quale guerra? Se è scoppiata nel '39» vociò Alex.

Colustri sospirò. Afferrata la prima sedia a portata di mano, la mise davanti alla finestra, ci si sedette sopra a cavalcioni, posò le braccia incrociate sullo schienale e ci mise sopra il mento. Alessandro si alzò prudentemente per chiudere la porta, poi si spostò verso la lavagna e con le mani dietro la schiena cercò di cancellare la scritta 1941 che campeggiava in pole position tra la Pangea e la mappa sottostante dove avevamo tracciato il presunto passaggio tra l'Africa e la Penisola Arabica. Non so se Colustri l'avesse visto entrando, ma certamente ora seguì con lo sguardo Alex verso la lavagna e, prima che lui ci si mettesse davanti, fece in tempo a scorgere qualcosa.

«Così il passaggio tra la Somalia e la Penisola Arabica vi interessava davvero. Era da stanotte che mi chiedevo cosa aveste in mente andando in giro come esponenti dell'accademia dei vampiri, invece di seguire il richiamo imperioso degli istinti ormonali.»

«E chi ti ha detto che eravamo qui? Mica Romero, voglio sperare» chiesi preoccupato.

«Ma va', io con quel vecchio bestione non ci parlo. Ho chiesto in giro, e qualcuno mi ha detto che eravate stati visti sgattaiolare qui tutti in fila come i tre porcellini. Ops, i quattro porcellini, chiedo venia. Posso essere presentato alle signore?»

«Allora, alla tua destra c'è Clarissa Liegi, meglio nota come il Ciclone delle Antille, zoologa del Dipartimento di biologia e biotecnologia Charles Darwin di Roma. L'altro esemplare qui di fauno biondo invece è Tiziana Lucchesi, laurea con lode in scienze biologiche a Roma. È appena uscita vittoriosa da un combattimento con Ettore Romero.»

«Un'allieva del Lattanzi» fece lui, interessato. «Ci saranno stati fuochi d'artificio, allora, durante il *match*. A proposito, come hai fatto ad avere la meglio, piccola mia?»

Lo disse con una tale carica d'affetto che Lucchesi scoppiò a ridere.

«Ho una specializzazione in ecologia, evoluzione umana e storia naturale dei primati» rispose divertita.

«Ecco che si spiega tutto. Sai quale leve muovere quando un orango si batte il petto. I miei complimenti, cara. Ma ora torniamo al 1941» e stranamente non ci chiese perché quella data ci interessasse così tanto.

«Bene. Mi pare che la Seconda guerra mondiale sia scoppiata nel 1939. '15-'18 la Prima, '39-'45 la Seconda. La insegnano così a scuola, ci sarà mica qualche errore?»

«No, ma gli Stati Uniti sono entrati in guerra soltanto nel '41, dopo l'attacco a Pearl Harbor. Quello che il presidente Roosevelt chiamò *Il giorno dell'infamia*, il 7 dicembre 1941. Te l'ho detto prima, la grande beffa dell'uomo di Pechino.»

«Sarà... ma io ero rimasto alla truffa dell'uomo di Piltdown.»

«Anche quella è una storia niente male. La paleoantropologia è piena di storie avvincenti come un romanzo, e la cosa bella è che sono tutte vere. Ma ora limitiamoci a questa.»

«Correva l'anno 1923 quando i resti dell'uomo di Pechino vennero alla luce nella caverna di Zhoukoudian. Nell'ambiente accademico c'era fermento, ci si aspettava molto da quel sito, ma le operazioni di scavo furono interrotte dall'invasione della Cina da parte dei giapponesi, con le armate che arrivarono vicino a Pechino. Alla fine, per sicurezza, le squadre vennero fatte rimpatriare una a una, e già nel 1938 il posto fu affidato solo alle cure dei sorveglianti locali. Allora si pensò di trasferire, ma forse dovrei dire *trafugare*, i reperti. Dopotutto, Davidson Black era un medico militare canadese, poi finito a Pechino a fare il professore di neurologia e di anatomia. Lui di guerra qualcosa ne sapeva, così organizzò ogni cosa. I reperti accuratamente imballati dovevano essere imbarcati come bagaglio personale di un ufficiale americano sulla *President Harrison*. Il treno che doveva arrivare al porto partì da Pechino alle cinque di mattina del 5 dicembre 1941 e arrivò sulla costa il 7 dicembre. In perfetto orario per finire in mezzo alla catastrofe più grande della guerra. I giapponesi attaccarono a tradimento la flotta americana di stanza a Pearl Harbor.»

«Quindi il piano per l'evacuazione dei fossili andò a carte quarantotto?»

«È una buona definizione, Giulio. Sì. Il treno che trasportava i Marines e i loro bagagli fu intercettato dalle truppe giapponesi, la *President Harrison* fece in tempo a partire prima del bombardamento, ma non giunse mai a destinazione. L'equipaggio tentò di farlo affondare perché non cadesse in mano al nemico. I Marines finirono deportati nei campi di prigionia, il carico fu sequestrato, e dei resti fossili dell'uomo di Pechino non si seppe più nulla.» Prima di proseguire, gettò uno sguardo laterale verso la lavagna, dove Alessandro ormai si era scansato lasciando un alone di gesso lì dove aveva cancellato la scritta col polsino della giacca.

«A quanto vedo siete interessati al luogo più idoneo per l'ambita candidatura di Culla dell'Umanità. È un quesito alquanto intrigante, in effetti, su cui si sono dibattuti esperti da una parte all'altra dell'oceano senza mai giungere a una conclusione definitiva. Alcuni si stanno ancora rotolando nella tomba. Comunque sia, con la scoperta dei fossili di

Giava in Indonesia e il ritrovamento dell'uomo di Pechino si credeva che questo luogo fosse l'Asia. A quei tempi nessuno avrebbe mai pensato che potesse essere l'Africa il continente perduto. I grandi protagonisti delle scoperte asiatiche furono Dubois, anatomista e patologo dell'esercito olandese, e Black, medico militare e antropologo canadese. Sembra che allora soltanto l'esercito sapesse formare una classe medica decente, del resto se non servivano medici in guerra non vedo dove altro potessero servire.» Si schiarì la voce. «Scusate la digressione, ma questi particolari trascurabili mi colpiscono sempre. In ogni caso, Eugène Dubois non ne capiva moltissimo di ricerche. Scoprì quasi per caso i fossili nel 1891, parte di una scatola cranica e qualche dente che poi abbinò a un femore sinistro trovato chissà dove, di cui si servì in modo piuttosto arbitrario per dimostrare un'andatura bipede. L'arcata sopraccigliare era ancora sporgente e la scatola cranica di dimensioni ridotte. Tutto sommato, come anello di congiunzione poteva ancora andare. Di quello che aveva trovato Black, invece, sappiamo poco o niente, perché se l'è perso. E poi dicono che non è vero che i fossili dovrebbero restarsene a casa loro, anziché viaggiare come dame da un invito a un altro.»

«E quando allora le ricerche si spostarono in Africa?» chiesi interessato.

«Be', già nel 1929 Raymond Dart, antropologo, paleontologo e anatomista australiano, condusse una serie di esami su un fossile molto interessante trovato in una cava del Sudafrica, ma ebbe la sfortuna di pubblicare le sue conclusioni su "Nature" proprio in concomitanza con l'effetto onda della scoperta del cranio di Piltdown, che poi era un falso ma nessuno lo sapeva. Così venne deriso e vilipeso dall'intera comunità scientifica. Aveva trovato i resti di un bambino con un cervello simile a quello delle scimmie, ma con una dentatura e una stazione eretta che lo avvicinavano alla specie umana. Ma i suoi studi vennero ignorati per decenni. Poi fu la volta di Louis Leakey coi suoi ritrovamenti nella gola di Olduvai nella Rift Valley, a nord della Tanzania. A lui andò un po' meglio, anche perché era un colosso nel campo della paleantropologia, la sua fama bastava e avanzava per accreditare qualunque scoperta. Trovò diversi frammenti di un teschio, compresa una mandibola. Solo che anche qui i dati non tornavano, la capacità cranica era ancora troppo ridotta. E l'apparato masticatorio era sviluppato per un tipo di alimentazione a base di cibi vegetali duri. Entrambi avevano mancato in qualche modo l'anello mancante, scusate il gioco di parole. Ma avevano spostato il *focus* dall'Asia al continente africano. Raymond Dart e Louis Leakey insieme distrussero lo stereotipo che faceva dell'Asia la vera, unica e sola Culla dell'Umanità. Anche perché, diciamocelo, non era facile all'epoca spiegare all'opinione pubblica che non solo discendiamo tutti dalle scimmie, boccone già amaro da digerire, ma anche che arriviamo tutti quanti diretti dall'Africa, dopo secoli di colonialismo e chiacchiere sulla presunta superiorità razziale dell'uomo bianco.»

«Quindi nessuno aveva torto e tutti avevano ragione» disse Lucchesi meditabonda.

Colustri la squadrò con interesse.

«Già, proprio così. Anche perché la cosa è molto più complicata di così. Vedi, la questione della migrazione dall'Africa all'Asia è controversa. Perché alla fine i primi ominidi fuoriusciti dall'Africa sono arrivati in Asia e da lì hanno colonizzato tutto il mondo, e da loro siamo nati noi. Attualmente, per quanto ci è dato sapere, l'Homo Sapiens è l'unica specie vivente appartenente al genere Homo. Deriva dalla famiglia degli ominidi, contenuta a sua volta nel grande ordine dei primati. Il Sapiens è comparso in Africa orientale, ma è ormai sicuro che parte della specie iniziò un percorso di migrazione che, attraverso un corridoio mediorientale, la portò a colonizzare l'intero pianeta. E questi al momento sono gli unici dati certi di cui disponiamo.»

Pensai che fosse il caso di sbilanciarmi. Dopotutto ci stava dando un grosso aiuto, inserire un nome in più in calce alla relazione non sarebbe stato un problema per nessuno.

«Ecco, devo dire che quello che ci interessa in questo caso è proprio il concetto di migrazione e soprattutto il percorso.»

Liegi mi venne subito in soccorso.

«Giusto. Se ci venisse in mente di sostenere un'altra via

per il passaggio verso l'Africa, che non sia quella tradizionalmente riconosciuta, faremmo la fine di Dart, vilipesi, osteggiati e derisi?»

Ma a Lucchesi era rimasto un cassetto aperto. Lei era una pensatrice monotematica. Se le aprivi un cassetto, non potevi sperare di distogliere la sua attenzione, finché non l'aveva richiuso. In mezzo a quei lunghi capelli biondi legati in due codini, c'era un cervello a scompartimento stagno. E, poiché un cassetto era rimasto aperto, si rifiutava, come un cavallo che si impunta davanti all'ostacolo, di affrontare qualsiasi altro argomento fino a che non avesse terminato di svuotare, con la cieca diligenza di una casalinga compulsiva, tutto quanto ci fosse dentro.

«Sì, ma io non lo so che cosa è successo a Dart. Io credevo che una pubblicazione su "Nature", prima di essere accettata, venisse sottoposta al vaglio di una squadra di esperti, e che una volta avallate fossero inoppugnabili.»

Mi chiesi per un attimo cosa stesse pensando Romero, se era in ascolto, dei nostri ragionamenti. Se si stava divertendo a guardare i nostri contorcimenti.

Colustri invece cosa pensare lo sapeva benissimo.

«No, cara signorina, non diventano leggi scritte e intoccabili come le tavole di Mosè.»

«Io non dico questo» fece lei, «è ovvio che scoperte successive possono ribaltare tutto. Ma almeno allo stato dell'arte, le ultime pubblicazioni, fino a prova contraria, fanno testo eccome. Quindi perché Dart non fu creduto?».

«Si tratta di una domanda molto interessante. La storia della ricerca è costellata di casualità affascinanti. Permettete che vi racconti un paio di aneddoti. Voi oggi vivete in un altro mondo. All'epoca le notizie erano lente ad arrivare. Si lavorava spesso con frammenti di informazioni e ci si basava su geniali intuizioni e sullo spirito d'iniziativa del singolo. Nel secolo scorso un solo uomo poteva fare la differenza, se aveva l'idea giusta.»

Si alzò e si sedette sul bordo di uno dei tavoli, facendo in modo di guardarci tutti e tenendo alle sue spalle la lavagna.

«Quando nel 1929 Dart ricevette la cassa coi resti fossili rinvenuti nella cava di pietra di Taung, si stava vestendo con tanto di abito a coda e colletto rigido per fare da testimone al matrimonio di un suo carissimo amico. Quel giorno abbandonò i preparativi per la festa di nozze per andare in cerca di un piede di porco. Una volta riconosciuta l'importanza del reperto, propose con un saggio rivoluzionario pubblicato su "Nature" una famiglia zoologica completamente nuova, l'*Homo-simiadae*, meglio noto come *uomo-scimmia*. La classe dirigente scientifica era stata colta di sorpresa e molto risentita. Malgrado il viso relativamente verticale e i denti piccoli, che tendevano a far classificare l'esemplare come un pezzo della nostra scala evolutiva, quel reperto era ancora troppo scimmia e troppo poco uomo. Così gli altri scienziati si indignarono, sottolinearono la qualità ancora troppo scimmiesca del cranio, sostenendo che si trattava di un individuo ancora troppo giovane per poter individuare le caratteristiche portanti della specie. Anche in natura un bambino e un cucciolo di scimmia, dopotutto, si somigliano molto, pur appartenendo a specie diverse. Solo una settimana dopo le prime lodi, su "Nature" apparvero articoli che criticavano la tesi di Dart. Si scatenò una guerra senza precedenti: da una parte Dart con il suo studio sui reperti, e dall'altra una schiera di esperti che, da varie parti del mondo, sostenevano il contrario, ma senza mai aver analizzato i fossili né averli visti, se non in fotografia. E lo sapete anche voi com'erano le foto negli anni Trenta. Non avreste riconosciuto nemmeno vostra madre da una foto color seppia tutta sbiadita. La questione era che il cranio fasullo di Piltdown, di cui ancora si ignorava la natura goliardica, provava in maniera esemplare la teoria più accreditata al momento che prevedeva che, nella nostra scala evolutiva, le dimensioni del cervello fossero cresciute prima dell'adattamento della mandibola. Quindi i fossili di Dart, visto che presentavano caratteristiche esattamente contrarie, un cervello piccolo con denti quasi umani, non potevano semplicemente adattarsi allo schema, mentre l'uomo di Piltdown sì. Ci vollero quarant'anni prima che quell'eclatante falso, confezionato su misura, venisse riconosciuto come tale. L'autore della truffa, chiunque fosse, aveva assecondato le idee correnti, creando un reperto che dimostrasse la tesi che andava per la maggiore.» Si fermò guardandoci tutti, a turno, e fissando per un attimo, lo potrei giurare in tribunale, l'occhio della telecamera.

«Un errore in cui cadiamo tutti, prima o poi. Quello di forzare le evidenze perché si adattino alle teorie, invece di adattare le teorie ai fatti.»

Lucchesi annaspava.

«Io questa cosa non l'ho mai capita. Come hanno fatto degli scienziati a farsi ingannare da un falso?»

«Devo dire che era stato concepito parecchio bene. Usando pezzi di un cranio umano vecchio di poche migliaia di anni, montati su una mascella di orango invecchiata con procedimenti chimici. Anche i grossi denti erano stati limati per adattarli a un tipo di masticazione più umana.»

«Vuoi dire che si sono dati tutto questo da fare per uno scherzo?»

«Vedi, Giulio, io non penso che fosse proprio uno scherzo. Credo piuttosto che qualcuno abbia voluto creare ad arte delle prove che suffragassero una teoria. L'intera comunità scientifica ne era entusiasta perché dimostrava quello che tutti si aspettavano. Volevano che la storia dell'evoluzione andasse nella direzione che sembrava più accettabile, quella dell'evoluzione del cervello, che all'epoca era il Rubicone. La capacità cranica decretava l'inclusione o meno nella classificazione degli ominidi. A nessuno piaceva pensare che eravamo nati dalle scimmie, quindi prima ce ne discostavamo e meglio era.»

«Dunque non era una burla gigantesca, ma un falso colossale. Ora mi sento peggio.»

«Esatto. Che ha depistato per un bel pezzo gli studi sull'evoluzione. Il cranio di Piltdown all'epoca era conosciuto e universalmente accettato da più di dieci anni, quando apparvero sulla scena i reperti di Dart che dimostravano la condizione esattamente opposta: un cervello piccolo come quello di una scimmia associato a denti e mascelle decisamente umani. Non potevano essere entrambi diretti antenati dell'uomo perché o si era sviluppato prima il cervello oppure si erano sviluppati prima i denti. Le due teorie cozzavano, e gli esperti si limitavano a riconoscere solo quei reperti che si adattavano alla loro tesi, scartando gli altri. A costo di accreditare un falso.»

Fece una pausa guardando con attenzione le mappe disegnate sulla lavagna.

«Dovresti pulirla un po' meglio quella lavagna, Alex. È rimasta un po' sporca.» Poi gli fissò la manica. «Magari sarebbe meglio se usassi un cancellino.» Si alzò e prese a pulire la scritta lui stesso. «Dunque, vi interessa il corridoio mediorientale.»

Alessandro prese la palla al balzo, era quello il punto nodale. Se solo fossimo riusciti a portare Romero dalla nostra parte, senza necessariamente accreditare la teoria del Lattanzi. Dovevamo per forza inventarci una soluzione diversa.

«Ci interessa molto, sì. Perché, vedi, abbiamo trovato dei reperti interessanti che risalgono almeno a duecentomila anni fa. Noi pensiamo che su quel sito abbiano coesistito due diverse popolazioni. Una cosa che non è mai stata dimostrata finora, come hai detto tu ieri notte.»

Colustri lo fissò incuriosito.

«Niente ossa, suppongo. Altrimenti non avreste quelle facce lunghe. Cosa avete trovato, posso avere l'onore di saperlo, se giuro il silenzio e mi attengo alle regole della confraternita?»

Rispose Clarissa.

«Ossa di animali. Lavorate. Da due mani diverse, senza dubbio. Manufatti a scopo ornamentale. Dopo aver scartato l'ipotesi dell'apprendistato per tutta una serie di motivazioni, siamo convinti che fossero due diverse specie di ominidi, con diversi livelli evolutivi che collaboravano e condividevano lo stesso spazio nello stesso momento.»

Colustri fischiò ammirato.

«Perbacco. Sarebbe la scoperta del secolo. Nel vostro caso almeno non dovrete andare incontro alla riprovazione della comunità scientifica, tutte le risultanze finora vanno in quella direzione. Solo che nessuno ancora è mai stato in grado di dimostrarlo. Il vostro problema casomai è che non avete le prove, e che finora non è stato mai appurato se nella stessa nicchia ecologica due popolazioni possano convivere o meno. Giulio, tu come la vedi? Dopo tanti anni con Romero ormai dovresti sognarti ominidi che migrano anche di notte.»

«Sì, su un grosso ponte fatto di zanne di mammut incastrate tra di loro» risposi ridendo. «Comunque sia, le interpretazioni canoniche sostengono che, se una popolazione trova il territorio che sta colonizzando occupato da un'altra, tra le due risulta avvantaggiata quella più agguerrita, quella più forte, che può sottrarre con la forza le risorse migliori. Aggiudicarsi i migliori terreni di caccia, i migliori ricoveri, le migliori tecnologie. Soprattutto le tecnologie, che di solito vengono difese e non condivise, come fu poi per le corporazioni medioevali. La nostra ipotesi invece è che nel sito di Shibam sia successo invece qualcosa di diverso.»

Colustri fischiò di nuovo.

«Accidenti, sai che sarebbe grandioso dimostrare una simile teoria? Audace, forse suicida, ma maledettamente interessante. Qualcosa su cui ogni vecchio milodonte vorrebbe mettere i suoi denti a sciabola affilati.»

Alessandro mi guardò sconcertato. Sembrava che Colustri in qualche modo si fosse accorto della telecamera accesa, sembrava che sapesse che Romero era in ascolto. Anche quando lo aveva chiamato *vecchio bestione* pochi minuti prima.

«Secondo un parere più o meno concorde, ciò che ha sempre avvantaggiato i Sapiens sulla scala evolutiva è stato lo sviluppo più sofisticato del linguaggio, inteso non come semplice strumento di segnalazione verbale, ma piuttosto come un insieme complesso di segnali e codifiche tese a trasmettere nozioni e informazioni. Sappiamo per certo che l'Homo Sapiens era abbastanza evoluto e socializzato da organizzare battute di caccia, cosa che fino a prova contraria richiede uno scambio di informazioni e un coordinamento notevole. I cacciatori non possono sperare di acchiappare una preda che corre più veloce di loro se non pianificando strategie articolate. Che la spingessero verso una trappola, la isolassero dal gruppo o l'attirassero in una direzione per poi colpirla da un'altra, dovevano comunque essere in grado di comunicare tra loro. Dunque erano anche in grado di trasmettersi informazioni utili per la sopravvivenza. Dove crescevano le migliori radici commestibili, dove trovare riparo. Forse è stata la prima specie al mondo a collaborare condividendo le informazioni. Poi, certo, abbiamo scatenato due guerre mondiali e distrutto il pianeta, ma all'epoca eravamo pieni di buone intenzioni.»

«Sono contento che la pensi così» feci io. «Perché questo, secondo noi, risolve anche un altro problema. Ci si è sempre chiesti come mai per un lunghissimo periodo la tecnologia degli utensili del Neanderthal sia rimasta praticamente immutata, come dimostrato dai ritrovamenti effettuati in ogni angolo del mondo. Ma, se li avevano inventati loro, perché non sono stati in grado di rinnovarli, modificarli, migliorarli o perfezionarne altri? L'idea è che li abbiano in qualche modo ereditati. Qualcuno deve aver condiviso, sia pure per un breve tratto, parte del loro cammino evolutivo. I Neanderthal hanno mosso i loro passi con una popolazione più evoluta che ha spartito con loro cognizioni e tecnologie. Poi si sono separati, procedendo in due direzioni diverse. Se ne deduce che sapessero utilizzare quegli utensili ma non avessero l'immaginazione necessaria per rinnovarli. I siti dimostrano che la struttura dei loro arnesi rimase invariata anche molto tempo dopo la comparsa sul pianeta degli Homo Sapiens. Qualsiasi cambiamento dell'ultima ora nell'utensileria dei Neanderthal è stato chiaramente preso a prestito da qualcun altro.»

«Potresti aver ragione» fece lui di rimando, «anche perché pare che i Neanderthal in Francia scheggiassero le pietre nello stesso modo dei loro consimili in Russia, o in qualunque altra parte del mondo. Non è mai stata ritrovata alcuna evidenza di quelle differenze regionali osservate, invece, nei siti dei Sapiens, che di zona in zona mostravano comunque variazioni e utilizzi diversi, anche nell'impiego delle materie prime. L'Homo Sapiens non soltanto aveva scoperto come migliorare gli utensili, studiando, per esempio, una lancia che si potesse tirare anziché tenerla nel pugno per trafiggere, ma era stato anche così astuto da sperimentare l'uso di nuovi materiali per creare gli strumenti, come l'osso o le corna di cervo. Voi che tipo di ossa avete trovato, che sono state utilizzate come utensili?».

Rispose di nuovo Clarissa.

«Non utensili. Oggetti ornamentali. Orice comunque, una specie di antilope preistorica.»

«Scusami» fece Colustri, allargando le mani con le palme in fuori, «me l'avevi già detto. Oggetti ornamentali. Duecentomila anni fa. Un varco mediorientale mai scoperto prima. Direi che siete in odore di Nobel.»

«O di linciaggio, dipende da come si mettono le cose.»

«Si mettono bene, ragazzi miei. Si mettono benissimo. Bisogna avere il coraggio di osare. Direi che nel vostro caso la domanda è una sola.»

Proseguì, girando la lavagna.

«Che razza di animale dedica tanto tempo e tante energie per creare un oggetto superfluo dal punto di vista della sopravvivenza? Che razza di animale può apprezzare un oggetto solo per le sue qualità estetiche? Che razza di animale indossa un oggetto dal chiaro valore simbolico? Solo un animale intelligente, altamente sociale, con una struttura organizzata e tempo libero sufficiente per dedicarsi a un'attività non strettamente remunerativa dal punto di vista della produttività alimentare. È uno di quei casi in cui sono più importanti le domande delle risposte. Perché i Neanderthal pur beneficiando degli indiscutibili vantaggi, quando si sono fusi con una popolazione così evoluta, disposta a investire in tema di apprendistato e di trasmissione delle conoscenze, ne hanno beneficiato solo relativamente e poi, da soli, non sono stati in grado di sopravvivere, fino a giungere all'estinzione totale? È qui che dovete convogliare le vostre energie. Come mai *questo* non è diventato *questo*?» chiese mostrando il disegno sulla lavagna, dove aveva disegnato schematicamente un Neanderthal vestito da manager con tanto di ventiquattrore in mano e auricolare all'orecchio.

XXIII

Lo stavamo fissando in religioso silenzio. Lucchesi faceva disegnini sulla copia della sua relazione, ormai completamente inutile. Clarissa stava spargendo sui tavoli le foto formato gigante dei denti di orice forati, con frecce che evidenziavano il logorio causato dall'utilizzo.

«Mi fido di te, ragazza mia. Se dici che sono oggetti ornamentali, non ho motivo di metterlo in discussione. Così come sono altrettanto certo che disponete di datazioni indubbie. Ora l'unica cosa che vi rema contro è la tassonomia. Se due individui fanno parte della stessa specie, sono anche in grado di incrociarsi, almeno potenzialmente, e di generare una prole. Tutti i sistemi di classificazione moderna si basano su questo presupposto. Purtroppo per quanto riguarda la scala evolutiva degli ominidi, la questione è intrisa di complicazioni bizantine.»

«Già» sospirò Alessandro, «non possiamo dimostrare che il Sapiens e il Neanderthal si siano ibridati, se non facevano nemmeno parte della stessa specie».

«Vi posso aiutare io. È uno di quei campi in cui conta di più la rinomanza del ricercatore che non la fondatezza della nomenclatura. Anche perché una volta si tendeva a creare nuove classificazioni solo per rendere omaggio al finanziatore della campagna di scavi, senza preoccuparsi troppo del rapporto esistente con altre specie già identificate.»

«E perché non le hanno cambiate allora, se sono sbagliate?» disse quasi sottovoce Lucchesi.

«Il fatto è che nella letteratura specifica la nomenclatura è ormai talmente consolidata che ogni cambiamento porterebbe una confusione enorme anche sui libri di testo, e richiederebbe una serie di codicilli e spiegazioni troppo complicate.» Si fermò un attimo per riflettere col gessetto ancora in mano. «Questo vale anche per una serie di paletti e restrizioni posti per delimitare cosa potesse essere incluso nella categoria degli ominidi e cosa no. Uno dei parametri fondamentali è stato da un certo punto in poi il volume della scatola cranica» fece indicando con una penna la differente conformazione del cranio delle due specie sulla lavagna. «Se il cardine base dell'evoluzione è stato, secondo le teorie che vanno per la maggiore, l'espansione del cervello, allora la classificazione ha un senso. Gli esemplari giavanesi, per esempio, che si riteneva fossero i più antichi, avevano una capacità cranica di circa 860 centimetri cubici e furono archiviati sotto la classificazione dell'Homo Erectus. I fossili di Zhoukoudian avevano una capienza di 1.075, e vennero classificati come una sottospecie secondaria della stessa categoria, ma poi la questione non fu mai chiarita definitivamente nell'impossibilità di esaminarli, visto che andarono persi. I fossili di Neanderthal invece avevano un cervello grande quasi quanto il nostro, sui 1.400 centimetri cubici. Per quanto ne so io, se il parametro discriminante resta quello, potremmo benissimo far parte della medesima specie.» Poi si strinse nelle spalle. «Tutti i tentativi che sono stati fatti di far rientrare i dati finora disponibili in un unico diagramma che abbia senso e sia soprattutto definitivo rimangono appunto questo: solo dei tentativi. In fin dei conti nessuno di noi era presente» concluse, strofinandosi le mani e soffiando via la polvere di gesso. «Sarebbe comunque come commentare una partita di football senza averla mai vista. Il vero problema con le teorie è che spesso vengono convalidate in base all'autorevolezza della firma e non secondo l'affidabilità degli argomenti. Molte delle cosiddette prove scientifiche che siamo abituati a considerare come pietre miliari dell'evoluzione non sono state costruite sulla terra ferma ma su aleatorie sabbie mobili. C'è sempre qualcuno che vorrebbe riscrivere la storia e altri che invece vorrebbero conservare tutto com'è, anche se le nuove evidenze dimostrano che è sbagliato. È come salire a bordo di un treno che corre su binari amovibili che si spostano in base agli umori del momento.»

XXIV

«Grandioso» fece Alessandro, mentre Colustri si arrampicava di nuovo sul tavolo sedendosi di traverso in modo da non coprire la lavagna. «Partiamo da quello che sappiamo. Sappiamo che la datazione radiometrica si basa sul fatto che gli isotopi radioattivi si disintegrano a un ritmo costante producendo altri isotopi stabili non radioattivi, come nella trasformazione del *Potassio-40* in *Argo-40* stabile. Quando un vulcano erutta dalle profondità della terra viene espulso il magma sotto forma di lava o di cenere. L'intenso calore dell'eruzione rimette a zero il rapporto *40K/40Ar* perché tutto l'argo accumulatosi fino a quel momento viene liberato nell'atmosfera. Perciò la quantità di isotopi presenti nella roccia formatasi da antiche eruzioni vulcaniche viene considerata un fattore indicativo per determinare quanto tempo è trascorso dall'eruzione. Ci siamo fin qui?» chiese, soprattutto per vedere se eravamo tutti svegli. Ottenuto un assenso generale proseguì: «Secondo questo metodo di datazione, l'Homo Erectus viveva in Africa quasi due milioni di anni fa. La specie scomparve in un lasso di tempo compreso tra i cinquecentomila e i duecentocinquantamila anni fa, a seconda delle regioni. Ora, gli utensili in pietra comunemente associati all'Homo Erectus in Europa e in Africa sono raggruppati sotto il nome di *manufatti acheuleani*. Le più antiche località di cui si ha datazione sicura hanno circa

1,4 milioni di anni. Ma i manufatti non hanno niente a che vedere con gli oggetti ornamentali, dico bene?».

Clarissa dal suo posto fece di sì con la testa senza nemmeno alzarsi. Neanche Alessandro si scompose più di tanto, si limitò a guardarmi ammiccando. Poi disse: «Be', per risolvere questo problema io e Giulio avremmo sviluppato una teoria niente male una sera che eravamo all'Osteria dell'Orsa. Secondo noi, si tratta di un clamoroso errore di paternità».

Colustri drizzò le orecchie.

«Giulio, mi meraviglio di te, concepisci una teoria rivoluzionaria sotto i fumi dell'alcol e non mi dici niente? Dài, sentiamo. Sali un attimo in cattedra e raccontaci tutto.»

Sudavo freddo, Romero era un salutista accanito e detestava ogni genere di eccesso, fosse o meno alcolico. Ma dato che ormai la mia carriera era in bilico, tanto valeva giocare la partita fino in fondo.

«È presto detto. Secondo me, gli utensili di pietra dimostrano chiaramente che esisteva qualcuno» e calcai particolarmente sulla parola *qualcuno*, «una specie di ominide, anche se non sappiamo chi. Perché alla fine gli ominidi non sono mai stati tanto premurosi da morire tenendo in mano un'ascia. Sono gli oggetti di pietra a essere ingannevoli. Non muoiono mai e non scompaiono, perciò finiscono, in caso di necessità, per essere associati a ogni tipo di fossili. Hai trovato un'ascia rudimentale? Ebbene sarà stata costruita da quell'ominide che ha lasciato le sue ossa gentilmente lì vicino. Ma è un'associazione fatta a caso, perché mica esiste un metodo certo per determinarlo. E, se giochiamo onestamente al gioco delle statistiche e ci limitiamo a identificare l'artefice degli arnesi o dei manufatti secondo la tipologia di fossili ritrovati nelle vicinanze, allora il candidato più probabile» feci una pausa a effetto, «potrebbe essere l'antilope».

Alessandro riprese la parola, sempre più convinto.

«Questo perché le ossa degradano, mentre la pietra è eterna, e i siti spesso franano trascinando con sé gli utensili che si collocano accanto alle ossa fossili magari appartenenti ad altri strati, o viceversa. Sono quelle che chiamiamo intrusioni, e credetemi la faccenda dell'antilope non è un esempio tanto sbagliato quanto potrebbe sembrare. Alla fine il tentativo di attribuire la corretta paternità di manufatti e utensili rimane appunto un tentativo. Indovinare chi ha fatto cosa non è altro che questo. Una predizione a caso, sulle tante possibili alternative disponibili.»

«Interessante» osservò Clarissa. «Ma, scusami, alla fine non è quello che stiamo facendo anche noi? Attribuire dei manufatti a una qualche specie di ominide di cui però non abbiamo ritrovato nessun resto fossile?»

«Ma no, cara, ma no. Tutto il contrario. Voi non state attribuendo la paternità proprio a nessuno. Ossa non ne avete trovate, state soltanto sostenendo una teoria di tipo etologico. Qualcuno ha fatto qualcosa in un certo posto. Non sta a voi dire chi. Due specie di ominidi diversi si sono incontrati in Asia, si sono ibridati rotolandosi su balle di fieno alla maniera che si usava allora, e nessuna discendenza è sopravvissuta. Io direi che ci dobbiamo occupare di questo. È qui che dobbiamo incentrare il nostro *focus*. Perché non sono sopravvissuti? Dove hanno sbagliato?»

«Perché l'estinzione non dipende tanto dai meccanismi adattativi delle specie, quanto piuttosto dal comportamento tenuto dai singoli individui.»

Ci girammo tutti di scatto verso il MacBook di Lucchesi che pensavamo fosse spento. Jalal aveva ripristinato il collegamento. Tiziana si precipitò a sollevare il monitor facendo apparire l'immagine.

Io e Alessandro sapevamo da dove stesse leggendo, era la tesi di Romero, quella che era stata affossata dal Lattanzi e che Jalal aveva trovato rovistando negli archivi con la sua pirateria informatica. Ma cosa potevamo dire agli altri?

«Scusa, sarebbe a dire?» chiese Clarissa, vagamente infastidita. Quando non capiva qualcosa diventava intrattabile.

Jalal sorrise.

«Niente, sto leggendo da una tesi che ho trovato negli archivi. Sai che non ne capisco molto di antropologia, ma mi pareva calzante. Non credi?» rispose con un sorriso che da solo avrebbe illuminato tutto l'Occidente.

Se la stava cavando benissimo.

«A proposito, volevo rassicurarvi sullo stato di conservazione dei reperti. Mi hanno appena confermato che sono arrivati sani e salvi al Museo di Damasco.»

Clarissa saltò sulla sedia.

«Non sapevo che li avessi fatti spostare. Come mai?» aveva assunto un tono dolce, ora.

Ci preoccupammo anche noi.

«Non erano più al sicuro qui. Non preoccuparti ora, *darling*, è stata la scelta migliore. Lo sai anche tu, le università e i musei hanno strutture appositamente studiate con sistemi di sicurezza ad accesso controllato. Sono in una specie di camera blindata ora. Lì a Damasco hanno messo su una specie di bunker con le pareti così spesse da resistere a una granata, un sistema di luci controllato e aria condizionata in grado di mantenere costanti i livelli di temperatura e umidità. Sono al sicuro.»

«Eh... sono passati i tempi in cui i fossili venivano spensieratamente imbarcati per l'Europa o per gli Stati Uniti» intervenne Colustri. «Ci sono stati casi in cui sono rimasti fuori sede per decenni, finendo col diventare proprietà dell'università locale o del museo di turno. Ricordi ancestrali di primitive forme di usucapione. Ora, per fortuna, i reperti appartengono al Paese nel quale sono stati ritrovati, alla faccia della nazionalità dell'équipe che li ha individuati o del prestigio dei finanziatori. Piacere comunque, ragazzo mio. E attenzione laggiù con quelle bombe, non correre rischi inutili. Forse dovresti riparare a Damasco anche tu. Suppongo che quell'incantevole basamento di roccia lavica che intravedo alle tue spalle sia il posto del ritrovamento. Ma, dimmi, secondo te ci sono possibili rischi per la datazione dei reperti?»

Jalal scosse la testa, convinto.

«Ancor prima che arrivasse qui Clarissa, i colleghi della mia università mi avevano messo in guardia contro i rischi di un'errata datazione.» Fissò la telecamera con intenzione. «Pare che in passato, soprattutto tra voi, ci siano stati troppi archeologi che, pur di portare alla luce reperti promettenti, hanno lavorato con metodi rudimentali senza badare al contesto stratigrafico.»

Colustri si fece una grassa risata, battendosi la mano sulla coscia.

«Altro che se ci sono stati, c'è stato anche chi ha fatto scavare il sito con le ruspe, con i picconi, o con qualsiasi altro metodo purché funzionasse, compresi eminenti professori di geologia. A volte le prospettive di gloria offuscano il lume della ragione.»

Clarissa, che era stata sul posto, riprese da dove Jalal si era interrotto.

«In effetti è stata la nostra prima preoccupazione, quella. Perché spesso le caverne si formano per un processo di dissoluzione sotterranea. Ossa, sedimenti e altri detriti possono crollare al loro interno a seguito di frane. Questo potrebbe alterare considerevolmente lo stato del sito, perché in tal caso» cercò di spiegare muovendo le mani come se stesse disponendo strati di lasagne in una teglia, «i sedimenti non vanno a costituire uno strato piatto e sovrapposto, ma si crea una specie di gobba conica. Il materiale recente può rotolare lungo i fianchi e finire a terra, per confondersi con gli strati più bassi, oppure rimanere in cima in precario equilibrio per un certo periodo, per poi franare successivamente. A quel punto nessuno potrebbe più sapere con certezza a quale strato appartiene il reperto. Se il materiale più antico a un certo punto crolla, si ritrova di fatto allo stesso livello di quello più recente. Proprio per qucsto motivo l'importanza di una datazione corretta ci è parsa fondamentale. E alla fine abbiamo chiamato la squadra di Curtis e Swisher».

«Carl Swisher III e Gamiss Curtis? Allora non dico più una parola. Su, andiamo avanti.»

«Andiamo avanti, dove?» se ne uscì a dire inopinatamente Lucchesi. «A parlare di teorie senza specificare chiaramente la specie a cui vogliamo far riferimento?»

«Precisamente, mia cara, precisamente. Lasciate che vi spieghi un attimo come sono andate le cose.»

«Capisco che voi studiate questi argomenti sui libri e che prendete tutto come oro colato. È giusto che sia così. Ma per certi versi non c'è niente di più sbagliato. Ci sono state diatribe infinite sul parametro a cui si dovesse dare la preferenza per classificare gli ominidi sul giusto gradino della scala evolutiva. Ancora oggi non si è deciso nulla di definitivo. Conta di più lo sviluppo del cervello, l'andamento bipede o l'apparato masticatorio? Cos'è che rende una scimmia ancora una scimmia, o piuttosto un *quasi uomo*? Poi, a un certo punto, nei siti africani cominciarono a saltare fuori due specie diverse, che sembravano aver coabitato. Creature con uno sviluppo facciale più verticale rispetto a quello degli australopitechi avevano convissuto tra loro, erano entrambi portatori di una stazione eretta, eppure sembravano aver compiuto scelte evolutive diverse. Antropologi coraggiosi suggerirono che si trattasse di un'ibridazione, altri più autorevoli attribuirono la differenza a un dimorfismo sessuale.»

«Questo non torna a nostro vantaggio?» chiesi, senza esserne troppo sicuro.

«Devi capire che se si fosse accettata la tesi dell'ibridazione, molte, se non addirittura tutte, le classificazioni del passato avrebbero dovuto essere riscritte. A partire dal dettaglio non trascurabile che sembrava davvero che tutto fosse iniziato in Africa, e non più in Asia» disse, alzandosi per andare di nuovo a girare la lavagna. «A questo punto c'erano seri dubbi sul primato del cervello di grandi dimensioni nell'evoluzione dell'uomo, lasciando aperta la questione sulla natura del primo adattamento fondamentale degli ominidi. Il fatto è che quasi tutti i fossili ritrovati mostravano evidenti tracce anatomiche di stazione eretta. Ma l'implicita preferenza del mondo accademico per il cervello rispetto alle gambe rese più difficile il riconoscimento di quello che ormai era evidente.»

«E cosa era così evidente?» chiese Lucchesi, perplessa come al solito.

«Che spesso si presumeva che i primi ominidi avessero abitato determinate regioni, in Kenya piuttosto che in Tanzania, solo perché lì erano stati ritrovati degli utensili.»

«Quindi altri prima di noi si sono ritrovati nelle stesse condizioni? Con dei manufatti per le mani e nessun fossile a cui attribuirli?» chiese Clarissa.

«Sì, esatto. E, quando non c'erano paternità certe, venivano attribuite paternità improbabili, associando fossili che non appartenevano al medesimo livello stratigrafico.»

«Ma come è possibile? Stai parlando di esperti o di cercatori di fossili improvvisati?» chiese Alessandro, che sembrava ancora confuso.

«Vedo che non capite. All'epoca molte spedizioni erano vere e proprie avventure, pazzesche e scientificamente poco chiare. Spesso prevaleva l'opinione di chi era meno scienziato e più comunicatore, insomma vinceva colui che aveva le migliori possibilità di manipolare la rete degli accademici. Era più una faccenda da impresari che da scienziati. Aggiungete anche che allora l'età reale era del tutto sconosciuta, perché non c'era alcun modo per effettuare una datazione assoluta. Di solito si effettuavano stime approssimative sulla base della fauna associata. Capitava spesso che animali fossili di ere precedenti venissero abbinati con reperti di ominidi che in realtà erano stati sepolti in fosse quando l'uomo cominciò a effettuare i primi riti funerari. Se scavi una fossa profonda, finisci per forza in un livello stratigrafico diverso. C'era una gran confusione. Spedizioni sovvenzionate da privati che pagavano anno dopo anno salari, tende, attrezzature e mezzi di locomozione. Capitava che si scoprissero siti a giorni e giorni di distanza dal primo centro abitato e che archeologi partissero con le famiglie al seguito. Lavoravano in condizioni critiche. Si beveva acqua che sapeva di urina di rinoceronte, si costruivano strade e piste di atterraggio improvvisate, si facevano brutti incontri con animali feroci o con indigeni arrabbiati. Spesso si acquistavano dalla popolazione locale le stesse attrezzature o mezzi di locomozione anche due o tre volte di seguito. Perché sovente le dotazioni sparivano dal campo base e poi riapparivano come per miracolo sul mercato nero. Io stesso nel mio ultimo viaggio in Africa credo di aver comprato due o tre volte la stessa Land Rover.»

«Okay, va bene tutto, ma non puoi venirci a dire che tutte le classificazioni sono sbagliate e nessuno se ne è accorto o le ha volute correggere.»

Mi guardò come si guarda un alunno recalcitrante seduto all'ultimo banco.

«Ripeto che oggi viviamo in un mondo diverso. Se hai un problema, chiedi aiuto col cellulare e fai arrivare un elicottero. Allora non era così. Quando si vive tutti i giorni per mesi o anni in zone isolate, in mezzo al deserto, in mezzo a gente con la barba lunga che non si fa un bagno decente da settimane, si tende a considerare tutto relativo. È come far parte di una spedizione su Marte, parecchi parametri vanno soggetti a picchi di oscillazione, compresa la sanità mentale dei partecipanti.» Si fece una risata. «La tassonomia poi era una scienza ancora incerta, ma molto rigorosa e formale, si pretendeva che ogni nuova classificazione dovesse essere presentata con una minuziosa descrizione anatomica comprendente tutte le caratteristiche atte a definirla. Poiché nella scoperta dei fossili nessun esemplare è stato così cortese da morire accertandosi di poter trasmettere ai suoi scopritori un corredo scheletrico completo e perfettamente integro, spesso i pezzi semplicemente mancavano. Questo spinse i ricercatori, in un certo senso, a giocare sporco. Così si includevano nella descrizione frammenti presi a caso, una mandibola qui, un dente lì, un femore e alcuni frammenti di ossa craniche, senza avere la certezza che appartenessero a un unico individuo. Spesso le varie componenti non erano state ritrovate nemmeno vicine, né potevano essere ricollegate, perché i pezzi intermedi dello scheletro ancora non c'erano. Così si aveva un femore, ma senza il bacino, o le ossa della mano, ma senza l'arto superiore. Per alcune specie si è andati avanti per pura approssimazione, unendo una mandibola a un cranio a caso, utilizzando per le descrizioni anche denti di individui diversi trovati nelle vicinanze. Vi renderete conto che in queste condizioni non era facile andare molto addentro nella storia atavica dei nostri progenitori.»

Ernesto ci guardò tutti, uno a uno, per vedere se avessimo capito.

«Ma state attenti, perché adesso arriva la parte interessante. Più o meno quando si cominciò a pensare che non fosse più l'Asia ma l'Africa il luogo di nascita dell'umanità, si comprese anche un altro fattore fondamentale, che in realtà era sotto gli occhi di tutti e brillava per la sua assoluta evidenza. Il primo attributo dell'evoluzione umana non era stato un cervello di grandi dimensioni, ma piuttosto un adattamento dei meccanismi di locomozione e dell'apparato masticatorio. Dopo tutto agli albori della nostra razza, pensare non era tanto fondamentale per la sopravvivenza quanto nutrirsi e muoversi velocemente. Non conta quanto sei intelligente se finisci sbranato da un predatore.»

«O muori di inedia perché il cibo a cui sei abituato improvvisamente non è più disponibile» aggiunsi io, pensando alle migrazioni.

«Alla fine non ha tutti i torti» fece Alex. «Non credo che il sistema di analisi al radiocarbonio fosse in uso prima degli anni Quaranta. Penso di aver letto da qualche parte che tutti i siti archeologici, alla luce della nuova tecnica di datazione, dovrebbero essere spostati molto più avanti o molto più indietro.»

Colustri annuì soddisfatto.

«Vedete che così la posizione dei pezzi sulla scacchiera è destinata a spostarsi. Non si può giocare lealmente se le regole continuano a cambiare.»

«Tutti erano alla ricerca dell'anello mancante, del passaggio evolutivo che aveva trasformato in ominidi le scimmie antropomorfe. Ma molti mancarono l'anello di congiunzione perché vedevano solo quello che volevano vedere, ossia un cervello di grandi dimensioni. Più venivano alla luce fossili con caratteristiche dissonanti e più si cercava disperatamente di attribuirle a patologie ossee, o a dimorfismo sessuale.»

Alessandro mi guardò con aria interrogativa, come a chiedersi se avremmo potuto utilizzare la vecchia tesi di Romero per sostenere la nostra. Scossi la testa, perché ancora non lo sapevo. Ma certo più si andava avanti e più sembrava che l'argomentazione fosse calzante. Tanto che per un attimo mi venne il dubbio che anche Colustri l'avesse letta.

«Invece di chiedersi perché erano fatti in tal modo, si preferiva inventare delle storie. Erano così perché erano malati, erano diversi perché c'erano maschi e femmine con sviluppi diversi, erano così perché erano esemplari troppo giovani o troppo anziani. Tutte le spiegazioni erano buone pur di non porsi il quesito fondamentale. Non erano diversi. Eravamo noi che pensavamo in maniera diversa. Loro erano esattamente così. Noi volevamo trovare qualcosa di diverso. Molti degli errori dell'umanità sono stati fatti in questo modo. Del resto non c'è da meravigliarsi, visto che uno dei siti più interessanti al mondo, nella Rift Valley, è stato scoperto per caso da un entomologo che se ne correva naso all'aria cercando di acchiappare non so quale farfalla col suo retino, semplicemente cadendoci dentro.»

«Quindi vuoi dire che ogni volta che qualcuno trovava un esemplare discordante, col cervello troppo piccolo o con la dentatura troppo evoluta, si liquidava la faccenda con semplicità? Non era l'anello mancante, ma un ramo evolutivo poi estinto» chiesi ancora dubbioso.

«Certo. A nessuno veniva mai in mente l'evidenza, cioè che anche i rami evolutivi estinti, prima di finire da qualche parte, da qualche altra parte dovevano essere cominciati, e che gli anelli mancanti sono comunque stati inevitabilmente preceduti e seguiti da altri anelli. La disgrazia è che nessuno sapeva con certezza quanto fosse lunga questa catena, né se fosse davvero una sola.»

«Scommetto che quanto più era autorevole il nome di chi comandava la spedizione, più fosse facile far scivolare i tasselli evolutivi al posto che si voleva, non è vero?» chiese Lucchesi, mirando giusto al punto.

«Già, ragazza mia, la tua mente acuta marcia nella direzione corretta. Se nell'équipe di ricerca era presente un grosso nome della paleantropologia, spesso la sua personalità, la sua fama e il suo esuberante entusiasmo finivano per influenzare le conclusioni finali delle relazioni scientifiche. I membri che non erano d'accordo venivano messi in minoranza e le descrizioni dei fossili, che dovrebbero essere considerate prove scientifiche inoppugnabili, venivano alterate e manipolate per appoggiare e motivare adeguatamente la tesi preferenziale. Le evidenze anatomiche finivano per essere minimizzate in favore di altre considerazioni ipotetiche tutto sommato indimostrabili di tipo comportamentale.»

«In che senso *comportamentale*, non capisco» domandò Clarissa, che era abituata a pensare per misurazioni e parametri matematici, visto che lavorava su animali estinti.

«La mancanza di reperti completi spesso ha condotto i ricercatori a includere nel genere Homo anche fossili di dubbia natura, senza badare più di tanto alle evidenze anatomiche.»

«Vorresti dire che se ne sono infischiati dei fatti e hanno privilegiato l'interpretazione personale?» fece Clarissa sempre più scandalizzata.

«Più o meno sì. Quando non era possibile documentare la reale capacità cranica ci si basava sull'evidenza anatomica delle ossa della mano. Se le ossa della mano consentivano determinate abilità, allora se ne deduceva che il cervello doveva essere proporzionalmente adeguato. Viceversa, se il cervello era abbastanza sviluppato allora si dava per scontato che anche le abilità manipolatorie andassero di pari passo. Oppure semplicemente bastava l'andamento bipede per abbinare le risultanze fossili agli utensili di pietra trovati nei dintorni. Se l'essere in questione camminava in posizione eretta, allora aveva le mani libere e quindi era in grado di costruire gli attrezzi, quindi quegli utensili erano per forza i suoi. Nella maggior parte dei casi si trattava di interpretazioni un po' forzate, in altri invece si aveva a che fare con veri e propri voli pindarici azzardati e del tutto speculativi. Sarebbe come rovesciare la scacchiera a metà partita per poi disporre i pezzi secondo le convenienze del momento, o decidere lì per lì che il pedone può mangiare un cavallo o che l'alfiere invece di muoversi in diagonale possa mettersi a saltare gli ostacoli.»

Jalal emerse di nuovo dalle profondità del portatile di Lucchesi. Aveva davvero il talento di apparire al momento giusto, come il genio della lampada.

«A questo proposito ho giusto qui il seguito di quella relazione di cui vi dicevo, la volete sentire?»

«Ma questa relazione non parlava del dimorfismo sessuale usato come alibi troppo comodo per giustificare sbalzi evolutivi nella specie, quando si era al cospetto di esemplari che mostravano chiaramente tracce di ibridazione?» domandai, facendo finta di non sapere di quale relazione nello specifico stesse parlando.

«Proprio così. L'autore, chiunque fosse, è stato messo in minoranza dai suoi stessi mentori. Eppure a mio parere aveva centrato perfettamente la questione.»

Lo considerai con un certo rispetto, era riuscito a mettere in trappola Romero senza nemmeno citarlo direttamente, era una mossa elegante, degna di un popolo che, insomma, aveva inventato gli scacchi. Lui sorrise, come se fosse consapevole di aver ricevuto un tacito tributo, poi alzò con delicatezza la mano, e chiese attenzione.

«Allora posso leggere?»

Ottenne un consenso unanime, e cominciò a leggere fissando una piccola finestra che aveva aperto sul suo schermo.

«*Non si può costringere l'anatomia ad adeguarsi a una teoria preconcetta. Le ossa dei fossili sono quello che sono, si dovrebbe modificare la teoria, perché le idee di certo dovrebbero essere più flessibili delle ossa. Ribaltare la situazione significa trasformare la scienza in un gioco di prestigio. Dopotutto è il cervello a fare l'uomo.*»

Interruppe la lettura divertito.

«Devo dire che ha ragione, se perfino gli scienziati non sanno adoperare la testa correttamente, allora forse la stessa evoluzione non è stata altro che un colossale errore o, alla meno peggio, un gioco di prestigio finito male. Chiunque sia l'autore mi pare che abbia colto la questione in pieno. Anche gli evoluzionisti si sarebbero dovuti porre la stessa domanda. Conta di più adattarsi all'ambiente, nel nostro caso piegarsi alle interpretazioni canoniche anche se sono sbagliate, o fare un buon uso del proprio cervello?»

Continuava a sorprendermi. Aveva messo a segno un altro buon punto. Se davvero Romero ai tempi aveva anteposto la carriera alla verità, sacrificando le sue intuizioni brillanti per adeguarsi ai dettami istituzionali, non avrebbe fatto ora la stessa scelta, soprattutto adesso che il coltello dalla parte del manico ce l'aveva lui. Ora era lui il nome di spicco, quello che con la sua sola firma poteva avvallare qualsiasi teoria. Ma mi stavo distraendo, Jalal aveva ripreso a leggere senza darci il tempo di commentare.

«*Alla fine l'estinzione o la sopravvivenza di una determinata specie sono decretate dal comportamento. Sono le scelte effettuate, e non l'apparato biologico a fare la differenza. Anche perché se le dimensioni del cervello sono l'unico criterio possibile, allora una scimmia dentro il corpo di un animale di-*

venta, oltre una certa soglia, un uomo dentro una scimmia in attesa che anche il resto del corpo si adegui per allinearsi alle prestazioni richieste. Perché alla fine è quello che un animale è in grado di fare o di non fare a decretarne la sopravvivenza. Non basta che la mente riesca a concepire strategie, se non ha un corpo in grado di adeguarsi alle sue richieste. Sono le risorse fisiche limitate che spesso si scontrano con le esigenze richieste dall'ambiente circostante. E finiscono per soccombere.»

A questo punto successe l'inevitabile, le uniche due che non sapevano ancora a che relazione stesse facendo riferimento Jalal, perché sono certo che invece Colustri lo sapesse benissimo, cominciarono a chiedere quasi all'unisono di che caspita stessimo parlando.

«Sì, molto interessante, ma di quale relazione stiamo parlando? Non dico che voglio sapere chi l'ha scritta, per carità, ma almeno vorrei capirci qualcosa» chiese Lucchesi, sempre disturbata dai cassetti che le rimanevano aperti.

Clarissa fu più precisa. Voleva sapere se quelle informazioni, all'apparenza così utili alla nostra tesi, riguardassero o meno un caso specifico.

«Lo volevo chiedere anche io. Ma più che altro vorrei sapere su cosa verteva questa diversa interpretazione. Insomma, di base qual era il problema?»

Speravo che Jalal rispondesse nel migliore dei modi, perché noi non avremmo potuto intervenire, sarebbe stato come ammettere che avevamo nascosto scientemente delle informazioni. Io al suo posto non avrei rivelato né date, né fatti, né nomi. Lui fece quasi la stessa cosa. Innanzitutto si assicurò l'empatia dell'uditorio, cercando di dare un'identità allo sconosciuto autore.

«Fu una mossa temeraria per uno studente appena laureato che solo pochi anni prima aveva partecipato per un semestre appena alle campagne di scavo le cui risultanze ora stava contestando» disse sicuro, come se lo conoscesse di persona. Lasciò che la sua voce trasmettesse un tributo di ammirazione per tanto coraggio. Poi proseguì.

«Ma la bellezza di un'ipotesi, per quanto suggestiva possa essere, risiede nella sua verificabilità. Se si fosse potuto dimostrare che le cose erano andate così, sarebbe stata una svolta risolutiva, ma le prove allora disponibili furono interpretate diversamente, e la sua teoria, proprio perché incredibilmente rivoluzionaria, finì per essere invalidata.»

«Vuoi dire che c'erano modi diversi per interpretare le prove disponibili?» chiese Clarissa. «Sembra proprio il nostro caso. Ma di preciso, di cosa si trattava?»

«La disputa riguardava il ritrovamento di due specie simpatriche sullo stesso sito. Qualunque fosse l'epoca, erano stati ritrovati due crani diversi, contemporanei e simpatrici, queste condizioni da sole avrebbero dovuto escludere l'ipotesi competitiva» sottolineò Jalal. «Due crani: uno con un cervello piccolo e una cresta masticatoria enorme, l'altro con un grosso cervello e nessuna cresta. Due crani: una macchina per mangiare e una macchina per pensare. Entrambi sul medesimo orizzonte temporale.»

«Gli esperti avranno fatto di tutto allora per uscire da questa *impasse*» osservò Colustri.

«Esatto» assentì Jalal, «misero in dubbio la stratigrafia, cercarono di individuare un qualunque errore che permettesse alla loro teoria di sopravvivere, perché si sa che un'idea, soprattutto se è la tua, può essere più avvincente di un'amante.» E lo disse guardando verso Clarissa, che ebbe il buon gusto di arrossire. «Alla fine si arrivò a sdoganare una teoria in base alla quale le due specie erano state coinvolte in una partita di esclusione competitiva durata qualcosa come cinquanta generazioni. Oggi potremmo dire invece che era la prova inequivocabile della coesistenza di almeno due diverse tipologie di ominidi. Parlare di ibridazione invece sarebbe stato più corretto.»

«Quindi aveva ragione Davide ma vinse Golia?» feci io, visto che sapevo di cosa stavamo parlando.

«Eh sì. Erano teorie brillanti, ma furono affossate perché l'autore all'epoca non aveva ancora abbastanza risonanza. Vi posso dire che la sua firma compare sulla relazione finale, di fatto avvallando tesi completamente contrarie. Si è piegato alla maggioranza. La sua carriera ne ha ovviamente beneficiato, ma aveva ragione lui.»

«Direi di sì» disse Colustri, «quella era la prova meglio documentata dell'esatto contrario, due specie diverse potevano convivere nello stesso ecosistema e l'avevano anche fatto. Era un caso perfetto di non sostituzione, in assenza totale di una significativa competizione le due specie non si erano eliminate, non erano sopravvissute una a discapito dell'altra, ma si erano fuse, ibridandosi. Solo che poi si sono estinte entrambe.»

«Quindi ci sono stati dei precedenti. Altri hanno trovato prove di due specie che si sono incrociate con esiti infausti. E perché non ne abbiamo mai sentito parlare?» domandò Clarissa, drizzando le antenne.

«Sai, cara» rispose Colustri, «diceva Goethe che i fatti e le teorie sono spesso nemici naturali. Noi, in quanto esseri umani, siamo sicuramente animali portatori di cultura, e senza dubbio la cultura è un mezzo importante attraverso il quale ci adattiamo al nostro ambiente. Questo vale per lo sconosciuto autore che si è dovuto adattare per piegarsi alla maggioranza, traendone indubbi benefici. Vale anche per noi, che siamo qui riuniti a disquisire come presentare un'ipotesi rivoluzionaria senza subire condanne corporali pesanti, discriminazioni ed esilio forzato».

«Per quanto rimanga sconcertante l'idea di tante specie diverse di ominidi che se ne andavano in giro contemporaneamente, mi pare chiaro che sia ora di concepire modelli di analisi più complessi» concluse Jalal, chiudendo la finestra laterale con la relazione.

«Quindi» riassunse Clarissa, «già in passato sono state trovate le prove che due diverse specie sono coesistite. Ed erano frutto di due progetti evolutivi diversi, in cosa esattamente si differenziavano? Da quanto hai letto tu, una specie era sicuramente più carnivora mentre l'altra mostrava un impianto masticatorio dedito al consumo erbivoro o vegetariano. È l'unica spiegazione possibile, e sarebbe stato facile dimostrarlo con un esame microscopico, perché specie diverse consumano cibi in modo diverso. Chissà se era tutta qui la differenza. Che cosa li ha spinti a evolversi in due direzioni differenti? Perché con le ibridazioni alcune caratteristiche sono state soppresse e altre mantenute? Da dove si parte quando una specie compie un balzo evolutivo? Qual è il meccanismo che scatta? A quali pressioni risponde una simile scelta?».

«Direi a quelle dell'ecosistema» risposi io, ripensando alla presentazione studiata con Romero, che mostrava il cambiamento climatico e l'impoverimento delle risorse disponibili.

«Ma questa è una cosa che già sappiamo, l'uomo a un certo punto ha dovuto adattarsi al nuovo ambiente, scendere dagli alberi e acquisire un'andatura eretta» fece Clarissa seccata.

«Sì» concessi, «lo sappiamo. Ma qui abbiamo un'esperta sullo studio dei primati. È il suo territorio, sono certo che ci sono cose che pensiamo di conoscere, ma che in realtà non conosciamo. Il segreto sta tutto lì. Lucchesi, avanti, ti prego, illuminaci».

«Lieta di essere utile.» Tiziana Lucchesi si illuminò lei stessa. «Scusate se uso termini specifici, ma lo faccio volontariamente perché, vedete, se dico arto inferiore o arto posteriore non è per rendere tutto complicato, ma proprio per una questione di precisione. In anatomia l'arto superiore e l'arto inferiore sottolineano la continuità strutturale tra gli ominidi e gli altri animali. Non è che sia stata prevista una creazione speciale per gli uomini e una diversa per tutti gli altri appartenenti al resto del regno animale. Non ci sono sconti o esenzioni speciali nelle leggi della natura.» Si accertò che la stessimo seguendo prima di proseguire. «Da quel che sappiamo, i primi ominidi univano la posizione eretta a un'estrema agilità nell'arrampicarsi. Siamo in presenza di adattamenti che si sono sviluppati in uno stile di vita ancora arboricolo e poi trattenuti. Perché utili anche nelle attività terrestri. Poter avere le braccia libere è stato importante anche per favorire crescenti capacità manipolative. La questione è invece sapere se gli antichi ominidi erano completamente dediti alla posizione eretta o se combinavano questa capacità con l'abitudine ad arrampicarsi sugli alberi. Come vi ho già detto, in questo tipo di studio conta molto il rapporto tra la lunghezza dell'omero e quella del femore in un singolo individuo. Questo rapporto è anche un ottimo indicatore dello schema di locomozione. I primati chc si arrampicano sugli alberi hanno le braccia più lunghe delle gambe, mentre i bipedi e i primati che si spostano a balzi hanno le gambe più lunghe delle braccia. Gli umani terrestri invece hanno un rapporto del settanta per cento, mentre gli scimpanzé ce l'hanno del cento per cento o leggermente superiore, il che significa che braccia e gambe sono uguali. Il gibbone arboricolo invece ce l'ha del centotrentadue per cento. Ora, a nessuno verrebbe in mente di paragonare questa strana creatura con le lunghe braccia a un essere umano. Non basta l'andamento bipede per far entrare un esemplare nella categoria degli ominidi. Entrano in campo anche altri criteri, non ultimo il nostro sistema di locomozione bipede che è unico in tutto il mondo dei primati. Ma c'è un'altra differenza che contraddistingue l'uomo tra tutti i mammiferi viventi. Per dirla in breve, noi abbiamo il più lungo periodo di gestazione, di dipendenza della prole nell'infanzia, e della durata della fanciullezza. Siamo in assoluto la specie che impiega il tempo maggiore per diventare adulta. La vita dell'uomo è come un elastico, che però si tende per una lunghezza diversa rispetto ai primati. Alla fine il risultato è lo stesso, ma ci mettiamo più tempo. Nella nostra specie alcuni segmenti si sono allungati. I nostri piccoli non sono autonomi per un lungo tempo dopo la nascita, e nella preadolescenza i bambini reprimono la crescita, non si sviluppano altrettanto rapidamente come succede nelle altre specie del regno animale. Il nostro sviluppo risulta ritardato in questo periodo rispetto agli scimpanzé, ma compensiamo la differenza più tardi con una crescita accelerata che ci rimette in pari coi tempi.»

Al momento accogliemmo l'informazione con un cauto disinteresse, ma Tiziana parve molto soddisfatta di avercela fornita. Avevo già lavorato in passato con un collega così, un entomologo molto brillante, dotato di una capacità di concentrazione straordinaria. Era in grado di perdersi dietro alla soluzione di un problema per settimane intere, senza pensare ad altro, e non smetteva di lavorarci sopra se non aveva trovato l'informazione che gli serviva. Poi entrava nel mio ufficio trionfante e mi annunciava la soluzione. Come se la conversazione non si fosse mai interrotta, anche se erano passati giorni, settimane o perfino mesi. Io raramente sapevo di cosa stesse parlando, anzi spesso non ne avevo la minima idea, ma lui non ci badava e semplicemente riprendeva da dove ci eravamo interrotti, come se nel frattempo lo spazio-tempo si fosse fermato. Lucchesi era esattamente così, un motore Diesel che stentava a scaldarsi ma poi macinava chilometri senza necessità apparente di soste o interruzioni. Un carburatore eterno. Sospettavo che potesse andare avanti anche senza spinterogeno. Ma quanto meno era dotata di una logica stringente, il che in uno scienziato poteva fare la differenza.

«Noi, invece» intervenne Clarissa riferendosi a lei stessa e a Jalal, «ci siamo concentrati soprattutto sulla manualità. Volevamo cercare di capire meglio che tipo di abilità è richiesta per eseguire il tipo di lavorazione che ci interessa. Quali la foratura e la levigazione di materiali duri come le ossa o i denti».

«Abbiamo interpellato, so che non ci crederete mai» disse Jalal, «uno specialista di Medici Senza Frontiere che lavora solo sulla chirurgia della mano. Ci ha spiegato che per effettuare questo tipo di operazioni occorrono due tipi di abilità diverse. Occorre sia una presa di forza che una presa di precisione. La presa di forza, per intenderci, è quella che viene applicata a un cacciavite o a qualunque altro oggetto che si possa impugnare così, con le dita contro il palmo della mano, e sul quale si possa esercitare una certa forza» disse afferrando un sasso con una mano spingendolo contro il palmo aperto dell'altra. «Tutti i primati e molti altri mammiferi sono in grado anatomicamente di utilizzare questo tipo di presa. Una presa di precisione invece è tutta un altro tipo di questione. Si tratta di quella presa delicata che viene applicata con la punta delle dita a una matita, per esempio, o a uno strumento di cui comunque si voglia controllare con accuratezza il movimento. Usare uno scalpello o una punta per incidere, cucire degli indumenti con ago e filo, disegnare o dipingere.» Agitò davanti allo schermo una penna, poi l'afferrò e cominciò a scrivere idealmente qualcosa a mezz'aria. «Questo tipo di presa richiede un pollice opponibile che abbia alla base un'articolazione particolare che gli permetta di ruotare e, soprattutto, se il pollice è abbastanza lungo, di contrapporre il polpastrello del pollice a quello delle altre dita.» Mostrò il gesto con le mani, afferrando a più riprese una penna, uno scalpello, perfino una piuma. «Senza questa pressione contrapposta una presa di precisione è praticamente impossibile. E qui siamo su un tipo di acquisizione molto più specifico, tipicamente umano. Nessun altro esemplare appartenente alla razza dei primati possiede questa specializzazione prensile, indispensabile per la produzione e il corretto utilizzo di qualunque tipo di utensile. Gli scimpanzé e le altre scimmie hanno sì il pollice opponibile come noi, ma il loro è così corto che all'occorrenza devono impugnare gli oggetti tra il pollice e il lato del dito indice, in questo modo.» Mimò il gesto grossolano di impugnare una penna senza usare il pollice opponibile come punto di pressione opposta. «È come se si portasse un oggetto tenendolo tra le mani giunte, invece di afferrarlo saldamente. Pensate alle pinne delle foche. Si tratta di una presa incerta che implica movimenti goffi e imprecisi. Una sorta di abilità parziale che limita fortemente il corretto controllo degli utensili che vengono adoperati. Ora noi sappiamo di manufatti acheuleani in Israele che risalgono a più di un milione di anni fa, ma qui stiamo parlando di ben altro tipo di manualità. Un'abilità più specifica. Quindi, che cosa può avere indotto i primi ominidi a sviluppare questa caratteristica?»

Clarissa lo ringraziò con un cenno della testa graziosissimo. Se fossimo stati in una conferenza stampa avrebbe detto qualcosa come *la ringrazio per la domanda*. Abbassò lo sguardo sui suoi appunti e chiese la parola. Si alzò e si mise accanto alla lavagna.

«Parlavamo prima dei cambiamenti nel microclima e della necessità per i primi ominidi di adattarsi o perire. Ora una delle prime necessità per lo sviluppo di nuovi organi o abilità specifiche è di natura energetica. Il cervello ha un costo di gestione elevatissimo. Quindi per alimentarlo occorre una buona alimentazione. Se la vegetazione scarseggia, l'uomo deve scendere dagli alberi ma, se questo non basta ancora e frutta e verdura non sono più disponibili come prima, allora si deve fare una scelta. Passare dallo stato di erbivori a quello di carnivori. E noi sappiamo che questo è quello che è successo. Ora si tratta solo di sapere come.»

Fece una pausa e girò la lavagna tornando a mostrare il Neanderthal vestito da uomo d'affari.

«In natura si definisce carnivoro un animale che per nutrirsi fa assegnamento su una dieta composta essenzialmente di carne, mentre un erbivoro si nutre principalmente di vegetali di vario genere. Queste due tipologie differiscono comunque anche nelle tecniche che utilizzano per procacciarsi il cibo. Proprio perché il cibo di cui si nutrono possiede proprietà diverse. Ci ha fatto su uno studio il nostro Alessandro Campitelli, proprio per aiutarmi a capire meglio quali sforzi evolutivi fossero necessari. Alex?» Fece un gesto verso di lui, con una gentilezza che in lei era veramente rara, e gli fece posto vicino alla lavagna, andando a sedersi accanto a Colustri.

«Non vi dico i colleghi che ho dovuto scomodare per avere le informazioni necessarie» disse tutto giulivo, «ma il succo della situazione è questo. Le piante sono sprovvedute, sessili e sono dotate di meccanismi di difesa passivi come le spine, sostanze chimiche di gusto repellente, particelle non commestibili, o abitudini di crescita che le rendono inaccessibili o difficili da mangiare. Ma di fatto se cerchi di coglierle, non scappano via. In compenso però possiedono un contenuto di proteine piuttosto basso, con un'alta percentuale di fibre e per giunta una distribuzione in piccole unità. Si possono raccogliere le piante e consumarle solo per piccoli quantitativi alla volta, una foglia, un baccello, un frutto, un fiore, una radice. Per mettere insieme un bagaglio calorico sufficiente bisogna raccogliere molto e masticare molto per smaltire l'elevato consumo di fibre, cosa che richiede anche un apparato digerente specializzato in grado di scomporre la cellulosa e liberarne le proprietà nutritive. Pensate al panda che passa quasi tre quarti della sua vita a masticare».

Clarissa, dal suo posto, riprese la parola.

«Gli animali invece hanno abitudini completamente diverse. Se cerchi di catturarli scopri che sono circospetti e mobili, scappano via, usano meccanismi di difesa decisamente attivi perché sono in grado di morderti, di prenderti a calci, di aggredirti e perfino di trasformarsi da prede in predatori. Utilizzano strategie creative in quanto sono in grado di mimetizzarsi. Quindi sono molto più difficili da catturare, ma in compenso ogni singola unità di cibo, anche se si tratta di un topo o di uno scoiattolo di piccole dimensioni, è una montagna di calorie, con alto contenuto di calorie e una percentuale irrisoria di fibre.»

Si alzò e tornò alla lavagna, con Alessandro al suo fianco. Facevano una bella coppia quei due, peccato per la concorrenza araba. Proseguì spedita, lanciando uno sguardo interrogativo a Colustri, come se temesse di essere contraddetta su qualche punto.

«Si tratta, insomma, di due scelte di vita. Per un erbivoro la sfida è riuscire a digerire del cibo facilmente accessibile, per un carnivoro il problema è solo catturare la sua preda, tutto il resto è facile.»

«Ma richiede un adattamento specifico» intervenne Alessandro. «Occorre favorire almeno due attributi fondamentali. Il primo è la velocità massima di inseguimento. Più sei veloce, maggiori sono le possibilità di catturare la tua preda. L'altro fattore in gioco, ovviamente, è la socialità. In natura sono favoriti i cacciatori che agiscono in gruppo, come i leoni, le iene e i cani della prateria. I cacciatori solitari come il ghepardo o il leopardo, pur essendo più veloci, risultano penalizzati perché operano in solitario. Cooperare per bloccare un animale, darsi il cambio nella corsa, isolare la preda dal branco, attirarla in una trappola, sono tutte strategie efficaci di caccia. Da questo quadro emerge un'interessante evidenza. Tra i cambiamenti cruciali che avvengono in un erbivoro quando si evolve in un carnivoro ci dev'essere un adattamento comportamentale finalizzato alla socialità. Ma non solo per catturarlo, anche per gestire le fasi successive, perché una volta ottenuto il cibo bisogna elaborarlo.»

Riprese la parola Clarissa.

«I carnivori sono noti per i robusti canini che servono per afferrare, trattenere e uccidere la preda che si dibatte, e per i molari taglienti e appuntiti, detti appunto ferini. L'articolazione mandibolare tipica dei carnivori è molto stretta e favorisce un movimento a forbice, adatto alla triturazione.

Il predatore deve smembrare la carcassa della preda, è un tipo di lavoro ben diverso da quello richiesto per macinare o trinciare le fibre vegetali. Per ridurre in poltiglia le fibre occorrono denti larghi con rilievi alternati di smalto e dentina, che in pratica funzionano come una grattugia. Le mascelle degli erbivori agiscono secondo un movimento tipicamente rotatorio, accompagnato da frequenti spostamenti laterali, fate conto come quello di un cammello che sta ruminando, sono sicura che ce l'avete tutti presente. La carne è prontamente digeribile e ha bisogno di un intestino breve con una prevalenza di intestino tenue. La materia vegetale invece deve fermentare o in uno stomaco adibito a rumine, come nelle mucche, per intenderci, che hanno una camera di fermentazione vera e propria per poter scomporre gli alimenti vegetali, o in un intestino crasso molto lungo.»

«Alla fine» sintetizzò Alessandro, «il tutto si traduce anche in una questione di tempo. In pratica significa che un erbivoro impiega a nutrirsi più tempo di un carnivoro dello stesso peso. Per un ipotetico ominide, diventare un predatore significherebbe un guadagno di circa un terzo delle ore di luce sulla linea dell'equatore. Si troverebbe ad avere almeno quattro ore in più al giorno da dedicare al riposo, o alla socializzazione come fanno i carnivori che vivono in branco».

«E se fosse questa la chiave di volta che ha dato il via all'innovazione e alla creatività dell'Homo Sapiens?» fece a un tratto Colustri. «Forse bisogna avere una sostanziale quantità di tempo per socializzare e per manipolare oziosamente gli oggetti prima di sviluppare un vero linguaggio e inventare nuovi utensili.»

«D'altro canto» aggiunse Clarissa, «ci sarebbe anche la questione della teoria nota come piramide trofica» mi guardò con riprovazione, come se stesse soppesando la nostra capacità collettiva di comprendere basandosi sul parametro più basso. «Non penso di potervela spiegare perché è troppo complicata, ma in breve dice che in natura ci sono sempre meno predatori che prede. Dev'essere così, altrimenti i predatori resterebbero presto senza cibo. Ed è per questo che i predatori hanno un raggio territoriale molto più ampio delle loro prede. Analogamente ci sono meno erbivori che piante. Tutto ha un senso in natura, ed è per questo che non mangiamo hamburger di leone.»

La fissammo lievemente sconcertati per un secondo, poi all'unanimità, senza nemmeno consultarci, decidemmo di evitare qualsiasi obiezione, perché Clarissa aveva girato la lavagna e si era messa a tracciare degli insiemi racchiusi in cerchi, che dovevano rappresentare rispettivamente prede e predatori.

«Alla fine è tutto equamente bilanciato. Per questo ogni cambiamento ha un costo ben preciso all'interno di un ecosistema. A ogni erbivoro che si evolve in predatore, corrisponde un problema di densità. A meno che non sia presente sul territorio in una densità anomala, la specie in questione deve abbassare la propria densità in modo drammatico, se si vuole assicurare la sopravvivenza.» Clarissa fece una breve pausa riflessiva, poggiando per un attimo la mano col gessetto sulla guancia, poi riprese abbrivio, e cominciò a disegnare frecce che dagli insiemi puntavano all'esterno. Sulla guancia le rimase un delizioso sbuffo di gesso.

«Per ottenere questo risultato i mezzi a disposizione sono solo due: eliminare la maggior parte della popolazione, ossia meno individui sulla stessa superficie, oppure distribuire la popolazione su una zona più vasta, stesso numero di individui ma una superficie maggiore. Il che vuol dire migrare verso una zona geografica più vasta, o cacciare via parte del branco. Anche eliminare, in certi casi. Ma qui non stiamo parlando di genocidio, mi pare, ma di un lento processo di evoluzione, per cui, secondo noi, è andata così.» Clarissa fece cenno ad Alessandro perché proseguisse.

«C'è stato un concorso di circostanze che li ha indotti a far questo. Un adattamento fisico alla velocità con allungamento delle braccia e delle gambe, la necessità di creare utensili atti a tagliare la carne, la modificazione dell'apparato intestinale in favore di un processo digestivo molto più rapido con conseguente ottimizzazione del tempo dedicato all'alimentazione. Dunque,» provò a riassumere elencando i punti salienti sulla punta delle dita, «si sono trovati ad avere un fisico più performante, un'alimentazione migliore che li ha messi in grado di sostenere uno sforzo maggiore, e più tempo da dedicare alle attività sociali, comprese le ricognizioni di esplorazione e scoperta. Senza contare che in assenza di una vita di branco organizzata, non avrebbero potuto mettersi in viaggio verso nuovi territori. Servivano conoscenze tecnologiche per costruirsi o crearsi dei ripari durante i trasferimenti, e una buona strategia di comunicazione per potersi organizzare e difendere gli elementi più deboli del gruppo, che andavano comunque protetti».

Colustri intervenne dal suo posto.

«Noi sappiamo per certo che i primi utensili di pietra sono comparsi almeno due milioni e mezzo di anni fa. Punto uno. Punto due. Sappiamo che i primi australopitechi con un cervello più sviluppato sono comparsi dopo circa cinquecento anni. Se seguiamo il ragionamento di Clarissa, prima l'essere umano ha cambiato alimentazione, poi beneficiando dell'apporto di maggiori calorie ha potuto sviluppare un cervello di dimensioni maggiori che comunque in termini energetici ha un dispendio notevole. Poi, punto tre, sappiamo che ha risolto il problema della densità espandendo il proprio territorio, e questo è accaduto quando è uscito dall'Africa per colonizzare il resto del Vecchio Mondo, e sappiamo anche da dove è passato» fece convinto, facendo cenno ad Alessandro di indicare sulla lavagna la linea ideale di collegamento tra lo Yemen e le coste della Somalia. Passava in pieno sull'isola di Socotra, come se fosse l'unico pilone rimasto a sostenere le arcate di un passaggio che ormai si era chiuso, sommerso dall'oceano.

«In Israele sono stati trovati manufatti di almeno un milione di anni, è chiaro che l'uomo da quando è passato dall'Africa all'Asia deve aver attraversato tutta una serie di tappe evolutive. Due milioni e mezzo di anni fa era ancora una scimmia antropomorfa, due milioni di anni fa costruiva utensili di pietra, ancora un milione di anni ed era in Asia, a colonizzare un mondo, ma sempre con strumenti di pietra più o meno simili a quelli che si era lasciato alle spalle. Solo molto tempo dopo, duecentomila anni, secondo quanto hanno stimato i vostri esperti, era dedito ad attività sociali talmente evolute da contemplare non solo l'utilizzo di manufatti ornamentali, ma anche il tentativo di trasmettere conoscenze a una specie inferiore, forse dotata di un pollice opponibile non completamente sviluppato o comunque con un volume cranico insufficiente per poter gestire attività manipolatorie troppo sofisticate.»

«Che ve ne pare?»

«Facciamo mente locale» dissi io, «ignoriamo per il momento la nomenclatura attribuita alle varie specie, e procediamo per gradi. Basiamoci solo su quello che sappiamo. Sappiamo che i primi utensili di pietra erano in uso due milioni e mezzo di anni fa, secolo più secolo meno, e che una creatura, comunque la si voglia chiamare, con un grande cervello e la faccia da scimmia, è comparsa circa due milioni di anni fa, forse anche un po' meno, se con *un po'* vogliamo intendere un centinaio d'anni. Mi pare che qualcosa non quadri già qui. C'era sicuramente qualcun altro a popolare la Terra. Un'altra specie che ha seguito sicuramente un progetto evolutivo diverso, sono arrivati prima alla tecnologia di base, quella sufficiente per creare utensili, ma poi hanno sbagliato qualche altra cosa, visto che sono scomparsi».

«O sono partiti» fece Alessandro con aria serafica, contemplando il soffitto.

Gli concessi il punto. Dopotutto la questione era tutta lì. Se non trovi qualcuno, mica è detto che sia morto per forza, magari se ne è semplicemente andato. Mi passò per la mente la bizzarra immagine di un uomo primitivo coperto di pelli, con la clava assicurata alla coscia da lacci di cuoio, che caricava le sue cose su una slitta rudimentale composta di rami intrecciati, radunava il suo clan e dava il fischio di partenza per il magico Oriente, passando su una striscia di terra ora sommersa, che univa il corno d'Africa all'Arabia Felix. Magari le cose non erano andate proprio così, ma poteva anche essere.

Alex cominciò a guardare Lucchesi con insistenza, tutto sommato la grande esperta di primati era lei. Con le braccia conserte e il mento appoggiato sui polsi incrociati, Tiziana fece finta di non accorgersi di niente per quasi un minuto. Cominciava a somigliare alla moglie di Lot, appena trasformata in una statua di sale dopo aver abbandonato Sodoma che stava per essere distrutta. Sodoma, a conti fatti, si trovava nel distretto del Giordano, in una valle fertile dove *c'era acqua e molta buona erba per gli animali*. Che la Genesi alla fine, sotto larvate allusioni, stesse parlando proprio dell'evoluzione? A un tratto la statua di sale parlò.

«Negli australopitechi era riconoscibile nel cranio l'impronta del centro di Broca, possiamo dedurne, quindi, che sapevano parlare. Se sapevano esprimersi, anche in maniera rudimentale, erano sicuramente in grado di organizzare una migrazione verso terreni migliori, visto che la desertificazione stava loro sottraendo spazi vitali e» si bloccò un attimo come a richiedere l'assenso di Clarissa, «se vogliamo dar seguito alle indicazioni etologiche di Liegi, in condizioni di necessità, con risorse alimentari insufficienti, avevano solo due possibilità: o avrebbero ridotto le loro dimensioni, oppure si sarebbero espansi. L'ipotesi di una guerra territoriale mirata a ridurre il numero di individui in competizione per aggiudicarsi il migliore terreno di caccia o di raccolta, non mi convince. Secondo me, invece hanno seguito entrambe le direzioni, da una parte hanno tentato di ridurre le dimensioni del corpo, sappiamo che l'Homo Sapiens è molto più agile e con ossa più piccole rispetto a chi lo ha preceduto, dall'altra hanno comunque optato per un'espansione territoriale che, come predica sempre Lattanzi, non è una migrazione.»

Alex si affrettò a intromettersi, eravamo nel bel mezzo di un terreno minato. Tutto poteva esploderci intorno da un momento all'altro lasciando nell'aria solo il pulviscolo sottile delle nostre carriere andate in fumo.

«Fin qui il ragionamento mi pare che fili. Qualcuno è passato dalla Somalia allo Yemen quando le terre erano ancora emerse e ha colonizzato l'Oriente, e quando nella seconda migrazione, espansione, esodo, transumanza, espatrio, spostamento, o viaggio che dir si voglia, ci ha trovato già qualcuno che aveva effettuato il medesimo percorso ed era più avanti sulla strada dell'evoluzione. O meglio era proprio su una strada diversa.»

Lo fissai ammirato. Nemmeno a me sarebbe venuta in mente una strategia migliore. Invece di soffiare fuoco sulla disputa eterna tra il Lattanzi e Romero sulla migrazione dall'Africa all'Asia, o viceversa che fosse, perché era chiaro che il flusso a un certo punto era stato a due sensi, era sicuramente meglio ridurre la questione a una mera contesa semantica. In fondo che importanza hanno le parole? Quello che conta sono i concetti, le parole servono solo a dare forma al pensiero. Corace, Tisia e tutti gli altri sofisti sarebbero stati d'accordo con me. Lucchesi invece no.

«Sarà, ma io continuo a chiedermi come mai nessuno prima di noi sia giunto a questa conclusione. Delle due, una. O loro erano ciechi, o noi siamo solo visionari.»

Colustri la guardò con simpatia.

«Caro il mio Giulio, prendi appunti perché quello che sto per dire deve campeggiare nella vostra relazione a lettere di fuoco. Sapete, qui non conta tanto la realtà dei fatti ma la bontà delle argomentazioni. Perciò ascoltate. La fanciulla qui ha ragione. Dobbiamo prima spiegare agli ottusi perché non ci sono arrivati prima.»

«Scusa, non ho capito» obiettai, «vuoi inserire nella relazione tutte le possibili obiezioni prima che vengano sollevate?».

«Precisamente, ragazzo, *conosci il tuo nemico*. Sun Tzu, *L'arte della guerra*. Comincia a scrivere.»

XXV

«È spesso causa di un'incredibile confusione tentare di tracciare una filogenesi che rappresenti correttamente le relazioni evolutive tra tutta la miriade di specie emerse in anni di ricerche, soprattutto perché molti esemplari attribuiti a specie diverse sono fisicamente così simili che certo appartenevano alla stessa, di specie.»

«Questo lo abbiamo già detto» obiettai.

«Dammi retta, ragazzo, *repetita iuvant*. Scrivi anche che per tradizione fa testo il primo nome imposto nella tassonomia. Così, tra interpretazioni creative e attribuzioni errate, che però non si possono più modificare se no i padri fondatori si rivolterebbero nella tomba, risulta praticamente impossibile un vero e proprio approccio scientifico.»

«Devo scrivere questo nella relazione?» chiesi perplesso. «Che della scienza non ci si può fidare?»

«Certo che lo devi scrivere» rispose divertito, «è la pura verità. Però tra mille alberi filogenetici proposti, alla fine solo uno può essere quello esatto. Perfino le statistiche che tentano di comparare l'anatomia dei fossili con le misurazioni di specie viventi simili sono una forzatura. Materia ambigua prediletta in genere da chi non vede bene le forme ma capisce i numeri».

«Giusto» fece Alessandro. «Le statistiche prevedono sempre delle premesse sulla natura della realtà in esame, e se tali premesse sono errate possono distorcere i risultati di tutta una ricerca, trasformando un assunto in un paradosso insostenibile. A volte basterebbe affidarsi al buon senso e alle osservazioni empiriche.»

«Bravo, ragazzo. Se due esemplari sembrano diversi allora sono diversi, se sembrano uguali allora probabilmente lo sono davvero. E se noi ci siamo messi in testa che quel determinato esemplare fosse in grado di arrampicarsi sugli alberi, non possiamo fargli allungare le braccia se alle misurazioni risultano troppo corte. Così come se decidessimo che fosse in grado di pilotare un aeroplano, non potremmo fargli dilatare la scatola cranica perché possa contenere un cervello delle dimensioni adeguate per farlo.»

«Bene» sentimmo dire dalla voce esitante di Lucchesi, «dunque stiamo scrivendo una relazione in cui marchiamo implicitamente come incompetenti tutti quelli che ci hanno preceduto? Fantastico» concluse in tono truce.

«Ma no. Ci scriverò che in Sudafrica l'assenza di strati vulcanici ha reso inapplicabile la datazione col metodo del potassio/argo e, se fosse stato possibile farla, avrebbe spostato tutti i paletti di parecchie migliaia di anni in avanti o all'indietro. Non si può padroneggiare una scienza basata su una macchina del tempo impazzita che si sposta senza preavviso in avanti o all'indietro. Così, se non si può stabilire con sicurezza chi è esistito prima e chi dopo, non si può nemmeno stabilire se qualcuno davvero sia esistito in un tempo diverso dagli altri, perché potrebbero anche essere vissuti tutti nello stesso periodo. L'unica cosa chiara è che risulta estremamente improbabile che si possa mettere insieme una sola linea evolutiva senza diramazioni secondarie o esperimenti evolutivi non andati a buon fine. E di questo non possiamo farne una colpa a nessuno.»

«Perfetto» fece Clarissa «mi pare un buon compromesso. Anche perché noi siamo partiti dai dati che in questa scala evolutiva erano dissonanti. Sono state trovate almeno due razze con caratteristiche opposte. La razza più gracile presentava una scatola cranica più sferica, molari più piccoli, incisivi più grossi e una faccia più sporgente rispetto alla razza più robusta. Evidentemente seguiva una dieta più onnivora. Mentre la razza più robusta dai grossi denti seguiva una dieta vegetariana di qualità inferiore. I grossi denti e i possenti muscoli adibiti alla masticazione erano adattamenti legati alla frantumazione di una grande quantità di cibo fibroso di qualità scadente. Quindi direi che erano già svantaggiate in partenza.»

«Fin qui ci siamo» proseguii consultando gli appunti della sera prima. «Uno degli assiomi dell'ecologia dice che due specie strettamente imparentate tra loro non possono occupare la medesima nicchia ecologica nello stesso spazio, allo stesso tempo, e che se lo fanno, presto o tardi una delle due specie soccomberà nel confronto con l'altra. Di conseguenza, le specie meno adattate, quelle che la natura ritiene meno idonee alla sopravvivenza, correranno dritte verso l'estinzione. Ora sappiamo che una di queste specie aveva un sistema culturale molto sviluppato, tanto da poter aiutare la meno adattata. Ora la cultura potrebbe essere nata come meccanismo difensivo di sopravvivenza, ma una volta presente ha svelato una vasta gamma di risorse ambientali tale da giustificare il suo utilizzo per moltiplicare le risorse disponibili. E non solo a vantaggio del gruppo sociale di appartenenza.»

«Scusate» chiese Lucchesi, «stiamo forse parlando di un essere umano *altruista*? Lo stesso che sta per far scoppiare la Terza guerra mondiale e ha quasi distrutto il pianeta?».

«Evidentemente, alla fine l'evoluzione ha dato il peggio con noi, che ti devo dire? Ma eravamo partiti bene» risposi pensando ancora a Clarissa che scioglieva i capelli e divideva con me la branda militare.

«Va bene» concesse Tiziana «ma torniamo un attimo indietro».

A quanto pare le era rimasto un cassetto aperto. Si alzò e si sistemò davanti all'altra finestra. Alla fine eravamo rimasti seduti solo io e Colustri. Io che prendevo appunti e lui che se ne stava appollaiato sul tavolo a godersi lo spettacolo.

«Se il microclima è cambiato, l'uomo ha dovuto per forza adattarsi anche a un altro tipo di temperatura. Come altri mammiferi, esso si adatta all'ambiente in cui vive. Climi molto caldi e secchi richiedono un buon meccanismo di dispersione del calore, il problema è stato risolto allungando le membra. Membra lunghe e sottili aumentano la superficie corporea e contribuiscono a dissipare il calore attraverso il sudore. Se invece il clima è freddo, occorre favorire nell'evoluzione un meccanismo di tipo opposto, idoneo alla conservazione del calore. Quindi sono favoriti gli individui che hanno membra corte e tarchiate, con una superficie dermica minore rispetto al volume del corpo. Per ottenere misurazioni in questo senso di solito si usa l'indice brachiale, che è il rapporto tra il braccio e l'avambraccio, l'indice crurale che invece misura la lunghezza della coscia rapportata a quella della gamba» precisò sollevando un polpaccio infilato dentro a un calzettone da college americano rosso e blu che le arrivava fino al ginocchio. «Si hanno valori bassi se l'individuo è adattato al freddo, mentre in presenza di climi caldi le parti distali o periferiche tendono ad allungarsi. Lo stesso discorso vale per la pelliccia, che serve a proteggere l'epidermide dalle temperature troppo rigide; se invece siamo in presenza di un clima equatoriale la pigmentazione diventa molto scura per creare uno schermo contro i raggi solari.»

Si interruppe di nuovo e con un gesto molto elegante portò la punta dell'indice destro sulla punta del suo naso. Poiché non stava guidando e non aveva bisogno di un alcoltest, la guardammo vivamente preoccupati. In effetti era un po' che non mangiava, e forse era nel pieno di una crisi di astinenza. Magari chissà, tra poco sarebbe salita sulla sedia e si sarebbe messa a declamare una filastrocca infantile. Invece no, per strano che fosse continuava a seguire il filo logico dei suoi pensieri, che poi il filo in questione si dipanasse come quello di Arianna e il Minotauro, attraverso lunghi corridoi e finisse per attorcigliarsi su se stesso, non aveva molta importanza, se riuscivi a rimanerci appeso.

«I colleghi dell'Università del New Mexico hanno anche documentato la questione del naso su uno studio molto circostanziato pubblicato anni fa. Nessuno ebbe il coraggio di chiedere quale fosse questa spinosa questione, anche perché la paleoantropologia è talmente piena di dispute e contese che alla fine nessuno riesce più a seguire i battibecchi, e spesso le discussioni diventano infinite, al punto che non ci si ricorda più che cosa si stia contestando e con chi si stia litigando, meno che mai il perché.»

«Insomma, senza parlare di specie e di nomenclatura, è stato dimostrato che a un certo punto dell'evoluzione abbiamo conquistato un naso sporgente anziché incavato nella faccia come gli altri primati.»

La fissai entusiasmato, se quel bel visino armonico col naso proporzionato, la fronte ampia, il mento a punta e gli occhi azzurri era il risultato di quella lontana scelta evolutiva, non potevo che essere entusiasta del saggio operato di Madre Natura.

«Nei nostri antenati lo sbocco dell'apparato respiratorio attraverso le narici affondava nella superficie della faccia, noi invece abbiamo un naso sporgente che permette all'organismo di umidificare un volume d'aria maggiore, prima che questa raggiunga i polmoni. In questo modo nei climi caldi parte dell'umidità viene trattenuta e conservata durante l'espirazione. Trattenere l'umidità nella mucosa nasale è un miglioramento importante, che consente di espletare un maggior numero di attività ad alto dispendio energetico, correre, camminare, scavare, portare pesi, arrampicarsi sugli alberi. Man mano che il clima cambiava, l'organismo umano si è adattato: da iperartico, cioè idoneo alla sopravvivenza in climi rigidi, è diventato ipertropico, ossia coibentato per resistere al clima tropicale. Dal punto di vista biologico, le scelte evolutive compiute dalla razza umana sono stupefacenti. Da una parte si acquisiva un cervello sempre più grande, rispetto alle dimensioni del corpo, dall'altra si andava perfezionando la stazione eretta, che è un sistema di locomozione al momento unico al mondo. Noi siamo creature bipedi» sottolineò Lucchesi, alzandosi in piedi e cominciando a camminare avanti e indietro per l'aula con le braccia dietro la schiena e la testa bassa a fissarsi i piedi. «Ma non solo abbiamo un cervello sproporzionato rispetto al resto del corpo, mettiamo anche al mondo piccoli che sono ancora più sproporzionati, perché nei neonati il cranio, alla nascita, è più grande di tutto il resto del corpo. Queste due caratteristiche letteralmente fanno a pugni. Perché le esigenze fisiche e meccaniche di una posizione eretta efficiente sono direttamente opposte a quelle di partorire bambini con un cervello di grandi dimensioni. Diciamo che qui l'evoluzione ha fatto un tuffo doppio carpiato con avvitamento» disse mimando il gesto di una capriola con le mani a elica.

«Non ci vedo niente di strano» osservai con cautela. «L'evoluzione è sempre stata un compromesso tra esigenze contrastanti.»

«Lo dici tu, questo» mi rispose Clarissa. «Primo, perché sei un uomo, e certe cose non le capisci.»

Allargai le mani in un gesto di impotenza, sperando che Alex mi venisse in soccorso. Invece buttò benzina sul fuoco.

«E secondo?» chiese Alessandro, con l'aria più innocente del mondo.

«E secondo nei primati attuali non è detto che una scatola cranica adeguata corrisponda a un alto quoziente intellettivo. A volte le scatole più infiocchettate sono proprio quello che sembrano, involucri vuoti» replicò Clarissa, stavolta guardando direttamente lui. Ormai era guerra aperta, e prima che l'estinzione diretta ci colpisse, Lucchesi pensò che fosse il caso di intervenire.

«È normale che nessuno ci pensi» osservò allungando le gambe una dopo l'altra, mimando il passo dell'oca delle marce militari. «Per noi muoverci su due gambe è un fatto naturale, in realtà invece si tratta di un meccanismo davvero complesso. Per muoversi efficacemente bisogna ridurre al minimo lo spostamento del peso corporeo. Barcollare» disse, cominciando a dondolare come un babbuino, «può essere un'andatura adatta per un bimbo piccolo o se sei ubriaco, ma comporta una notevole dispersione di energia, perché, come vedete, va sprecata. Se ti muovi di lato, non vai in avanti. E se ci vai non procedi abbastanza velocemente. Gli animali a quattro zampe in genere hanno uno spostamento laterale minimo e, tra questi, le specie che affidano la loro sopravvivenza alla velocità hanno sviluppato un corpo lungo e stretto con le zampe di destra posizionate molto vicino a quelle di sinistra. L'essere umano, dovendo bilanciare un andamento bipede per sua stessa definizione piuttosto instabile, ha optato più o meno per la stessa scelta. Ma» concluse poggiandosi entrambe le mani sul bacino, «i fianchi stretti vanno benissimo, se lo scopo è muoversi con efficienza e dissipare velocemente il calore. Però non vanno assolutamente bene per lo sforzo evolutivo più importante» fece soddisfatta, mimando con le mani la circonferenza approssimativa di un grosso pompelmo. «La testa di un bambino qui non ci passa».

Nel dirlo abbassò le mani ancora chiuse a cerchio verso il basso. Io mi sentii arrossire e cercai disperatamente di darmi un contegno, sistemando le matite nel barattolo. Alessandro invece fece una faccia soddisfatta, come se avesse appena assistito alla dimostrazione di un teorema spiegata, come diceva Einstein, in un modo che anche una nonna potesse capire.

Non mi andava di passare per il solito bastian contrario, ma a me la questione non sembrava affatto chiara. Sarò stato anche un uomo, come diceva Clarissa, e forse non esiste colpa più grande, ma mi pareva che i bambini da lì ci passassero eccome, visto che eravamo tutti quanti venuti al mondo venendo da lì.

«Mi sta anche bene che dei piccoli col un cranio molto sviluppato abbiano difficoltà evidenti a passare in un canale pelvico più stretto della loro circonferenza. Questa è geometria, ma mi pare che la natura abbia fatto in modo che all'occorrenza questo canale si dilatasse. E poi alla fine non è un problema comune a tutti i mammiferi, questo?» chiesi disperato.

Clarissa fece spallucce come a dire che alla fine doveva pensare a tutto lei.

«Questo problema non insorge nei quadrupedi. Nessun quadrupede partorisce piccoli con un cervello così grande, non tanto almeno da creare difficoltà. Non ne hanno bisogno. Mentre nel nostro caso le pressioni selettive per produrre piccoli con un cervello di maggiori dimensioni sono state enormi. Tutta la sopravvivenza dell'uomo dipende dal cervello, accumulare cibo, evitare i predatori, gestire un tipo di locomozione complessa, cercare riparo, spostarsi per incontrare potenziali compagni sessuali, sono tutte attività essenziali per la sopravvivenza.»

«Esatto» annuì Lucchesi, «alla fine si è giunti a un compromesso. L'evoluzione ha optato per l'allargamento del canale pelvico. Le anche sono state divaricate diminuendo così in parte la precedente efficienza locomotoria. Ma se non si può partorire una prole che tramanda i geni alla generazione successiva, in termini evolutivi si è comunque morti. Però anche così, i fianchi erano ancora troppo stretti. Si è dovuti giungere a un altro compromesso. Il genere Homo ha fornito una soluzione clamorosa al problema, optando per una tattica che nessun'altra specie di mammifero utilizza. Dico bene?» fece rivolta a Clarissa.

«Sì, è corretto. Le specie animali hanno scelto due strade dissimili, entrambe funzionano perfettamente, ma sono comunque diverse da quella che abbiamo scelto noi.»

La fissai perplesso, qualcosa cominciavo a capire.

«La prima soluzione, detta *tardività*, consiste nel mettere al mondo numerosi piccoli molto immaturi contemporaneamente. Creando una figliata che deve essere tenuta in un nido o in una tana finché gli occhi o le orecchie dei piccoli non si aprano e gli arti non sviluppino un'adeguata coordinazione sufficiente a renderli autonomi. Il sistema alternativo è la *precocità*, che consiste nel mettere al mondo un unico piccolo ben sviluppato, che sia in grado di vedere, udire, correre e saltare quasi nel momento stesso della nascita.» Si fermò un attimo per trovare degli esempi di facile comprensione. «I gatti, con i loro cuccioli indifesi, sono un buon esempio di specie tardive. Mentre gli gnu o le zebre con i piccoli che seguono la mandria pochi minuti dopo il parto rappresentano le specie precoci. Ma volendo stabilire quale strategia segue l'uomo, ci si trova di fronte a un dilemma. I nostri piccoli non sono tardivi, perché nascono a occhi aperti, e tutti i loro organi sensori sono pienamente operativi. Ma d'altronde non sono nemmeno precoci, perché non sono affatto autonomi. Non possono camminare, né coordinare i movimenti, non sono capaci nemmeno di restare attaccati ai genitori, come fanno i piccoli degli scimpanzé. Di fatto siamo una razza tardiva secondaria, mettiamo al mondo piccoli precoci, per quanto riguarda lo sviluppo cerebrale e i sistemi sensori, ma pur sempre tardivi per quanto riguarda lo sviluppo incompleto del sistema motorio.»

«Perfetto» affermò Lucchesi entusiasta. «Rimane il fatto

che i neonati umani nascono completamente differenti da un esemplare adulto. Al momento della nascita non sono nemmeno capaci di assumere la particolare postura eretta che caratterizza la loro specie. Non potrebbero neanche volendo, non sono fisicamente equipaggiati per stare in piedi e camminare, le proporzioni delle loro membra devono ancora cambiare, la colonna vertebrale si deve modificare per sviluppare la tipica curva a *esse* che agisce da supporto e da ammortizzatore per la stazione eretta. È come se nel cucciolo di uomo tutto il percorso evolutivo si ripetesse ogni volta. Deve imparare prima a stare seduto, poi a gattonare, dopo a stare in equilibrio, e solo alla fine impara a camminare. In nessun'altra specie i neonati devono faticare così tanto per padroneggiare un'abilità così semplice come quella di muoversi come gli adulti. Mi pare che questo periodo di adattamento necessario basti da solo a dimostrare la maggiore difficoltà della locomozione bipede rispetto a quella di un quadrupede. Tanto per dire, gli uccelli precoci stanno in piedi su due zampe subito dopo la schiusa delle uova, e spesso volano già al primo tentativo. La stessa cosa vale anche per il linguaggio. Più è evoluto il sistema di comunicazione e meno i piccoli vengono al mondo dotati del necessario bagaglio linguistico che, anche questo, deve essere appreso in seguito. Così, pur essendo la specie sociale per definizione, i nostri piccoli nascono privi del linguaggio verbale e di quello gestuale.»

«In tutti i mammiferi» confermò Clarissa, «escluso l'uomo, il cervello cresce rapidamente mentre il feto è all'interno dell'utero. Poi, dopo la nascita, la velocità di crescita scende a un ritmo più lento. L'uomo è l'unica eccezione alla regola generale. Si è impadronito di uno straordinario trucco che mantiene costante il ritmo di crescita fetale del cervello per un anno intero dopo la nascita. In realtà sarebbe come se nel nostro caso la gestazione completa giungesse al termine dopo ventuno mesi. Nove dentro l'utero e dodici mesi fuori».

«Quindi veniamo al mondo troppo presto?»

«Temo di sì. Lo sviluppo del neonato non è completo, ma in questo modo la testa passa ancora attraverso il canale pelvico della madre. Il trucco è tutto qui.»

«Allora è durante il primo anno di vita che accade tutto il resto. Il cervello cresce, il corpo si modifica, si acquisisce la postura eretta e ci si impadronisce dei primi rudimenti del linguaggio» feci io.

«Sì, e questo dal punto di vista produttivo ha un peso enorme. Siamo in grado di nascere con un cervello che ha un volume inferiore di un terzo rispetto alle dimensioni definitive. E questa è un'altra ricorrenza nell'insolito schema di crescita dell'uomo. Prima resta allo stato fetale più di quanto dovrebbe, per far crescere il cervello, poi resta bambino più di quanto dovrebbe, per continuare a imparare, e infine è costretto a subire una drammatica accelerazione della crescita per raggiungere la maturità.»

«Ecco perché gli adolescenti sono tanto disturbati. Sarebbe strano il contrario» osservò Alessandro.

«Non solo. Tutto questo, in termini di spesa energetica, prevede ben altre implicazioni. La strategia di accrescere il cervello dopo la nascita esige degli *optionals* che in natura non esistono. L'alimento materno deve essere fidato e buono, il cervello per crescere deve avere un corpo ben nutrito con un corretto apporto di proteine. E la madre, per accudire dei piccoli incompleti e non del tutto autonomi, deve poter contare sulla protezione del branco. Serve una solida organizzazione sociale.»

«Va bene, fino a qui ci siamo. Ma noi sappiamo che la trasformazione del bacino era già in atto circa un milione e mezzo di anni fa. O per esigenze riproduttive, o per la termoregolazione era una soluzione che in qualche modo era già stata adottata. Poi però qualcosa è andato storto» intervenne Colustri, che parlava per la prima volta dopo molto tempo.

«Perché qualcosa è andato storto?» chiedemmo in coro.

«Perché i nostri antenati, la specie più recente che ci ha preceduto, avevano ancora un bacino eccezionalmente ampio. L'evoluzione si era interrotta, era tornata indietro. Qualcuno da qualche parte aveva riavvolto il nastro e mandato in onda due volte la stessa trasmissione. Hanno dovuto rifare tutto da capo.»

«Non troppo bene a quanto pare, visto che alla fine si

sono estinti e noi siamo rimasti. Devono aver sbagliato qualche cosa, o no?»

«E se invece fossimo noi ad aver sbagliato?» obiettò Lucchesi.

«In che senso?» chiesi.

«Loro non avevano bisogno di sviluppare un corpo lungo e sottile per dissipare il calore. Vivevano in un clima artico. Anzi, il loro bisogno più urgente era la conservazione del calore. Perciò erano di costituzione robusta e avevano il bacino largo.»

«Ma quando alla fine hanno deciso di spostarsi, hanno incontrato un altro essere che già era migrato a Oriente tempo prima, oltre a un clima diverso.»

«Sia pure. Ma anche così ci troviamo di fronte allo stesso risultato conseguito attraverso due scelte evolutive diverse. Uno aveva conservato un bacino molto largo e riusciva ancora a far nascere piccoli con un cranio ben sviluppato, forse anche più autonomi dei nostri. Il Sapiens invece aveva optato per una riproduzione tardiva, fianchi stretti e piccoli che venivano al mondo incompleti e dovevano essere protetti. Che cosa cambia?» ribatté lei con un tono ormai irritato.

«Be'... io direi che c'è anche un'altra differenza fondamentale. I Neanderthal avevano un cervello più grande dei Sapiens, che forse nella prole cresceva più lentamente del nostro perché venivano al mondo già formati. Però da adulti avevano comunque una capacità cranica maggiore, circa 1.420 centimetri cubici contro i 1.096 del Sapiens. Una bella differenza. Dove hanno sbagliato?»

«Vediamo» si fermò a ragionare Colustri. «Da una parte abbiamo qualcuno che era riuscito ad allevare una prole con i sensi pienamente attivi ma con capacità motorie ritardate. Questa scelta lo aveva costretto a risolvere subito il problema di un corretto approvvigionamento alimentare. Per far sviluppare un cervello in modalità extra-gestazionale occorrono molte proteine. E diventare un bravo cacciatore era il modo più ovvio per aumentare la quantità delle proteine disponibili. L'acquisizione di abitudini predatorie deve aver mutato in qualche modo il corso dell'evoluzione. Gli occorreva un contesto sociale organizzato per poter sorvegliare e proteggere la prole, che pretendeva un'enormità di cure. Ci doveva essere una sorta di organizzazione cooperativa che provvedeva alla cura dei piccoli, mentre gli altri si dedicavano alla caccia. Il cibo doveva essere abbondante e di buona qualità. E sempre disponibile. Questo torna col contesto sociale che ci interessa, mi pare.»

«Sì» replicai. «Ma tutto è successo quando le due specie si sono incontrate in Asia. Dopotutto già in passato archeologi temerari avevano suggerito l'ipotesi che il genere umano si fosse evoluto in Asia e non in Africa.»

«Esatto. E nessuno li ha smentiti, che io sappia» mi rispose Colustri.

«Smentiti forse no, ma resta il fatto che non sono stati trovati reperti o prove di un'occupazione umana in tutta l'Asia sudorientale, nessun frammento di ominide prima della grande migrazione fuori dall'Africa.»

«E invece?» chiese Lucchesi, che si era persa.

«E invece in Africa ci sono prove di insediamenti umani fino ad almeno due milioni di anni prima. Migliaia di frammenti contro niente» rispose Alessandro, allargando le braccia rassegnato.

«Va bene, potrei risponderti che non è stato trovato niente perché si era smesso di cercarlo lì» disse Colustri. «Ma proseguiamo pure, andiamo avanti. Che cosa implica questo? Che la tecnologia è stata ferma per due milioni di anni, l'uomo è stato fermo due milioni di anni, l'evoluzione è stata ferma due milioni di anni... E poi, improvvisamente, tutto ha cominciato a muoversi verso Oriente come i Re Magi?»

Quasi sobbalzai sulla sedia, la leggenda dei re Magi che arrivano a Gerusalemme proveniente dall'Oriente compare solo nel Vangelo di Matteo, tralasciando quelli apocrifi. Secondo una valenza simbolica i tre magi erano i rappresentanti delle tre razze umane allora esistenti, discendenti diretti dei tre figli di Noè: Sem, Cam e Jafet. A volte avevo l'inquietante sensazione che i testi sacri non fossero altro che insegnamenti simbolici che cercavano di rendere comprensibile il complesso disegno dell'evoluzione. Tre popoli esistevano in Oriente e si erano messi in viaggio simbolico verso Gerusalemme. E noi avevamo tre razze di ominidi che pure si erano messe in viaggio verso Oriente, sia pure in tempi diversi, e una sola era sopravvissuta. Il popolo eletto. Allora forse la Bibbia non parlava di scelte religiose, ma di scelte evolutive. Poteva essere uno spunto interessante, ma non era il caso di parlarne in quel momento. Cercai di riprendere le fila del discorso.

«Rimane il fatto che l'evoluzione ha cominciato a muoversi rapidamente dopo che, spinte dalle pressioni demografiche, alcune popolazioni di ominidi si sono sparpagliate fuori dall'Africa attraverso il Medioriente. Sarebbe uno sbaglio considerarla una migrazione volontaria. Si è trattata di un'espansione di tipo coloniale. Occorreva mantenere bassa la densità della popolazione, l'abbiamo già stabilito. Ma la tecnologia era rimasta la stessa per due milioni di anni. Uno strumento affilato in pietra utilizzato per tagliare la carne è, e rimane, una roccia affilata. Non venitemi a parlare di arte, o di utensili. Perché mi rifiuto di credere che una pietra impugnata a due mani sia uno strumento. Perfino le scimmie sono in grado di rompere le noci sbattendoci sopra un sasso. E scusate se è poco. Ma non siamo di fronte a un utensile. Poi questo popolo migra, viaggia, si sposta, fa quel che vi pare, e improvvisamente, appena arrivato di là, si illumina d'immenso e comincia a produrre strumenti più sofisticati? Non ci credo, nemmeno se mi dimostrate che il Mar Rosso si è aperto in due per farli passare.»

Alessandro mi fissava dubitativo, poi scosse la testa, e alla fine concordò con me.

«Devo dire che però non hai tutti i torti. A un certo punto da qualche parte dev'essere successo qualcosa. Lucchesi, quali sono i costi del passaggio a un'attività cerebrale intensa?»

Lo chiese come un marito chiede alla moglie quanto si è speso in famiglia per mangiare o per vestire i bambini. Spese necessarie, spese voluttuarie.

Lucchesi alzò le dita di una mano, come se volesse contare per davvero. Poi tornò a sedersi. Sistemò il Mac rosa, che, secondo lei, non era perfettamente allineato col bordo della scrivania, poi prese a fissare Alessandro, come se fosse in cerca di ispirazione. Doveva parlare di cervelli e guardava Alex, probabilmente pensava che il mio non fosse all'altezza.

«Il cervello è un organo costoso» disse, come se stesse soppesando se valesse la pena comprarne uno oppure no. «Il costo di gestione di un cervello, meglio noto come tasso metabolico basale, è di nove volte superiore a quello di una qualsiasi altra parte del corpo di pari peso. Noi, nello specifico, abbiamo un chilogrammo di cervello in più di quanto ci si aspetterebbe in un qualunque mammifero del medesimo peso corporeo.»

Mi fermai a pensare. Dunque la specie umana aveva speso davvero molto. Aveva scelto di investire tutto il suo patrimonio sullo sviluppo del cervello. Quando già cacciava, aveva già imparato a gestire i cambiamenti climatici, aveva già effettuato il passaggio da erbivoro a carnivoro, aveva già optato per una locomozione bipede. Tutte tappe essenziali per lo sviluppo umano, ma nessuna che fosse abbastanza importante da giustificare un improvviso balzo evolutivo. La chiave doveva essere lì, su questo campo ne sapevo abbastanza. Si trattava di vedere qualcosa che avevamo sotto il naso ma che per qualche motivo non riuscivamo a inquadrare. Provai a riassumere la questione.

«Sappiamo che per compensare l'aumento delle dimensioni cerebrali, un altro organo o tessuto avrebbe dovuto diminuire la propria superficie, altrimenti il bilancio metabolico non sarebbe mai stato in equilibrio e i corpi che lavorano costantemente in passivo avrebbero cessato di esistere.»

«Proprio così» confermò Lucchesi. «Considerando dimensioni ed esigenze metaboliche, salta subito all'occhio che, nell'essere umano, il tratto gastrointestinale è insolitamente breve per un primate di analoghe dimensioni. Questo compensa l'aumento delle dimensioni cerebrali. Per poter sviluppare un cervello più grande, gli ominidi dovevano avere una pancia più piccola.»

«Quindi il cervello si è evoluto contemporaneamente alle abitudini predatorie. Che altri cambiamenti sono stati necessari?»

«Parecchi» rispose Lucchesi. «Per poter camminare in posizione eretta è ovvio che le ossa principali della gamba e del piede dovevano adattarsi a quella postura. Ma non era sufficiente per garantire l'assetto corretto e un giusto equilibrio. Soprattutto durante la marcia e la corsa. Insomma, la si può mettere come si vuole, ma la posizione eretta è un modo troppo precario e difficoltoso per muoversi per il mondo. C'è una buona ragione per cui molti quadrupedi sono in grado di alzarsi e di muoversi pochi minuti dopo la nascita, mentre i neonati umani ci mettono un anno buono solo per accennare dei passi. Un quadrupede ha almeno due piedi per terra quando gli altri si spostano in avanti e invece un bipede quando muove avanti una gamba deve rimanere dritto su unico supporto, come una cicogna» fece, tornando in piedi per mettersi su una sola gamba. «Dal punto di vista meccanico, la posizione eretta è una risposta ridicola alle necessità di locomozione. È come se l'uomo fosse una mela in cima a una piramide. Oggi camminiamo in posizione eretta perché la curvatura della spina dorsale equilibra il peso corporeo mantenendo allineati verticalmente le spalle, i fianchi, le ginocchia e le caviglie. Senza questo assetto continueremmo a barcollare avanti e indietro. È presumibile che nel corso dell'evoluzione gruppi diversi abbiano risolto il problema diversamente.»

«Come il cavallo arabo di cui parlava Clarissa?»

«Più o meno.»

«Okay» dissi, «concentriamoci su quel che sappiamo riguardo alla nostra scelta. Vai avanti».

«Allora l'uomo era passato da avere sei vertebre lombari a cinque, con la curvatura della colonna vertebrale si era ottenuto una struttura più adatta a sopportare pesi e una maggiore resistenza del torso. Aveva le gambe lunghe e i fianchi stretti. Ma per qualunque tipo di locomozione è essenziale anche un altro componente, l'organo dell'equilibrio. Un organo cioè che provveda a mantenere la struttura bilanciata in qualsiasi posizione essa si trovi» spiegò Lucchesi, rimanendo su una gamba sola, sporgendosi in avanti e allargando entrambe le braccia come un'aquila in volo. «Ma non basta ancora. Si è dovuto sviluppare un importante riflesso oculare che associasse la vista al movimento. Perché il suolo, un ramo, o qualsiasi altra superficie sottostanti, mentre si cammina o si corre, o anche mentre ci si arrampica sugli alberi o su una parete rocciosa, devono poter essere percepiti con chiarezza.»

Ci fissò cercando di capire se avessimo afferrato il concetto. Decise di no, perché scosse la testa, seccata. Mise giù le braccia e la gamba, e afferrò un volume a caso dalla libreria alle sue spalle.

«Provate a fare un esperimento» disse, muovendo il volume aperto in un moto oscillatorio. «Se dondolate rapidamente un libro mentre lo state leggendo non siete più in grado di mettere a fuoco le parole. Le lettere si confondono in un miscuglio indecifrabile. Vero o no?»

Facemmo tutti la prova, ubbidienti. In effetti era impossibile leggere qualcosa, perfino scritto a stampatello. L'occhio vedeva, ma il cervello non elaborava. Ci squadrò visibilmente soddisfatta, come una maestra che dopo mille tentativi è finalmente riuscita a inculcare qualcosa nella testa dei suoi scolari.

«Ma, se invece tenete fermo il libro e vi limitate a scuotere la testa, vedrete che siete in grado di continuare a leggere senza grosse difficoltà» questa volta non si fermò per verificare se avevamo capito. «Questo perché mentre muovete la testa, il riflesso oculare invia dei segnali al cervello dicendogli esattamente dove gli occhi devono guardare. Solo così il cervello può interpretare correttamente le informazioni ricevute.»

«Naturalmente l'uomo primitivo non doveva leggere libri sulla metropolitana, ma aveva bisogno di sapere con certezza dove mettere i piedi, per poter correre, saltare e atterrare con rapidità. Se sei inseguito da un predatore o sei nel bel mezzo di una partita di caccia, non puoi fermarti a pensare dove devi mettere i piedi. Tutto deve avvenire in modo automatico. Perciò un significativo cambiamento nel sistema di locomozione deve aver richiesto un consistente adeguamento del sistema vestibolare, che per vostra informazione si trova nell'orecchio interno, dentro il cranio» specificò, toccandosi un lobo. «Una struttura che è stato possibile esaminare anche a livello fossile e che ha consentito di decretare l'andamento bipede anche in presenza del solo cranio. E io qui mi fermo perché sul resto del regno animale ne sa molto di più Clarissa Liegi.»

«C'è poco da dire, in effetti. Anche qui l'essere umano ha sviluppato un sistema unico nel suo genere. Le specie agili, molto rapide nel movimento, come i gibboni dalle lunghe braccia che si dondolano tra gli alberi o i tarsi dagli occhi rotondi che fanno rapidi balzi, hanno canali vestibolari molto più grandi delle specie arboricole o terrestri che si muovono con maggior lentezza. Noi che stiamo in piedi camminiamo e corriamo in posizione eretta con una frequenza mai eguagliata da nessun altro primate vivente, abbiamo sviluppato una configurazione unica, adatta più che altro a controllare movimenti su un piano verticale. Dalle risultanze fossili sappiamo che, chiunque fosse, l'essere che si è messo in viaggio verso l'Asia passando per il Medioriente possedeva un sistema di adattamento vestibolare sofisticato quasi quanto il nostro. Non c'era niente di scimmiesco nel suo andamento locomotorio, era a tutti gli effetti un perfetto bipede. Proprio come noi.»

La questione andava facendosi sempre più complessa, eppure a prima vista noi e le scimmie sembravano uguali. Ma a nessuno sarebbe mai venuto in mente di confondere un uomo con uno scimpanzé. Cos'era allora che aveva fatto la differenza? L'identità umana da cosa era data? Dall'andamento bipede perfetto, da un intestino accorciato, da un sistema vestibolare meglio adattato alla struttura verticale, da un cervello più grande? O da tutte queste cose messe insieme? In fin dei conti l'insieme è composto dai dettagli. Non si poteva ridurre tutto a quanto fosse grande il cervello, quanto ampia la mascella, quanto complessi gli utensili, quanto bipede l'andamento. Ci doveva essere dell'altro. Qualcosa che ancora mi sfuggiva. Qualcosa che indugiava sulla soglia della coscienza, una specie di intuizione che non riuscivo ancora a esprimere, ma che, al tempo stesso, non volevo ancora accantonare. Tornai alla carica con l'argomento che più mi stava a cuore.

«Insisto a dire che se i manufatti acheuleani erano così semplici e ripetitivi, è perché chi li aveva creati, semplicemente non era in grado di fare di meglio, ed è rimasto così incapace per due milioni di anni. Finché non si è messo in viaggio verso Oriente. E allora, di botto, è diventato un genio. Lo capite anche voi che non è possibile. Ci dev'essere un errore da qualche parte. Ci dev'essere per forza.»

«Forse ho io la soluzione» disse Clarissa all'improvviso. La guardai estasiato. Quella donna era come un prestigiatore, riusciva a tirar fuori i conigli dal cappello sempre al momento giusto. Ma quello che disse poi mi fece subito ricredere.

«Mi ricordo che Jalal mi ha parlato di una sua collega biologa che ora studia a Londra, che ha eseguito un esame comparativo sul midollo spinale di una serie di primati diversi. Ha una collezione davvero unica sulle misure di vertebre e midolli spinali. Mi ha detto che solo esaminando la colonna vertebrale di un primate si può descrivere esattamente cosa quell'esemplare potesse o non potesse fare. Come una specie di autopsia.»

La fissai con uno sguardo adorante, se avessi avuto una coda mi sarei messo ad agitarla con la lingua di fuori come un cane. Anche se poi il merito pareva fosse di Jalal, ero comunque in grado di sopportarlo, se ci avesse consentito di ottenere il risultato.

Alessandro mi capì al volo: se riuscivamo a trarre una qualunque conclusione basandoci sul metodo autoptico applicato sui fossili, di cui lui era stato il pioniere, Romero avrebbe firmato a occhi chiusi qualsiasi relazione ne fosse scaturita, anche tenendo una mano legata dietro alla schiena. Si mise subito in collegamento con Jalal, che era sempre di guardia al sito, ma questa volta aveva compagnia. Nella caverna, che ogni volta che la guardavo mi faceva sempre venire in mente Betlemme, c'erano due abitanti locali che, seduti sulle stuoie, masticavano *qāt* e si guardavano placidamente intorno, fissando nella telecamera incuriositi.

«Non vi preoccupate, sono parenti venuti a farmi compagnia. Qui abbiamo una rete di parentele piuttosto intricate, sanno che sto presidiando un sito archeologico importante e si sono offerti di darmi una mano. A nessuno piace vedere ignorate le proprie origini. E, anche se pensano che qui ci sono solo ossa di animali, capiscono comunque l'importanza di preservare la storia dei nostri antenati. Perché questo è il volere di Allah il misericordioso.»

Gli ospiti riconobbero la parola Allah e si prostrarono profondamente, distribuendo grandi sorrisi verso la telecamera, Jalal si strinse nelle spalle ma poi si inchinò anche lui. E lo fece in un modo maledettamente sensuale, guardando fisso verso di noi come se potesse, attraverso lo spazio e il tempo, inchinarsi direttamente davanti a Clarissa. Aveva la straordinaria capacità di farmi innervosire, per essere uno che nemmeno conoscevo. Ma ora ci serviva, così accantonai momentaneamente le sensazioni irrazionali e cercai di concentrarmi sui fatti. I fatti erano che Jalal, non so bene per quale motivo, era perfettamente in grado, anche dal fondo di una caverna, di collegarsi in rete e di attingere a piene mani alle ricerche della sua collega biologa. Poi, con un sorriso radioso, come se fosse la cosa più semplice del mondo, ci mostrò pagine e pagine di diagrammi scritti in arabo.

«Che informazioni vi servono?»

Mi strinsi nelle spalle, rassegnato. Ormai eravamo nel regno dell'irrazionale. Non era il mio territorio. Clarissa invece ci sguazzava.

«Jalal» disse col tono affettuoso che usano le donne quando stanno per espiantarti un rene solo perché gli serve, «ti ricordi quando mi hai detto che Maisa aveva scoperto che la differenza principale tra l'uomo e tutti gli altri primati era un'espansione del midollo spinale nella regione che controlla la base del collo, le braccia e il torace?».

Jalal fletté i muscoli sotto la stoffa leggera della camicia, poi sorrise a trentadue denti, mentre versava del miele dentro a una tazza di terracotta, che già conteneva del liquido fumante. Lo odiavo sempre di più.

«Certo che mi ricordo, *habibti.*»

Guardai Clarissa contrariato. Avevo capito chi fosse Maisa, ma ora chi fosse *Habibti* proprio mi sfuggiva.

Lei ebbe il pudore di arrossire, abbassò gli occhi e fece la vaga.

«Vuol dire... niente. Niente più che una forma di cortesia.»

Alessandro sogghignava, gli arabi ridevano divertiti e io ero incazzato come un cammello senza acqua nel deserto.

Jalal invece leggeva.

«*Queste cellule nervose in più controllano i muscoli in-*

tercostali e addominali del torace. Gli intercostali aiutano la gabbia toracica a lavorare nella respirazione come un'unità coordinata, in modo che tutte le costole insieme si sollevino e si abbassino, si muovano verso l'interno e verso l'esterno. Servono per coordinare e controllare con precisione l'inspirazione e l'espirazione. I muscoli addominali hanno l'analogo compito di mantenere l'integrità della parete toracica durante la respirazione. Poiché i neonati hanno un petto minuscolo, durante la respirazione utilizzano i muscoli addominali più degli intercostali. Anche i cantanti professionisti respirano con l'addome per aumentare la capacità polmonare. Il che ha benèfici effetti sulla produzione del suono.»

Clarissa si bloccò a metà di un gesto, come fulminata. Poi cominciò ad annaspare. Io ero preoccupatissimo, Jalal invece la guardava come se avesse appena visto passare una stella cometa. Nonostante la telecamera e la distanza siderale, aveva capito prima di me.

«Ci sono... ci sono! Ci siamo! Ecco cosa non mi ricordavo» fece Clarissa, concitata. Poi cominciò a spiegarsi. «Nei mammiferi la laringe può assumere due posizioni. Una permette l'uso completo del linguaggio e l'altra un uso limitato. Questa seconda disposizione è nella parte alta della gola e permette all'animale di respirare e inghiottire allo stesso tempo, evitando così il rischio di soffocamenti. E questo è un indubbio vantaggio per la sopravvivenza, però lascia poco spazio alla laringe, che in quella posizione finisce per comprimere le corde vocali limitando la produzione dei suoni. Perché la gamma tonale sia completa, la laringe deve trovarsi invece in fondo alla gola dove ha spazio per espandersi. Anche qui l'evoluzione dell'essere umano ha seguito una strada diversa. Nei primi due anni di vita la nostra laringe è posizionata in alto, in modo da permettere ai neonati di poppare con efficienza, senza morire soffocati. In seguito scende fino a raggiungere la posizione definitiva all'età di circa quattordici anni. Per questo la voce degli adolescenti a un certo punto cambia. Il cranio dei cuccioli di mammiferi ha la base piatta sulla parte posteriore, mentre negli adulti umani il teschio è svasato per fare spazio alla laringe durante l'abbassamento. Per cui dai fossili si può stabilire se gli esemplari in questione avessero o meno la padronanza del linguaggio.»

«Ma non basta l'area di Broca per determinare questo?» chiesi perplesso.

«L'area di Broca è associata alla produzione dei suoni, si trova sul lato sinistro del cervello. Ma nella parte anteriore, invece, circa qui, all'altezza della tempia» fece toccandosi la tempia col dito, «si trova il vero centro dedicato alla produzione del linguaggio. Perché comunque suono e linguaggio sono due cose diverse. Serve comunque anche l'*area di Wernicke*, che è deputata a codificare e decodificare i suoni che vengono percepiti. Senza questa funzione non saremmo in grado di comprendere quello che ascoltiamo né di assemblare una risposta decente. Un fascio di nervi connette l'area di Broca a quella di Wenricke e controlla i muscoli che muovono le labbra, la lingua, la mandibola e le corde vocali. Controlla tutta la meccanica del linguaggio, tra cui i movimenti di labbra e lingua, e le vibrazioni delle corde vocali. Maisa ha fatto un lavoro splendido».

«Dunque la differenza sarebbe tutta qui? I primi ominidi sapevano emettere dei suoni, ma non possedevano un linguaggio?» Mi pareva ancora poco.

«Direi di sì.»

«Scusate di nuovo, ma io non colgo la differenza» se ne uscì a dire Lucchesi che, se deviavi dalla logica, si perdeva per strada.

«Dài, direi che è facile. L'uomo deve impostare esattamente l'intonazione e il fraseggio di ciò che vuole dire e pronunciare bene le parole, altrimenti non potrebbe comunicare. Hai presente i sintetizzatori vocali, come quello del Gps?»

«Sì, certo. *Girate a destra, per rimanere a sinistra*. Mi fanno impazzire tutte le volte. Durante l'ultima vacanza voleva per forza farmi girare a destra contro una montagna. Ma che c'entra?»

«C'entra, perché la voce sintetizzata legge correttamente le parole, ma non è in grado di dargli l'intonazione giusta. Così spesso il risultato è una comunicazione corretta, ma incomprensibile.»

«E quindi?»

«E quindi, chissà per quale bizzarra contorsione evolutiva un primate come l'uomo ha sviluppato un linguaggio parlato. Il linguaggio è molto di più della capacità di apprendere e di esprimere i simboli astratti delle entità o i concetti che chiamiamo parole. In realtà è un sistema di comunicazione complesso che implica l'esistenza di un gruppo di riferimento capace di interpretare i simboli e le convenzioni. Un'attività intrinsecamente sociale.»

«Non mi pare proprio» ribatté Tiziana. «Il mio gatto ha imparato a dire *apri questa credenza per me*, senza condividere affatto il mio stesso linguaggio.»

«Però Jalal ci ha appena parlato in un inglese comprensibilissimo emettendo suoni perfettamente udibili, ma per i suoi parenti nella grotta è come se avesse parlato arabo» obiettò Clarissa. Poi si rese conto della gaffe e scoppiò a ridere. Eravamo tutti stanchi.

«Quindi vuoi dire che alcuni ominidi usavano una sorta di proto-linguaggio, mentre altri hanno scelto di sviluppare un linguaggio vero e proprio» cercò di concludere Colustri.

«Direi di sì, proto-linguaggio e linguaggio vero e proprio si sono evoluti separatamente per servire a scopi diversi. Tanto più che hanno anche basi neurologiche diverse.»

«Perciò quale è stata la discriminante, alla fine?»

«Che i primi ominidi non avevano ancora l'elaborato sistema di rappresentazione che ha invece sviluppato il Sapiens. Non basta ricevere informazioni, bisogna anche elaborarle e utilizzarle in vista di sviluppi futuri. Anche qui l'essere umano ha ideato un sistema di rappresentazione della realtà che supera per complessità e ingegnosità qualsiasi altro organismo. Sembra che l'uomo sia l'unica creatura in grado di comparare le esperienze del passato per applicarle a circostanze ed eventi che non stanno accadendo o che potrebbero non accadere mai.»

«Non dirmi che stai parlando del fantomatico pensiero magico?» le dissi, fingendomi sorpreso. «Pensavo fosse una leggenda.»

«Smettila di prendermi in giro. Ho buttato un intero semestre per prepararmi all'esame di filosofia del linguaggio, ricordo bene ciò che ho studiato.»

«Tu però lo sai che tutti i tentativi di individuare nelle evidenze archeologiche un comportamento simbolico non hanno condotto a niente di conclusivo, vero?»

«Smentisco recisamente. Anzi, hanno condotto proprio dove vogliamo andare a parare noi.»

«Ossia dove?»

«Al fatto che per favorire la produttività di manufatti creativi che venivano fabbricati unendo cognizioni precedenti applicate a nuove scoperte, occorreva combinare un vocabolario appropriato in abbinamento ad adeguate cognizioni motorie.»

«Stai parlando arabo, tanto per cambiare» sbottai.

Jalal che riusciva a seguire la conversazione si stava divertendo un sacco.

«Per spiegare a qualcuno come si utilizza un attrezzo non solo devi saperlo fare, ma devi anche saperlo spiegare. Non basta che tu gli faccia vedere come si fa. Devi anche parlarci e, per parlarci, devi avere un linguaggio comune. Se non ce l'hai, la cosa diventa difficile e il risultato è la fabbricazione ripetitiva di una serie di utensili sempre uguali» chiarì Alessandro, che sembrava aver capito meglio di me.

«Fin qui tutto torna, per carità. Ma credevo che la vera natura di un pensiero simbolico fosse quella espressa nelle sepolture o nelle forme artistiche come le pitture rupestri. Che però non compaiono da nessuna parte del mondo, prima di centoventicinquemila anni fa. Qui invece stiamo parlando di un sito vecchio di almeno duecentomila anni. Come la mettiamo?»

«La mettiamo che siamo di fronte a dei manufatti realizzati da mani diverse, dove la differenza tra un'abilità in divenire e un'abilità evoluta è a dir poco lampante.»

«Sì, ma che c'entra il pensiero simbolico?» feci, guardando Lucchesi in cerca di indulgenza. «Scusate ma continuo a perdermi.»

«Diamo per assodato che siamo d'accordo almeno su una cosa. Che il linguaggio ha molto a che fare con l'interazione sociale e lo scambio di informazioni. Fin qui ci siamo?»

«Questo significa che chi parla e chi ascolta non condividono il medesimo corredo di conoscenze, altrimenti non ce ne sarebbe la necessità. In pratica il linguaggio è uno scambio di informazioni tra chi le possiede e chi le deve ricevere. Come quando fermi qualcuno per chiedergli che ora è. Lui lo sa, ma tu no. Però per risponderti deve capire cosa gli hai chiesto.»

«E io devo poter capire cosa mi ha risposto» concessi io.

«Direi che potremmo allora dare per scontato che a un certo punto i gruppi di ominidi provenienti dall'Africa abbiano incontrato proprio qui gruppi di ominidi che si erano già stanziati nello Yemen e abbiano cominciato a scambiarsi non solo informazioni ma anche materiale genetico» intervenne Colustri. «Anche l'atto di accoppiarsi presuppone un importante meccanismo di adattamento. Dopotutto l'utilizzo di indumenti e ornamenti è un mezzo per esprimere la propria identità. Un modo simbolico per dire agli altri chi siamo, come potrebbe essere oggi il taglio dei capelli o la marca dell'auto che guidiamo. Ora vi chiedo, se tutti si conoscevano e facevano parte dello stesso gruppo, a che serviva avere degli ornamenti? Se conosci tutti dalla nascita non hai bisogno di andare in giro a sbandierare ai quattro venti la tua identità. La necessità di portare ornamenti significava che c'era sia il bisogno che l'occasione di manifestare visivamente la propria appartenenza a un gruppo e la propria non appartenenza a un altro.»

«Okay, ma se alla fine si erano integrati così bene, nonostante le diversità biologiche e le diverse scelte evolutive, che cosa li ha portati all'estinzione?» chiese Alex. «Alla fine manca solo questo. L'ultimo tassello.»

«Qui abbiamo messo in campo l'anatomia, l'archeologia, l'etologia, perfino la genetica» puntualizzò Colustri. «Ma ci siamo dimenticati una cosa fondamentale.»

«Non vedo quale. Gli ominidi che sono usciti fuori dall'Africa erano forse la razza più intelligente che fosse mai esistita sulla Terra, avevano un grande cervello, delle gambe possenti e una forza immensa. Erano predatori talmente validi che invasero e colonizzarono la maggior parte del mondo.»

«Eppure si sono estinti, probabilmente a causa di un errore evolutivo» fece Clarissa con una voce esitante che non avevo mai sentito, «di una scelta sbagliata».

«E io credo di sapere quale» disse Alessandro quasi a mezza bocca.

«Scusa, sono giorni che ne stiamo parlando e tu ora te ne esci così dal nulla? Se pensavi di avere la soluzione, perché non l'hai detto prima?»

«Perché la soluzione non è mia. L'ha trovata Jalal.»

«Stai dicendo che Jalal, con una laurea in informatica, si intende di paleoantropologia più di noi cinque messi insieme?»

«Di paleoantropologia no, ma di ricerche in archivio sicuramente sì. Era nella relazione che vi abbiamo letto» cercò di consultarmi con lo sguardo, io feci di sì con la testa, tanto ormai peggio di così non poteva andare. «Che, tanto per vostra informazione, era di un giovane Ettore Romero, agli albori della sua carriera.»

«Che cosa?» tuonò Clarissa. «Vuoi dire che lui sapeva già la risposta vent'anni fa e non ha detto niente?»

«Scusate un attimo» interruppe Lucchesi, «voi mi avete sempre detto che Romero si vanta di essere stato il grande scopritore dei fossili di Atapuerca, ma negli anni Settanta lui era ancora un ragazzo. Non può aver preso parte a quella spedizione».

«Certo che no. Ma ha preso visione dei fossili, li ha analizzati e ha redatto una relazione che poi è stata pubblicata su "Nature". Ma prima ancora ne aveva stesa un'altra, che non è mai stata pubblicata, e che era parecchio diversa.»

«Quella che è stata stroncata dal Lattanzi?» disse Lucchesi con l'aria di una che ha finalmente visto la luce.

«Esattamente, proprio quella. Lui aveva notato che nei diversi reperti analizzati c'era come una sorta di progressione tra le forme umane arcaiche e quelle più moderne, che procedeva per salti. Sembrava andare avanti per tentativi, apparati masticatori moderni su crani con una struttura ancora arcaica, come se la natura stesse facendo delle prove. A volte si evolveva, a volte tornava indietro avvolgendosi su se stessa. Una certa mescolanza di caratteri primitivi, come la linea sopraccigliare massiccia e il mento sfuggente, unitamente a specifiche più evolute, come i denti piccoli e la scatola cranica di maggiori dimensioni.»

«Alla base di tutto c'era una questione morfologica» proseguì Colustri. «Quando i Neanderthal e i Sapiens si incontrarono, lasciamo stare per ora dove questo accadde, erano simili sotto il profilo genetico, ma ancora piuttosto differenti dal punto di vista ortogenetico. I loro piccoli nascevano già formati, quelli del Sapiens avevano bisogno di un lungo periodo di svezzamento. Una cosa sicuramente avevano in comune, un cervello di una capienza considerevole, ma contenuto in due scatole craniche differenti. Quella dei Neanderthal aveva mantenuto la struttura dei crani umani arcaici. Era molto sviluppata in lunghezza e in larghezza. Mentre quella dei Sapiens era più moderna, sembrava il risultato di un nuovo modello strutturale, con un'espansione sviluppata verso l'alto, tanto che anche oggi la nostra fronte tende a essere verticale. Per far questo la natura ha dovuto ridisegnare l'intera morfologia cranica. E dietro ogni morfologia c'è un diverso processo ontogenetico, esiste cioè una specifica regolazione dei fattori di accrescimento e sviluppo, sia prima che dopo la nascita. Per dirla in breve, i Sapiens partorivano bambini precoci non ancora sviluppati con una struttura cranica verticale in grado di passare attraverso i fianchi stretti tipici della loro specie, mentre i Neanderthal partorivano cuccioli già formati, con una scatola cranica arcaica sviluppata in orizzontale, che ancora passavano attraverso il loro canale del parto che era innestato su una struttura ossea molto più robusta, con un bacino più largo. Erano due soluzioni diverse, ma funzionavano entrambe.»

«Fino a che non si sono accoppiati» feci trionfante. «E con la loro ibridazione la natura, praticamente, ha fatto un passo indietro. Le due caratteristiche genetiche potevano anche fondersi con successo, ma l'ortogenesi invece no. Così è salita drammaticamente la mortalità infantile e anche le femmine hanno cominciato a morire di parto, in poco tempo la specie si è estinta. La natura ha dovuto riavvolgere il nastro e ricominciare l'esperimento da capo, in un'altra epoca e in un altro posto.»

Colustri annuì esaltato.

«Lo dimostra il fatto che tutte le altre linee evolutive del genere Homo hanno seguito delle traiettorie di espansione encefalica, ma non di profonda riconfigurazione dell'architettura cranica. Il cervello da qualche parte deve stare, ma la nostra, di sviluppare il cranio in verticale, è stata una scelta azzardata. Funzionale, per carità, ma non era stata pensata per un'ibridazione.»

«Non sono sopravvissuti» fecero a due voci Lucchesi e Alessandro, mentre Clarissa spezzò in due il gessetto con uno schiocco secco che mi fece drizzare i capelli.

XXVI

La sera della presentazione pensai seriamente che non sarei sopravvissuto neanch'io. Avevamo ottenuto l'Aula Prodi, quella delle grandi occasioni. Clarissa era elegantissima, in un tubino nero con le scarpe basse di vernice lucide. I capelli raccolti a corona attorno alla testa le davano quel tocco austero che la rendeva quasi in odore di Premio Nobel. Sapevo che l'avevano chiamata a ricoprire un incarico prestigioso. Eravamo riusciti a strappare il permesso per un collegamento in diretta via Skype con Jalal che aveva incantato la platea con una serie di pittoresche espressioni in madre lingua. Rivalutai ancora una volta la sua intelligenza. Parlava un ottimo inglese, perfino migliore del mio, eppure in conferenza stampa aveva ostentato una fiera timidezza, mescolando continuamente qualche parola stentata in italiano a termini arabi, che poi prontamente sostituiva con l'equivalente inglese, scelto con oculatezza, ma non dopo una certa esitazione. Erano trucchi di marketing vecchi quanto il mondo, e lui ne sapeva una in più del diavolo, a quanto pare, sui meccanismi mentali di noi occidentali. Ero sicuro che di lì a poco gli sarebbero arrivati inviti e proposte per progetti internazionali, forse si era appena procurato un visto per l'Europa.

Alessandro aveva introdotto il nostro ospite d'onore, uno splendente professor Romero in ottima forma che si era prodotto in una delle performance migliori che io avessi mai visto. Dopo il discorso, con il quale l'aveva presentato come il mentore di tutti noi, Alex aveva fatto per lasciare il palco, ma un lungo applauso era scaturito dalle prime file e si era dovuto fermare un attimo per ringraziare. Per lui si prospettava la possibilità di avere una cattedra, che se nella lista dei suoi desideri compariva più o meno al centocinquantesimo posto, perché allora sì che avrebbe dovuto lavorare sul serio. Io, dal canto mio, non sapevo ancora che cosa avrei fatto dopo aver rivendicato la mia parte di meriti nel progetto. Godevo la vista di un orizzonte completamente piatto, privo di qualsiasi ragionevole aspettativa. Lucchesi, invece, che si era presentata sul palco con una gonnellina a quadretti e una camicetta nera che la facevano sembrare più una mascotte che una ricercatrice, era in procinto di partire per un campo-scavi in Cina. Ero felice per lei, naturalmente, anche se sapevo che il nostro gruppo di cavalieri della Tavola Rotonda si sarebbe sciolto. Ma avevamo ottenuto quello che volevamo, i nostri nomi scritti a lettere d'oro nell'albo della paleoantropologia.

Romero calcava il palco come un caterpillar, facendo rimbombare le assi a ogni passo. Potevo sentire la sua voce che declamava uno per uno gli assiomi base della nostra ricerca. Non si era ancora spinto a rivendicare la scoperta come sua, ma riuscì comunque a dare l'impressione che l'intera équipe fosse stata accompagnata per mano dalla sua ispirata guida. La cosa buffa era che questa volta aveva ragione, ci aveva seguito per tutto il tempo dietro le quinte come un angelo custode.

L'indomani si sarebbero scatenate polemiche senza fine, ma ora, ora era il momento della gloria. Ce ne stavamo schierati tutti e cinque in un angolo, mentre Romero campeggiava sulla platea con Jalal sullo sfondo che sorrideva dall'inquadratura ormai fissa, perché il collegamento si era chiuso. I flash in prima fila scattavano impazziti come uno sciame di lucciole ubriache.

«Quindi, signori, siamo qui ad annunciare che, alla luce delle nuove evidenze, circa duecentomila anni fa, i Sapiens si sono fusi e ibridati con un gruppo di ominidi appena fuoriuscito dall'Africa...» aveva evitato per tutta la durata della conferenza di usare la parola *migrazione*, adoperando una quantità impressionante di sinonimi più o meno creativi, «per poi dividersi in due rami, uno diretto verso l'Europa e l'altro verso l'Asia Centrale e il Medioriente. Ora sappiamo per certo che dall'Africa fuoriuscirono» ancora un altro sinonimo creativo, «più ondate di Sapiens, da cui tutti noi discendiamo. Ma i primi individui che si diressero verso Est, non lasciarono alcuna discendenza, perché in obbedienza alle leggi estremamente selettive dell'evoluzione si estinsero senza lasciare tracce genetiche. Mentre noi deriviamo dagli ultimi gruppi fuoriusciti dal continente africano circa sessantamila anni fa».

Questo mi diede l'ispirazione per sussurrare a Lucchesi che, alla luce delle recenti scoperte, gli occhi azzurri derivavano direttamente dal patrimonio genetico dei Neanderthal, grazie a un difetto del gene *OCA2*, addetto alla produzione di melanina. Forse non era una cosa molto romantica da dire, ma fu l'unica che mi venne in mente. Intanto Romero stava continuando con la sua scena madre.

«Signori, pensate alla complessità del programma evolutivo che ha condotto al miracolo della nascita, che oggi siamo abituati a vedere tutti i giorni nelle sale parto ultramoderne degli ospedali cittadini. Eppure far nascere un bambino in anticipo, quando il cervello è ancora relativamente piccolo e il cranio ancora molto elastico grazie alle suture e alle fontanelle rimaste aperte, è una scelta che arriva da lontano». Fece una pausa a effetto. «Infine sono lieto di annunciarvi che, dopo la sfortunata avventura dell'uomo di Pechino finito probabilmente nella cappelliera di qualche nostra trisavola» risata dalla platea, «l'Asia è stata nuovamente rivalutata come probabile culla dell'umanità e, in ragione di ciò, il governo cinese ha deciso di investire circa un milione di dollari in una campagna di ricerca paleoantropologica senza precedenti, coinvolgendo l'intera comunità scientifica internazionale che guarda con estremo interesse a quella particolare regione del globo tanto misconosciuta. Su invito diretto dell'eminente collega Xinzhi Wu, paleontologo presso l'Accademia delle Scienze cinese, anche il dipartimento di questa università avrà l'onore di inviare un piccolo contingente di ricercatori tra cui due dei firmatari della presente relazione».

In quel momento sentii la mano di Lucchesi che stringeva la mia. Pensai che fosse solo emozionata per la partenza imminente, il suo primo progetto importante per una carriera che iniziava sotto i migliori auspici. Alessandro avrebbe sostituito Romero, che partiva per la Cina come direttore e coordinatore del contingente italiano. Da quel che sapevo Clarissa aveva accettato non so quale incarico al Dipartimento di biologia e biotecnologie della Sapienza. Colustri aveva chiuso un contratto con un'importante casa editrice per una serie di pubblicazioni a carattere divulgativo. Ma Romero aveva detto che sarebbero partiti in due. Giusto, mi stavo chiedendo chi sarebbe stato il secondo, quando Lucchesi mi strinse ancora più forte la mano, un secondo prima che Romero pronunciasse il mio nome.

«Non ti arrabbiare, ho fatto aggiungere io il tuo nome alla lista. Non potevo proprio partire senza di te.»

I giornalisti stavano salendo sul palco per la solita ridda di saluti, interviste e pacche sulla spalla. Lasciai gli altri a fare gli onori di casa e mi portai Lucchesi dietro le quinte, dove demmo il via alla nostra personalissima scelta evolutiva. Alla fin fine, se il Sapiens era migrato fuori dall'Africa per arrivare fino in Asia, perché noi non potevamo, come Marco Polo, iniziare a scrivere la nostra storia nel Paese del Dragone?

INDICE

Romanzi

Ajtmatov C., *Il giorno che durò più di un secolo*
Ajtmatov C., *Il patibolo*
Ajtmatov C., *Le prime cicogne.*
Alberini M.-Brera C., *La signora delle lucciole*
Alberini M., *Fuoco russo segreto*
Alberini M., *Oblio Numero 5*
Alberini M., *Otto simboli mongoli*
Alberini M., *La ragazzina*
Alcatraz D., *Hawaladar*
Alfieri C., *Una vita complicata*
Amato F., *Il borgo d'Oltremare*
Anelli M., *Dossier locusta*
Aresi P., *Ho pedalato fino alle stelle*
Aresi P., *L'amore al tempo dei treni perduti*
Arnim (von) E., *Vera*
Babb S., *Ignoto è il loro nome*
Ballerini Puviani P., *Il sangue del pirata*
Balocchi L., *Un cattivo maestro*
Bargna M., *Un taxi fantasma per l'Africa*
Barilli D., *Le cere di Baracoa*
Bartolomeo C., *Malagloria*
Bassini R., *Dicono di Clelia*
Bellomo D., *L'uomo del cargo*
Bellomo D., *La donna della tempesta*
Bellomo D., *Mare notte*
Bellomo D., *Undici lettere all'ammiraglio*
Bellomo D., *La settima onda*
Benzi S., *Five knuckle shuffle. John Cena*
Bernasconi P., *Due poltrone per uno*
Bertolini F., *L'amor non è polenta*
Bianchi Rizzi A., *Albanaia*
Bianchi Rizzi A., *La guerra di Nene*
Bigazzi S.-Guerrazzi V., *Il compagno sbagliato*
Bondarev J., *La neve calda*
Bottiglieri N., *Afrore*

Boer F., *Il viaggio sotterraneo*
Bovara R., *Spiagge sospese*
Brasioli D., *Le stelle di Babilonia*
Bucciarelli E., *Dalla parte del torto*
Bucciarelli E., *Happy hour*
Busato F., *Chi ha ucciso il Pret de Ratanà*
Buzzi M., *L'uomo che cade*
Buzzi M., *Un altro best seller e siamo rovinati*
Bykov V., *Gli ultimi tre giorni (Sotnikov)*
Bykov V., *La cava*
Camerini G., *In nome di Sua Maestà*
Camilotto D., *Il manipolatore di sogni*
Camilotto D., *L'uomo di Innichen*
Capponi B., *L'ultimo dei Rutti*
Caramaschi R., *Di gelo e di sangue*
Caramaschi R., *Il segno del ritorno*
Caramaschi R., *Il sigillo d'ambra*
Caramaschi R., *La memoria dei silenzi*
Caramaschi R., *Niente sponda di fiume*
Caramaschi R., *Un soffio di libertà*
Caramaschi R., *Vento di mare brezza di terra*
Caraci Luzzana I., *Gli ultimi giorni dell'Ammiraglio*
Carcano F., *Gli angeli di Lucifero*
Carcano F., *Il cacciatore di Caino*
Carcano F., *Il codice di Giuda*
Carcano F., *Il Mostro di Milano*
Carcano F., *In nome del male*
Carcano F., *L'erba cattiva*
Carcano F., *La tela dell'eretico*
Carcano F., *Mala Tempora*
Carcano F., *Milano Assassina*
Carcano F., *Nemesi Nera*
Caroniti M.L., *Generazione Bataclan*
Caroniti M.L., *Madre Medusa*
Carta A., *Come nuvole di cotone*
Castellano L.-Di Falco A., *La fine degli affanni*
Celli G.-Savini C., *Morte nei boschi*
Chiappori A., *Quanti denti ha il pescecane*
Clavel B., *L'angelus della sera*
Clavel B., *L'oro della terra*

Clavel B., *Miserere*
Cobianchi D., *Il segreto del mio insuccesso*
Comi E., *Vite immortali*
Corvaja Lugaro A., *Il lago dei ricordi*
Courlander H., *L'africano*
Cozzani F., *Dalla terra*
Cozzani F., *Lascia che sia*
Cremonesi L., *L'innocenza del diavolo*
Cremonesi L., *Reo confesso*
Crescibene L., *Le stelle di crema*
Dagradi A., *La felicità dei cani*
D'Amico N., *Chi ha cancellato le macchie di Rorschach?*
D'Anna G., *Il falsario*
Dana J., *La montagna della speranza*
Danuzzo M., *Ogni peccato è assolto*
De Bernardi C., *Qualche lontano amore*
De Simone C., *Donne senza nome*
Della Bianca L., *Fin di secolo*
Dentone M., *Il padrone delle onde*
Des Princes M., *Omicidio ai Mondiali di calcio*
Di Lello A., *Anima destra*
Di Lorenzo R., *Rosengade 39*
Di Maio N., *Magdalena e il peccatore*
Di Rienzo V., *Il Quarto Vuoto*
Diotallevi F., *Le stanze buie*
Dorrie D., *E adesso che facciamo?*
Durrell L., *Il labirinto oscuro*
Faccincani A.-Dilauro E., *Virgo Fidelis. Il crimine dietro il dipinto*
Falconi C., *Nel cuore della madre*
Ferrari M., *Cuore atlantico*
Ferrari M., *Morire a Clipperton*
Ferrero P., *Anime in carpione*
Formillo R., *Tè alla fragola*
Forte F., *La stretta del pitone*
Fortunati P., *Puzza di morto a Villa Vistamare*
Franco Celani M., *Mai dire ormai*
Gallavresi L., *L'argentino*
Gandolfi L., *Il dragone*
Gatti A., *La ballata del lupo di mare*
Gazzola M., *Rave di morte*

Ghezzi F., *Cadde l'Angelo*
Giacomozzi M., *Valentina Muscaria*
Gianatti N., *Mentre la città dorme*
Ginzburg L.V., *L'abisso*
Goldoni A., *2029*
Gregoli S., *Xeno*
Grosso A., *Apocalisse bianca*
Grosso A., *Apocalisse rossa*
Grosso A., *Apocalisse nera*
Grosso A., *Sole di sangue*
Guidi Gambino G., *L'ultima passeggiata*
Guzman M.L., *L'ombra del Caudillo*
Hamon H., *Allegri tropici*
Innocenti M., *Il profumo di Corinne*
Intonti P., *Ieri è un altro giorno*
Iwaskiewicz J., *Madre Giovanna degli Angeli e altri romanzi brevi*
Jiahong H., *La donna pazza*
Knox E., *La fortuna del vinaio*
Krogh A.E., *Non si può fermare l'estate*
Kunin V., *Intergirl*
Làdavas L., *Il mare il seno il sasso e il capotreno*
Làdavas L., *L'esilio dei sogni*
Lampo H., *L'avvento di Joachim Stiller*
Lawrence R.D., *Il puma bianco*
Li Vigni B., *I sentieri della luna*
Logozzo S., *Roma innocente*
Lomonaco M., *La caccia di Salomon Klein*
Lualdi M., *Chi ha bisogno di Willy*
Lundgren M., *Pompei*
Luzzana Caraci I., *Gli ultimi giorni dell'Ammiraglio*
Luzzatto A., *La leggenda di Concobello*
Maffia D., *Il poeta e lo spazzino*
Magalini F., *Nella carne e nel sangue*
Maggesi U., *Nhan Bu. La scuola dello stagno*
Maggesi U., *Nhan Bu. Il cuore della giovane tigre*
Magni E., *Il malnatt*
Markov G., *La famiglia Strogov*
Mastrojeni G., *I segni dei tempi*
Mathieu V., *In tre giorni*
Mauri C., *La catena invisibile*

Mazzardo F., *La collina dei corvi*
Micati L., *Don Riccardo*
Milani M., *La guerra sia con me. Vita immaginaria di San Rocco*
Milani M., *Perdere la testa*
Montarolo D., *Le nuove avventure di Golfavolando*
Mortillaro D., *Hollywoodland*
Mosca D., *Congiura*
Mosca D., *Silla. Il figlio della fortuna*
Mosca D., *Silla. Imperator*
Mossé C., *Omicidi nell'agorà*
Nogales M.J.L., *L'amante romana*
Onesti P., *Figli del Sud*
Onesti P., *Gente del Sud*
Palmieri, *Tre di una coppia perfetta*
Pandolfo N., *Il serpente e la tartaruga*
Pappalettera V., *Il trani di via Lambro*
Paratico A., *Ben*
Paratico A., *Black Hole*
Parazzoli F., *Il tesoro del polpo zoppo*
Pastacaldi P., *L'Africa non è nera*
Patrone P., *Il nostro Natale*
Pavan Bernacchi F., *Non uccidete Bin Laden*
Pavan Bernacchi F., *Roccaforte Afghanistan*
Piazza V., *Sicily*
Piccirilli M., *Shahid*
Piersanti U., *L'estate dell'altro millennio*
Piga C., *Il ladro dell'oceano*
Pilati G., *Minchia di re*
Pilati G., *Sulla punta del mare*
Pistillo L., *Il paradosso di Pancrazio*
Polignino E., *Modamorte*
Preti M., *Il Corno del Vento*
Preti M., *Il Ghiacciaio di Nessuno*
Properzj G., *Rosa e nero*
Prosperi F., *Due vele per un sogno*
Proust M., *Aforismi*
Rasputin V., *L'ultimo termine*
Ravera L., *La storia finisce qui*
Ricci M., *Bek dagli occhi azzurri*
Ricci M., *Penshurst Road*

Rosetti S., *Tia non parla a nessuno*
Rossetti G., *Il caso Laganà*
Rossi P., *Il sangue e l'oro*
Rossi P., *L'ombra del poeta*
Roversi P., *La mano sinistra del diavolo*
Roversi P., *La marcia di Radeschi*
Roversi P., *L'uomo della pianura*
Roversi P., *Niente baci alla francese*
Ruggeri C., *La lista di carbone*
Russo A., *Il baffo del dittatore*
Russo M.-Di Martino L., *Il canto della sirena*
Sacchi D., *La corriera*
Saint-Exupéry A. de, *Terra degli uomini*
Savi T., *Quel caseggiato di via Amalasunta al n. 1*
Savini C., *Il lago in soffitta*
Scherfig H., *La primavera perduta*
Scia S., *Favoleggiamo*
Sirovich L.I., *La notte delle faville*
Soleri S., *La filosofia della pesca alla rana*
Sparti R., *Dove vanno le nuvole*
Spezia D.A.R., *Progetto IO*
Stancu Z., *Quanto ti ho amato*
Stevenson R.L., *L'incantatrice. Una vecchia storia*
Stifter A., *Pietre colorate*
Tarticchio P., *La capra vicina al cielo*
Tarticchio P., *Maria Peschle e il suo giardino di vetro*
Tavola F., *Che bella vita*
Tavola F., *Ucciderai corrotti e infedeli*
Trifonov J., *L'impazienza*
Trentadue G., *Non mi ricordo gli occhi*
Tumiati G., *Il busto di gesso*
Vaglini G., *Nero avorio*
Villani A., *La strategia del destino*
Volpe N., *L'amore imperfetto*
Wells H.G., *Una utopia moderna*
Zanotti E., *Il cielo di San Lorenzo*
Zuccari M., *Cenere*